HÅKAN NESSER

Ewa Morenos fall

HÅKAN NESSER

Ewa Morenos fall

Kriminalroman

ALBERT BONNIERS FÖRLAG

Av Håkan Nesser har tidigare utgivits:

Det grovmaskiga nätet 1993
Borkmanns punkt 1994
Återkomsten 1995
Barins triangel 1996
Kvinna med födelsemärke 1996
Kommissarien och tystnaden 1997
Kim Novak badade aldrig i Genesarets sjö 1998
Münsters fall 1998
Carambole 1999
Flugan och evigheten 1999

På annat förlag:

Koreografen 1988

www.albertbonniersforlag.com

ISBN 91-0-057202-0
© Håkan Nesser 2000
Sättning Bonniers Fotosätteri
Printed in Sweden
AIT Falun AB, 2000

Så föröder vi våra liv, i
stunder och ögonblick då
vi inte tillmäter våra
handlingar deras rätta vikt.

Tomas Borgmann, filosof

I

1

Den 21 juli 1983

Winnie Maas dog för att hon ändrade sig.

Efteråt fanns det i och för sig de som påstod att hon dött för att hon var vacker och dum. En erkänt riskabel kombination.

Eller för att hon var godtrogen och litade på fel människor.

Eller för att hennes pappa varit en skitstövel och lämnat familjen vind för våg långt innan Winnie vant sig av med vare sig blöjor eller nappflaska.

Det fanns också de som menade att Winnie Maas burit en smula för korta kjolar och en smula för trånga blusar, och att hon egentligen hade sig själv att skylla.

Ingen av dessa förklaringar var väl heller alldeles utan grund, men själva den avgörande droppen var ändå just detta. Att hon ändrade sig.

Sekunden innan hon tog mark och spräckte skallen mot den obarmhärtiga stålskenan, insåg hon det till och med själv.

Hon torkade bort en gnutta överflödigt läppstift och betraktade sin bild i spegeln. Spärrade upp ögonen och funderade på om hon skulle lägga på lite mer kajal. Det var jobbigt att behöva tänka på att spärra upp ögonen hela tiden, enklare med lite mera färg i underkanten. Hon drog en tunn linje med pennan, lutade sig närmare spegeln och kontrollerade resultatet.

Snyggt, tänkte hon och flyttade uppmärksamheten till munnen. Visade tänderna. De var jämna och vita och tandköttet satt gudskelov högt upp under läppen – inte som på Lisa Paaske, som visserligen såg bra ut med sina sneda gröna ögon och höga kindben, men som alltid måste gå omkring och vara allvarlig, eller på sin höjd småle lite gåtfullt. Bara för sitt nedhängande tandkött. Usch, tänkte Winnie Maas. Jobbigt.

Hon såg på klockan. Kvart i nio. Hög tid att komma iväg kanske. Hon reste sig, öppnade garderobsdörren och tog en titt i helfigur också. Prövade några poser där hon ömsom sköt fram brösten, ömsom underlivet. Det såg bra ut, både upptill och nertill; hon hade just plockat bort fyra hårstrån som krupit ut och satt sig farligt nära bikinilinjen. Ljusa visserligen, men ändå.

Perfekt, hade Jürgen sagt. Du har tamejfan en perfekt kropp, Winnie.

Läckert, hade Janos kört med, det kom hon ihåg. Du är så jävla läcker, Winnie, jag blir kåt bara jag går förbi ditt hus.

Hon log när hon tänkte på Janos. Av allt hon varit med om hade nog ändå Janos varit det bästa. Han hade gjort det på det rätta sättet. Haft känslan och ömheten på nåt vis, det där som dom brukade skriva om i *Flash* och *Girl-zone*.

Janos. Ja, på sätt och vis var det lite tråkigt att det inte hade blivit Janos.

Fast skitsamma, tänkte hon och daskade till sig på skinkorna. Ingen idé att gråta över spilld mjölk. Hon grävde fram ett par stringtrosor ur byrålådan, men hittade ingen ren behå, så hon lät det vara. Det behövdes inte heller. Hennes bröst var rätt så små, och spänstiga nog att hålla sig uppe av egen kraft. Om det var någonting hon önskade sig när det gällde kroppen, så var det lite större bröst. Inte mycket, bara en liten aning. Visserligen hade Dick sagt att hon hade världens snyggaste tuttar, och han hade sugit och klämt på dem så att hon hade ont i flera dagar efteråt – men några gram till skulle faktiskt inte ha skadat.

Fast det kommer väl, tänkte hon. Drog T-shirten över huvudet och krängde på sig den trånga kjolen. Ja, snart skulle förstås både gram och hekton komma farande, det var bara att se tiden an. Om hon nu inte...

Om hon nu inte.

Fan, tänkte hon och tände en cigarrett. Jag är ju bara sexton år. Morsan var sjutton på sin tid och titta hur hon har blivit.

Hon gjorde en sista kontroll i bordsspegeln, slickade försiktigt ett varv runt läpparna och gav sig iväg.

Frieders pir halv tio, hade han sagt. Han kom med tåget halv nio och ville hinna hem och ta en dusch först. Det var klart att hon tillät honom, hon tyckte om killar med hygien. Rent hår och ingen skit under naglarna, det var klass på nåt vis. Första gången de träffades på tre veckor också. Han hade varit uppe i Saaren hos en morbror. Både jobbat och haft semester; de hade pratat i telefon några gånger, hade diskuterat "saken" men hon hade inte berättat för honom att hon ändrat sig. Det var ikväll hon skulle göra det. Bättre öga mot öga, det var så hon hade tänkt.

Kvällen var varm. När hon kom ner på stranden kände hon sig nästan svettig efter den korta promenaden. Men det var svalare härnere. En lätt och behaglig bris drog in från havet, hon gled ur tygskorna och började gå barfota i sanden. Det var skönt att känna de små kornen tillra mellan tårna. Som att vara barn igen nästan. Det slet på nagellacket förstås, men hon skulle sätta på sig skorna i god tid innan hon var framme, tänkte hon. Innan hon träffade Honom. Hon tyckte om att tänka på honom med stort H. Det var han värd. Fast om han sedan ville ligga med henne, slog det henne, ville han nog ha henne barfota. Kanske kvittade det,

11

det brukade inte vara tånaglarna han var mest intresserad av i det läget.

Och varför skulle han inte vilja ligga med henne? De hade ju inte setts på jättelänge, för tusan!

Hon stannade upp och tände en ny cigarrett. Tog sig ner lite närmare vattenlinjen där det var fastare och lättare att gå. Stranden låg rätt så ödslig den här tiden på dygnet, men inte alldeles folktom. Det kom en och annan joggare och en och annan hundägare, och hon visste att det låg ungdomar och hånglade på filtar längre upp bland dynerna, det gjorde det alltid under somrarna. Det brukade hon själv göra och kanske skulle hon ligga där om en timme ikväll också.

Kanske och kanske inte.

Det berodde på hur han skulle reagera antagligen. Hon började fundera över det. Skulle han bli arg? Skulle han ta tag i henne och skaka henne som han hade gjort den där gången i Horsens, när hon varit haschhög och tjatat om att hon tyckte Matti Frege hade snygga muskler?

Eller skulle han förstå och hålla med henne?

Kanske skulle han övertala henne. Det var förstås inte helt omöjligt. Kanske skulle hans väldiga kärlek få henne att tänka om. Och pengarna förstås. Kunde det bli så?

Nej, hon trodde inte det. Kände sig stark och säker i det här, var det nu kommit ifrån. Kanske ifrån att hon fått vara ensam och tänka ifred ett par veckor.

Men hon visste att hans kärlek var väldig. Det sa han alltid, ja, varje gång de träffades i stort sett. Det skulle bli de två så småningom, det hade de vetat länge. De behövde inte tvivla. Behövde inte ha bråttom.

Vad de däremot behövde var pengar.

Pengar till mat. Till cigarretter och kläder och någonstans att bo, kanske. I synnerhet längre fram, då skulle det förstås gå åt pengar, det var ju därför de hade gjort som de hade gjort...

Tankarna hade börjat vandra i huvudet på henne nu och hon märkte att det var svårt att få styrsel på alltihop. Svårt att få någon riktig ordning. Det blev så mycket att ta hänsyn till när man satte igång att fundera på det här viset, och till slut visste man varken ut eller in. Nästan alltid blev det så; skönt om någon annan kunde fatta besluten åt en, brukade hon tänka. Bestämma de där svåra sakerna så att man kunde få ägna tankarna åt det som man tyckte om att tänka på istället.

Kanske var det därför hon var förälskad i just honom också? slog det henne. *Honom*. Han gillade att bestämma om sånt som var lite stort och komplicerat. Som det här de hållit på med. Jo, säkert var det nog just därför hon älskade honom och ville bli hans. Faktiskt. Även om det alltså gått fel med det här sista och hon hade blivit tvungen att ändra sig. Som sagt.

Hon nådde fram till piren och såg sig om i det vikande skymningsljuset. Ännu hade han inte kommit, hon var några minuter tidig. Skulle ha kunnat fortsätta utefter stranden och gå honom till mötes, han skulle komma från andra hållet, bodde utåt Klimmerstoft, men hon lät det vara. Satte sig på en av de låga stenpelarna som löpte på båda sidor utefter hela piren istället. Tände en ny cigarrett fast hon egentligen inte ville ha en till, och försökte tänka på nånting trevligt.

Han dök upp efter en kvart. Lite försenad men inte mycket. Hon såg hans vita skjorta närma sig i det tunna mörkret en lång stund innan han var framme, men hon satt ändå kvar tills han var alldeles inpå henne. Då reste hon sig. Slog armarna om hans hals och tryckte sig mot honom med hela kroppen. Kysste honom.

Kände att han smakade lite sprit, men inte mycket.

– Du är tillbaka.

– Ja.

– Har du haft det bra?

– Schysst.

Det blev tyst ett ögonblick. Han höll henne hårt med händerna om hennes överarmar.

– Det var en sak, sa hon sedan.

– Jaha?

Han lättade lite på greppet.

– Jag har ändrat mig.

– Ändrat dig?

– Ja.

– Vad fan menar du? sa han. Förklara.

Hon förklarade. Hade svårt att hitta de rätta orden, men så småningom verkade han förstå vad hon menade. Han svarade inte först, och hon kunde inte se hans ansikte riktigt tydligt i mörkret. Han hade släppt henne helt och hållet nu. Det gick en halv minut, kanske en hel, medan de bara stod där. Stod där och andades i takt med havet och vågorna, kändes det som, och det var någonting som var en aning obehagligt med det.

– Vi tar en promenad, sa han sedan och la armen om hennes axlar. Och pratar lite. Jag har en idé.

2

Juli 1999

Helmut hade motsatt sig det hela från första början.

När hon senare försökte se tillbaka måste hon i varje fall ge honom det erkännandet. Griller, hade han sagt. Jävla påhitt.

Sänkt tidningen och glott på henne ett par sekunder med sina bleka ögon medan han långsamt malde med käkarna och skakade på huvudet.

Förstår inte vad det ska tjäna till. Onödigt.

Mer var det inte. Helmut var inte den som strödde orden omkring sig. Mer kommen ur sten än ur jord på det hela taget, och alldeles tydligt på väg åt det hållet igen.

Ur sten är du kommen. Sten skall du åter varda. Hon hade tänkt tanken förr.

På gott och ont förstås. Hon visste ju att det inte var stormen och elden hon sökt när hon bestämde sig för honom – inte kärleken och passionen – utan klippan. Det grå och fasta urberget där hon kunde stå stadigt och inte riskera att sjunka ner i förtvivlans dy igen.

Ungefär så.

Ungefär så hade hon tänkt för femton år sedan när han knackade på dörren och förklarade att han hade en flaska Bourgogne som han köpt på semestern och inte orkade dricka ur på egen hand.

Och om hon inte tänkt det just i ögonblicket när han stod där, så rätt så snart efteråt i varje fall. När de började stöta ihop.

15

I tvättstugan. Ute på gatan. I affären.

Eller när hon satt ute på balkongen under de ljumma sommarkvällarna och försökte vagga Mikaela till sömns, och han stod lutad mot grannräcket tre meter därifrån och rökte pipa och såg in i resterna av solnedgången som bredde ut sig på den väldiga öppna västerhimlen över polderlandet.

Vägg i vägg. Det var som en tanke.

En trygghetsgud som räckte ut sitt finger av sten åt henne där hon drev omkring i bräcklig farkost på känslornas hav.

Åt henne och åt Mikaela. Ja, just så hade det faktiskt varit, efteråt kunde hon ibland le åt det, ibland inte.

Femton år sedan hursomhelst. Mikaela var tre. Nu var hon arton. Den här sommaren blev hon arton.

Som sagt, hade han upprepat bakom tidningen. Inte blir hon lyckligare av det här.

Varför hade hon inte lyssnat på honom? Om och om igen kom denna fråga sedan över henne. Under orons och förtvivlans dagar. När hon försökte ta sig kraft och blicka tillbaka över länkarna i kedjan; härleda och hitta orsaker till att hon gjort som hon gjort… eller bara släppa tankarna lösa; det fanns inte mycket kraft att tala om just den här tiden. Just de här helvetiska sommardagarna.

Gjort det rätta således, det var så hon sett det. Jag har bara gjort vad som är rätt och riktigt. Inte svikit det som var beslutat och det som legat begravt under alla dessa år. En sten också detta på sätt och vis. En mörk bumling nedsänkt på bottnen av glömskans slammiga brunn, men som hon lovat och sagt sig att fiska upp när tiden var inne.

Varsamt och respektfullt, naturligtvis, men ändå upp i ljuset. Upp inför Mikaelas oavvisliga blick. Det var en nödvändighet hur man än vred och vände på det; en sorts ojämvikt som väntat i många år på att bringas i balans, och nu måste det ske.

16

Artonårsdagen. Även om det varit outtalat hade nog Helmut vetat om det också. Känt till läget hela tiden, bara inte velat kännas vid det... det måste komma en dag då Mikaela skulle serveras sanningen, man hade ingen rätt att undanhålla ett barn hennes ursprung. Inte dölja rötterna under tidens nedfallande fnas och vardagligheter. Inte vilseleda henne ut i själva livet.

Rätt? Livet? Sanningen? Efteråt förstod hon inte hur hon kunnat kläcka sådana storvulna ord i sina tankar. Var det inte just detta högmod som slagit tillbaka och vänts emot henne? Var det inte just detta?

Vem var hon att tala om rätt och fel? Vem var hon att bedöma så lättvindigt och skaka av sig Helmuts trumpna invändningar utan att ägna dem mer än tre fjärdedels sekunds tanke?

Förrän efteråt. Då, när ändå allt verkade överspelat. Dessa dagar och nätter när allt tycktes förlora varje uns av mening och värde, när hon blivit en robot och inte så mycket som såg åt dessa gamla tankar, som drog förbi i hennes medvetande likt trasiga molnrester över dödens blygrå natthimmel. Hon lät dem glida förbi bara, på deras tröstlösa färd från horisont till horisont.

Från glömska till glömska. Natt till natt och mörker till mörker.

Ur sten är du kommen.

Ur ditt gapande sår stiger ditt stumma vrål mot en död himmel.

Stenens smärta. Hårdare än allt.

Och vansinnet, själva vansinnet, låg och väntade runt knuten.

Artonårsdagen. En fredag. Juli månad, hett som i helvetet.

Jag tar det när hon kommer hem från träningen, hade hon sagt. Så slipper du vara med. Så kan vi äta middag sen i lugn och ro. Hon kommer att ta det bra, jag känner det på mig.

Först bara trumpen tystnad.

Om det ska vara nödvändigt, hade det kommit så småningom. När han redan stod vid diskbänken och sköljde ur koppen.

Det är ditt ansvar. Inte mitt.

Jag måste, försvarade hon. Minns att jag lovade henne när hon blev femton. Minns att det är en lucka som måste fyllas. Hon förväntar sig det.

Hon har aldrig nämnt saken, säger han. Ur mungipan. Bortvänd.

Sant. Hon måste ge honom det erkännandet också.

Griller, men du gör som du vill. Ska det tjäna till?

Så många ord. Precis så många. Sedan gick han.

Griller?

Gör jag det för hennes skull eller för min egen? har det slagit henne.

Orsaker? Bevekelsegrunder?

Grumliga som gränslandet mellan dröm och vaka.

Outgrundliga som själva stenen.

Trams. Ordplåster. Nog vet hon.

3

Den 9 juli 1999

När kriminalinspektör Ewa Moreno stannade utanför dörren till kommissarie Reinharts arbetsrum, var klockan kvart i tre på eftermiddagen och hon längtade efter en kall öl.

Om hon varit född i en annan samhällsklass, eller begåvad med lite mer fantasi, skulle hon möjligen ha längtat efter ett glas kall champagne istället (eller varför inte tre-fyra stycken), men den här dagen hade all tankeflykt och all inlevelseförmåga transpirerats bort redan under de tidiga morgontimmarna. Temperaturen låg på drygt tretti grader och hade legat där hela dagen. Både ute i staden och inne i polishuset. Högtrycket gassade som ett bortglömt, maniskt strykjärn och noga taget fanns det väl, förutom kylda drycker, bara två överlevnadsfickor: stranden och skuggan.

I Maardams polishus var det påfallande ont om det förstnämnda.

Men det fanns persienner. Och garanterat solfattiga korridorer. Hon blev stående med handen på dörrhandtaget medan hon höll tillbaka en impuls (också den slö som en cocacoladrogad spyfluga, så det blev en ganska jämn kamp) att inte trycka ner det. Att fly fältet.

Istället för att gå in och höra efter varför han ville prata med henne, alltså. Det fanns goda skäl. Eller åtminstone ett: det var mindre än två timmar kvar tills hon skulle gå på semester.

Två timmar. Etthundratjugo kvalmiga minuter. Om inget oförutsett inträffade.

Morenos intuition sade henne att det förmodligen inte var för att önska henne angenäma ferier som han bett henne komma. Det hade inte låtit så, och det var inte Reinharts stil riktigt.

Om inget oförutsett...?

På något egendomligt vis kändes det oförutsedda inte alls särskilt oförutsett. Om hon fått ett hyggligt odds skulle hon till och med ha kunnat spela på det. Det var som det var i detta glanslösa snutyrke, och det var inte första gången.

Att fly eller inte fly, således? I efterhand kunde hon alltid hävda att någonting kommit emellan. Att hon inte haft tid att titta in, som han bett henne.

Titta in? Nog lät det försåtligt?

Titta in till mig någon gång efter lunch. Det tar inte så lång stund...

Helvete också, tänkte hon. Det var lömskt som en hungrig kobra.

Efter en kort inre kamp drunknade flugan, och hennes luthersk-calvinistiska snutmoral segrade. Hon suckade, tryckte ner handtaget och steg in. Sjönk ner i besöksfåtöljen med farhågorna dansande som hispiga sommarfjärilar innanför tinningarna. Och i magen.

– Vad var det du ville? sa hon.

Reinhart stod vid fönstret och rökte och såg allmänt olycksbådande ut. Hon noterade att han hade badskor på fötterna. Ljusblå.

– Salve, sa han. Vill du ha nånting att dricka?

– Vad finns det på lager? frågade Moreno och den kalla ölen dök upp för hennes inre syn igen.

– Vatten. Med eller utan bubblor.

– Tror jag avstår, sa Moreno. Om du inte misstycker. Nå?

Reinhart kliade sig i skäggstubben och la ifrån sig pipan bredvid blomkrukan på fönsterbrädet.

– Vi har hittat Lampe-Leermann, sa han.

– Lampe-Leermann? sa Moreno.

– Ja, sa Reinhart.

– Vi? sa Moreno.

– Några kolleger. Ute i Lejnice. Ja, Behrensee egentligen, men dom tog honom till Lejnice. Det var närmast.

– Utmärkt. På tiden onekligen. Några problem?

– Ett, sa Reinhart.

– Verkligen? sa Moreno.

Han sjönk ner mittemot henne bakom skrivbordet och såg på henne med en blick som antagligen skulle föreställa oskuldsfull. Moreno hade sett den förr och skickade ut en diffus bön genom fönstret. Inte nu igen! löd dess andemening.

– Ett problem, upprepade Reinhart.

– Låt höra, sa Moreno.

– Han är inte helt samarbetsvillig.

Moreno svarade inte. Reinhart flyttade om bland papperen på bordet och tycktes tveka om fortsättningen.

– Eller rättare sagt är han samarbetsvillig. Under förutsättning att han får tala med dig.

– Va? sa Moreno.

– Under förutsättning att han får tala med...

– Jag hörde vad du sa, avbröt Moreno. Varför i hela friden vill han tala med mig?

– God knows, sa Reinhart. Det är så det ser ut i alla fall, skyll inte på mig. Lampe-Leermann är beredd att avlägga fullständig bekännelse på villkor att han får lägga den framför dina fötter. Ingen annans. Han gillar inte manliga snutar, påstår han, visst är det märkligt?

Moreno tittade en stund på tavlan som hängde ovanför Reinharts huvud. Den föreställde en kostymerad gris som stod i en predikstol och kastade ut teveapparater över en extatisk församling fårskallar. Eller möjligen domare i peruker,

21

det var svårt att avgöra vilket. Hon visste att polischefen åtskilliga gånger försökt förmå honom att ta ner den, men alltjämt hängde den där den hängde. Rooth hade påstått att det var en symbol för tankefriheten och medvetandenivån inom polisväsendet, och Moreno anade vagt att det förmodligen inte var någon dum analys. Fast hon hade aldrig frågat Reinhart personligen. Inte polischefen heller.

– Min semester börjar om två timmar, sa hon och prövade ett milt leende.

– Han sitter ute i Lejnice, fortsatte Reinhart oberört. Rätt så fin plats. Det skulle gå på en dag. På sin höjd två. Hrrm.

Moreno reste sig och gick bort till fönstret.

– Fast om du hellre vill ta honom här, så möter det förstås inga hinder? erbjöd Reinhart bakom hennes rygg.

Hon såg ut över staden och över högtrycket. Det var bara ett par dagar gammalt, men det verkade stå sig. Det hade fru Bachman på första våningen sagt och det sa meteorologerna på teve. Hon bestämde sig för att inte svara. Inte utan en bra advokat eller ett klargörande erbjudande. Det gick tio sekunder, det enda som hördes var bruset nerifrån staden och ett stilla klapprande från Reinharts badskor när han vickade på fötterna.

Badskor? tänkte hon. Han kunde väl skaffa ett par sandaler åtminstone. Kriminalkommissarie i ljusblå plastskor?

Kanske hade han varit på badet under lunchen och glömt byta? Eller också hade han varit inne och konfererat med polischefen och satt på sig dom som något slags vanvördig protest. Det var svårt att veta när det gällde Reinhart, han tyckte om att göra markeringar.

Till slut gav han upp.

– För i helvete, sa han. Skärp dig, inspektörn. Vi har letat efter den här förbannade göken i flera månader. Och nu har Vrommel sugit in honom...

– Vrommel? Vem är Vrommel?

– Polismästare i Lejnice.

Motvilligt började Moreno fundera. Stod kvar med ryggen mot Reinhart, medan bilden av Lampe-Leermann raskt projicerades för hennes inre öga... inget större namn i den undre världen, förvisso inte, men det stämde att man hade spanat efter honom en tid. Han var skäligen misstänkt för delaktighet i ett par väpnade rån under mars och april, men det var inte det saken gällde. Åtminstone inte i första rummet.

I första rummet fanns däremot hans samröre med vissa andra herrar, av betydligt grövre kaliber än han själv. Toppar inom den så kallade Organiserade brottsligheten, för att använda ett slitet uttryck i tiden. Kopplingen var höjd utom varje rimligt tvivel och Lampe-Leermann var känd för att tala. Känd för att – i vissa utsatta lägen åtminstone – tänka mer på sitt eget skinn än på andras och gärna dela med sig av sina svarta kunskaper till polismakten. Om det kunde tjäna hans syften och skötas med viss diskretion.

Och det kunde det den här gången. Det fanns i varje fall anledning att tro det. Reinhart ville tro det och Moreno var böjd att hålla med honom. Åtminstone i princip. Det var därför man spanat lite intensivare efter Lampe-Leermann än man brukade. Det var därför man hittat honom. Idag av alla dagar.

Fast att han nödvändigtvis ville lätta sitt hjärta för inspektör Moreno hade kommit lite oväntat onekligen. En aspekt de inte tagit med i beräkningen. Inte hon själv och ingen annan heller. Bara någon illvillig hinsides makthavare, antagligen... satan också, att man aldrig...

– Han gillar dig, avbröt Reinhart hennes tankar. Det är ingenting att skämmas för. Jag tror han minns när vi körde elak snut-snäll snut med honom för några år sedan... nåja, det är som det är i alla händelser. Han vill snacka med dig och ingen annan. Fast det är ju det här med din semester, förstås.

23

– Det är ju det, sa Moreno och återvände till stolen.

– Det är inte så långt upp till Lejnice, sa Reinhart. Tolv-tretton mil, skulle jag tro...

Moreno svarade inte. Blundade istället medan hon fläkta-de sig med gårdagens Gazett som hon plockat upp ur tid-ningsdrivan på bordet.

– ... jag kom att tänka på det här du sa om huset du skulle åka till. Var det inte Port Hagen?

Helvete också! tänkte Moreno. Han kommer ihåg det. Han har lagt ner jobb på det här.

– Jo, sa hon. Port Hagen, det stämmer.

Reinhart försökte se oskuldsfull ut igen. Han skulle kunna spela vargen i Rödluvan, tänkte Moreno.

– Om jag inte tar fel ligger det inom räckhåll, sa han. Knappast mer än tio kilometer ovanför Lejnice. Jag var där som barn ett par gånger. Du skulle faktiskt kunna...

Moreno kastade ifrån sig tidningen med en trött gest.

– Allright, sa hon. Det räcker. Jag fixar det. Satan också, du vet lika väl som jag att Lampe-Leermann är nånting av det vidrigaste som går i ett par handsydda skor... och klack-ring. Frånsett allting annat luktar han gammal vitlök för jämnan... kom ihåg att jag säger gammal, jag har ingenting emot färsk. Men jag fixar det, du behöver inte anstränga dig mer. Satan också en gång till! När?

Reinhart gick bort och började kratsa ur pipan i blomkru-kan.

– Jag sa åt Vrommel att du nog skulle dyka upp imorgon.

Moreno stirrade på honom.

– Har du bestämt tid utan att fråga mig?

– *Nog*, sa Reinhart. Jag sa att du *nog* skulle vara där imor-gon. Vad fan är det med dig? Spelar vi inte i samma lag läng-re, eller vad är det frågan om?

Moreno suckade.

– Okej, sa hon. Ursäkta. Hade ändå tänkt åka imorgon

24

bitti, så det innebär inga större omplaneringar. Faktiskt.

– Bra, sa Reinhart. Jag ringar Vrommel och bekräftar. Hur dags?

Hon tänkte efter.

– Ettiden. Säg att jag kommer klockan ett och att Lampe-Leermann inte ska ha någon vitlök i lunchmaten.

– Inte ens färsk? undrade Reinhart.

Hon svarade inte. När hon var på väg ut genom dörren påminde han henne om allvaret.

– Och se till att få ur den jäveln vartenda förbannat namn han sitter inne med. Både du och han får bonus för varenda skitstövel vi kan spärra in.

– Självfallet, sa Moreno. Kommissarien svär för mycket. Men snygg färg på skorna... ger ett ungdomligt intryck verkligen.

Innan Reinhart hann kommentera var hon ute i korridoren.

4

Det var när hon kommit hem och stod i duschen som hon förstod att det var ett omen.

Vad annars? Hur skulle det annars tolkas? Franz Lampe-Leermann som bara dök upp ur det blå och attackerade hennes semester två timmar innan den bröt ut? Visst var det i osannolikaste laget? Eller tydligaste, beroende på hur man ville se det. Han hade lyckats hålla sig undan polisen sedan mitten av april ungefär – det var vid den tidpunkten, efter ett ganska taffligt bankrån i Linzhuisen på skärtorsdagen, som de satt igång att efterlysa honom på allvar – och så gick den förbannade klantskallen och blev fast just nu! I Lejnice av alla platser.

Lejnice. Liten obemärkt kuststad med tjugo-tjugofem tusen invånare, uppskattningsvis. Plus ett antal extra tusenden sommartid. Och belägen, precis som Reinhart påpekat, inte mer än tio kilometer från hennes egen tilltänkta uppehållsort de två första ledigveckorna.

Port Hagen. En ännu mindre håla, förvisso, men ibland var det skönt med hålor och det var här Mikael Bau råkade ha sitt sommarhus.

Mikael Bau? tänkte hon. Min granne och tillfällige partner.

Tillfällig? tänkte hon sedan. Partner? Det lät inte klokt. Men allt annat lät ännu värre. Eller fel åtminstone.

Fästman? Älskare? Pojkvän!

Kunde man ha pojkvänner när man var trettitvå?

26

Kanske bara *min karl*, helt enkelt, rationaliserade hon. Blundade och började gnugga in jujuba-schampo i håret. Hon hade levt utan *karl* i mer än två år efter att hon blivit av med Claus Badher, och det hade inte varit några lysande år direkt. Inte för henne själv och inte för hennes omgivning, det var hon den första att erkänna.

Inga år hon ville ha tillbaka, fast kanske hade hon lärt sig en del. Kanske var det så man skulle se det. Och hon ville inte ha tillbaka åren med Claus heller. Aldrig i livet, ännu mindre.

Sammanlagt sju bortkastade år, således, summerade hon. Fem med Claus, två på egen hand. Höll hon på och samlade ihop till ett helt bortkastat liv, kanske? Var det det som pågick i själva verket?

Who knows? tänkte hon. Life is what happens when we're busy making other plans. Hon gnuggade en stund till och övergick till att skölja skallen ren.

Vad det skulle komma ut av förhållandet med Mikael Bau var det i alla händelser för tidigt att sia om. Hon hade i varje fall ingen lust att sia, inte för tillfället. Det var i vintras som hon börjat umgås med honom så smått; han hade bjudit henne på middag samma dag som hans förra flickvän gjort slut – i mitten av december var det, under de där förfärliga veckorna medan de höll på och letade efter Erich Van Vee- terens mördare – men det hade gått en månad innan hon bjöd tillbaka. Ytterligare en och en halv innan hon tog steget fullt ut och gick i säng med honom. Eller *de* tog steget fullt ut. Början av mars, noga räknat. Den fjärde, hon kom ihåg det för att det var hennes systers födelsedag.

Sedan hade det fortsatt, förstås. Även om hon var kriminalinspektör och han socialsekreterare, så var de inte mer än människor.

Han brukade uttrycka det just så. Skit i det nu, Ewa! Vad vi än är, så är vi inte mer än människor.

27

Hon tyckte om det. Det var anspråkslöst och sunt. Påminde inte ett dugg om Claus Badher, och ju mindre Mikael Bau påminde om Claus, desto bättre. Det var en enkel men intuitivt ofelbar mätare. Ibland fick man ta till lathundar när det gällde det förmenta själslivet, det var hon gammal nog att inse. Kanske borde man göra det hela tiden, kunde hon ibland få för sig. Hålla psykologin lite kort och leva på instinkt istället. Och det var skönt att vara åtrådd, det kunde inte förnekas. Carpe diem, kanske?

Lätt sagt, svårare gjort, tänkte hon och klev ur duschen. Som att bara sluta tänka på beställning. Hursomhelst råkade nu Mikael Bau vara i besittning av det här gamla huset i Port Hagen. Ägde det i lag med fyra syskon, om hon förstått det rätt; det var en sorts släktklenod och i år var juli hans månad.

Stort och ruffigt, hade han lovat. Men charmigt och skyddat från insyn. Rinnande vatten, åtminstone ibland. Hundra meter till stranden.

Det lät så bra en taskigt avlönad kriminalinspektör kunde begära och hon hade tackat ja till två veckor utan någon längre betänketid. Ingen alls, ärligt talat; det var en söndag förmiddag i maj, de hade både älskat och ätit frukost i sängen. I tur och ordning; vissa dagar var lättare att fånga än andra, det var knappast någon nyhet.

Två veckor mitt i juli således. Med sin karl ute vid havet.

Och så Franz Lampe-Leermann!

Ett sällsynt klumpigt omen med formidabelt dålig timing.

Hon undrade vad det betydde, som sagt. Men det var kanske inte meningen att man skulle försöka hitta meningar i allting?

Som *kommissarien* då och då brukat påpeka.

Efter duschen packade hon och efter packandet ringde hon till Mikael Bau. Utan att förlora sig i detaljer förklarade hon

28

att hon skulle anlända en bit inpå eftermiddagen istället för vid lunchtid, eftersom det dykt upp en sak.

Arbete? undrade han.

Arbete, erkände hon.

Han skrattade och sa att han älskade henne. Han hade börjat säga det på sistone och det var märkligt hur kluven hon kunde känna sig inför just detta.

Jag älskar dig.

Själv hade hon inte tagit orden i sin mun. Skulle inte falla henne in att göra det förrän hon kände sig säker. De hade talat om det. Han hade hållit med henne naturligtvis, vad tusan skulle han annars göra? Sagt att det var likadant för hans del. Skillnaden var att han *var* säker. Redan.

Hur kunde han vara det? hade hon velat veta.

Är lite mindre bränd än du, hade han svarat. Vågar ta steget ut i svindeln och det okända lite tidigare.

Fan tro't, tänkte Ewa Moreno. Vi har alla vårt privata förhållande till språket och orden, kärlekens språk i synnerhet. Behövde inte ha med dåliga erfarenheter att göra.

Fast hon undrade – hade många gånger undrat – hur det egentligen hängde ihop med Leila, hans förra flickvän. De hade varit ihop i över tre år, det hade han berättat, och samma kväll hon lämnade honom hade han alltså bara knallat en trappa upp och ringt på hennes dörr. Bjudit henne på middag, den middag han hade lagat åt Leila. Helt sonika, nog var det en smula egendomligt?

När hon frågade om detta hade han skyllt på maten. Han hade ju lagat för två. Man stod inte i köket i en och en halv timme, menade han, för att sedan glufsa i sig ensam på tio minuter. Inte på några villkor.

De kom in på matfrågan nu också.

– Om du tar med dig ett bra vitt vin, ska jag se om jag inte kan hitta en ätlig fisk åt dig. Det brukar stå en gubbe på torget, han kommer in med egen skuta och egen fångst varje morgon. Har träben, faktiskt, turisterna tar tvåtusen bilder av honom varje sommar... nåja, jag gör ett försök i alla fall.

– Vi säger så, sa Moreno. Jag litar på att du lyckas. Jag har ju gett dig tre timmar extra. Förresten...

– Ja?

– Nej, det kvittar.

– Nu ljuger du.

– Okej. Vad har du för färg på badskorna?

– Badskorna?

– Ja.

– Varför vill du veta färgen på mina badskor? Det finns säkert tio par i huset... eller tjugo stycken åtminstone, men ägandeförhållandena är rätt oklara.

– Bra, sa Moreno. Jag ser det som ett gott omen.

Mikael Bau sa att han inte begrep ett jota och att hon skulle skaffa nånting vidbrättat mot solen. Hon lovade att tänka på saken och sedan avslutade de samtalet. Han upprepade aldrig att han älskade henne och hon var tacksam för det.

Om än något kluven.

Senare på kvällen ringde Reinhart och under en halvtimme diskuterade de uppläggningen av förhöret med Lampe-Leermann. I och för sig verkade det inte särskilt komplicerat, fast å andra sidan var det förstås viktigt att få honom att släppa ur sig så mycket som möjligt. Många namn och tunga.

Viktigt dessutom att tänka på bevisvärdet, så att det verkligen på sikt blev möjligt att väcka åtal mot de välförtjänta herrarna. Frågan om eftergifterna åt Lampe-Leermann själv måste förstås också vägas in i sammanhanget, men både Reinhart och Moreno hade varit med förr, så till slut förklarade sig kommissarien nöjd med planeringen.

Hade den fan nu valt att öppna sig för just inspektör Ewa

Moreno, så fick han väl se till att göra det också, menade han.

Och se till att han hade nånting att komma med.

Två tumregler bara, betonade Reinhart avslutningsvis. För det första bandspelare. För det andra inga formulerade utfästelser. Inte i det här inledande skedet, det borde Lampe-Leermann vara införstådd med.

– Jag vet, sa Moreno. Är inte född igår. Hurdan är Vrommel, förresten?

– Ingen aning, sa Reinhart. Han låter som en korpral i telefon och jag har för mig att han är rödhårig. Kan i och för sig vara en annan Vrommel.

– Hur gammal?

– För gammal för dig. Kunde vara din farfar eller nåt.

– Tack, kommissarien.

Reinhart önskade god jakt och förklarade att han såg fram emot att läsa hennes rapport om två dagar, högst tre.

– Rapport? sa Moreno. Du får ett utskrivet förhör och jag tänker inte ta hand om den detaljen heller. Jag är inte i tjänst.

– Hmpf, muttrade Reinhart. Finns ingen idealitet kvar inom kåren. Hur ska det gå med det här samhället?

– Vi tar det i augusti, sa Moreno.

– Om samhället finns kvar då, sa Reinhart.

5

Den 10 juli 1999

Det dröjde en stund innan hon förstod att flickan mittemot henne faktiskt satt och grät.

Det var ingen stor gråt. Alldeles utan åthävor; naturlig på sätt och vis. Ansiktet såg naket och rent ut; hyn var blek och det rödbruna håret kammat rakt bakåt och uppsatt med en enkel snodd. Sexton-sjutton ungefär, gissade Moreno, men hon visste med sig att hon var dålig på att bedöma unga flickors ålder. Kunde lika gärna vara ett par år uppåt eller nedåt.

Ögonen var stora och ljust bruna och såvitt hon kunde bedöma alldeles osminkade. Det syntes heller inga mörka strimmor utefter kinderna, där tårarna halkade ner i en jämn men inte särskild strid ström. Stilla och självklart, bara. Moreno kikade försiktigt över kanten på sin bok och noterade att flickan höll en välkramad näsduk i händerna, som låg löst sammanflätade i knät, men hon vidtog inga åtgärder för att hejda tåreflödet.

Inga åtgärder alls. Grät bara. Lät det rinna som det ville, verkade det, medan hon blickade snett ut genom fönstret mot det flacka, solbeskänkta landskapet som drog förbi. Flickan åkte baklänges, inspektör Moreno framlänges.

Sorg, tänkte Ewa Moreno. Det ser ut som sorg.

Hon försökte erinra sig vid vilken station gråterskan klivit på. Moorhuijs eller Klampendikk, antagligen. En eller ett par anhalter efter Maardam Kolstraat i alla händelser, där hon själv gått ombord. Det var ett av lokaltågen som stannade ungefär var tredje minut, Moreno hade börjat ångra att hon inte väntat in ett av snabbtågen istället. Det skulle förmodligen ha gått dubbelt så fort och det var förmodligen därför som det var så folktomt i det vaggande tågsättet. Förutom ett äldre par som satt och drack kaffe ur termos några rader bort var det bara hon och flickan i hela vagnen... märkligt också att hon kommit och satt sig mittemot henne när det fanns så gott om plats. Märkligt.

– Du gråter.

Orden kom utan att hon tänkt dem. Hoppade ut ur hennes mun innan hon hunnit hejda dem, och hon undrade hastigt om inte Mikael Bau haft alldeles rätt när han föreslagit det där med hatten. Den vidbrättade mot solen, högtrycket hade inte givit tappt den här dagen heller.

Flickan såg på henne ett ögonblick. Sedan snöt hon sig. Ewa Moreno bytte ställning och väntade.

– Ja. Jag sitter och gråter lite.

– Så kan det vara, sa Moreno.

Herregud, tänkte hon. Vad håller jag på med? Jag har just börjat ta hand om ett tonårigt sammanbrott... en bedragen flickunge med krossat hjärta på flykt från sin pojkvän. Eller sina föräldrar. På rymmen alldeles säkert... jag börjar läsa igen och låtsas som om jag aldrig tilltalat henne. Bryr mig inte om henne förrän vi är framme i Lejnice, är det inte nog med Lampe-Leermann, kanske? Vad tusan kan jag inte hålla tungan i styr för?

– Jag gråter för att jag är rädd, sa flickan och vände blicken ut mot solskenet igen. Jag är på väg till min pappa.

– Jaså? sa Moreno neutralt och skrotade rymningsteorin.

– Jag har aldrig träffat honom förr.

Moreno sänkte boken.

– Vad menar du?

– Jag har aldrig sett honom.

– Har du aldrig sett din pappa? Varför då?

33

– Därför att min mamma tyckte det var bäst så.

Moreno funderade. Drack en slurk ur mineralvattenflaskan. Höll upp den mot flickan i en frågande gest. Flickan skakade på huvudet.

– Och varför skulle det vara bäst för dig att inte träffa honom?

Flickan ryckte på axlarna.

– Jag vet inte.

– Vad heter du?

– Mikaela Lijphart.

– Hur gammal är du? Sexton-sjutton...?

Jag håller på att förhöra henne, upptäckte Moreno plötsligt och försökte släta över genom att sträcka fram ett tuggummipaket. Mikaela Lijphart tog två bitar och log hastigt.

– Arton, sa hon. Arton faktiskt. Jag fyllde igår.

– Gratulerar, sa Moreno. Lite i efterskott...

– Förlåt mig. Jag har stört din läsning.

– Det gör ingenting, försäkrade Moreno. Jag har ändå svårt att koncentrera mig när jag åker tåg. Brukar få läsa om det jag redan läst. Om du vill berätta om din pappa, så lyssnar jag gärna.

Mikaela Lijphart drog en djup suck och såg ut att överlägga med sig själv. Det tog tre sekunder.

– Tack, sa hon. Nej, jag har aldrig träffat honom, alltså. Inte sedan jag var väldigt liten i alla fall. Visste inte vem det var förrän igår. Han heter Arnold Maager, min mamma berättade det eftersom jag fyllde arton. Fin present, eller vad tycker du? En pappa.

Moreno höjde ett ögonbryn men sa ingenting. Tåget började på en ny ljudlig inbromsning inför nästa station.

– Han sitter på psyket. Det hände nånting när jag bara var två år. Det är därför hon hållit honom hemlig ända till nu, min mor.

Herregud, tänkte Moreno. Vad är det hon sitter och sä-

34

ger? För ett krasst ögonblick fick hon för sig att det var en ung mytoman hon råkat ut för – en lätt neurotisk tonårsflicka som tyckte om att göra sig intressant för vilt främmande människor. Det var inte alldeles ovanligt med den sortens utspel från unga damer i nöd, det visste hon av egen erfarenhet. Det hade åren inom ungdomspolisen lärt henne. Två och ett halvt år, noga räknat, som hon inte vantrivts med men inte heller ville ha tillbaka. Lika lite som alla andra år hon skrotat häromdagen…

Fast det var svårt att tro att Mikaela Lijphart satt och förställde sig. Verkligen svårt. Påminde mera om en öppen bok, tyckte Moreno – med de stora, klara ögonen och de frimodiga dragen. Visst kunde hon bedra sig, göra missbedömningar, men det fanns väl gränser?

– Och nu är du på väg för att träffa honom? frågade hon försiktigt. Din pappa. Var bor han?

– Lejnice, sa Mikaela Lijphart. Han är på ett hem lite utanför stan. Jag har ringt och talat med dom, så dom vet att jag kommer. Och dom skulle preparera honom… ja, dom sa just så. Preparera. Usch, jag är så nervös för det här, fast jag vet ju att jag måste.

Ewa Moreno letade i all hast efter tröstegrunder.

– Det man måste, måste man, sa hon. Har du verkligen inte vetat om att du hade en pappa förrän igår?

Mikaela Lijphart log hastigt igen.

– Jo. Jag är införstådd med att jungfrufödslar är rätt ovanliga i vår tid. Jag har haft en styvpappa sedan jag var tre, vetat om att han inte var min riktiga sedan jag var femton. Och så… ja, så fick jag vänta tre år till innan mamma talade om vem som var min far. Arnold Maager… jag vet inte om jag tycker om namnet eller inte.

– Men varför? kunde Moreno inte låta bli att undslippa sig. Jag menar, det har jag förstås inte med att göra, men…

– Jag vet inte, sa Mikaela Lijphart.

– Vet du inte?

– Nej, jag vet inte varför hon inte kunnat berätta. Eller velat berätta. Hon körde med en massa snack om ansvar och mognad och sånt, min mor, men... nej, inga detaljer. Det hände nånting när jag var liten, det är allt jag känner till.

Moreno tittade ut genom fönstret och konstaterade att de kommit till stationen i Boodendijk. Kunde inte vara långt kvar till Lejnice. En eller två anhalter antagligen. På andra sidan den tunna raden av bebyggelse skymtade redan dynlandskapet. Himlen såg närmast hysterisk ut i sin blåhet.

Vad tusan ska jag säga? tänkte hon. Flickstackarn måste ju känna sig alldeles övergiven.

– Du funderade inte på att ta med någon? försökte hon. Om du känner dig orolig. En kamrat... eller din mamma...

– Jag vill träffa honom ensam, förklarade Mikaela Lijphart. Mamma var emot att jag åkte överhuvudtaget, men har man fyllt arton så har man.

– Utan tvekan, sa Moreno.

Det gick några sekunder. Tåget började sätta sig i rörelse igen.

– Jag förstår inte varför jag sitter och berättar det här för en vilt främmande människa, sa Mikaela Lijphart och försökte se lite karskare ut. Du måste ju tro att jag är en riktig knäppskalle... för att inte tala om min mamma och min pappa. En riktig knäppfamilj. Det är vi kanske också, men jag brukar faktiskt inte...

– Det kan vara skönt att prata med främlingar ibland, avbröt Moreno. Man kan säga vad man vill utan att behöva ta en massa hänsyn. Jag brukar också kasta mig in i samtal på det här viset ibland.

Nu sprack flickans ansikte verkligen upp i ett leende, och Moreno kunde konstatera att hon blev ännu mer intagande när orosmolnen gled bort för ett ögonblick.

– Precis. Det är ju så jag tänker när det gäller min pappa.

36

Mötet med honom, menar jag. Vi är ju också främlingar för varandra. Jag vill inte ha några andra i närheten när jag pratar med honom för första gången. Det vore... det vore inte rättvist på nåt sätt. Förstår du? Inte rättvist mot honom.

Moreno nickade.

– Så du ska kliva av i Lejnice, då? frågade hon.

– Ja. Vart ska du?

– Lejnice jag också. Det kommer nog att gå bra, ska du se. Med din pappa, alltså. Jag känner det på mig.

– Det gör jag också, deklarerade Mikaela Lijphart optimistiskt och rätade lite på ryggen. Jag tror förresten vi är framme snart, jag borde kanske kila in på toaletten och tvätta bort tårarna ur ansiktet. Det var snällt att jag fick prata med dig.

Ewa Moreno kände plötsligt att hon själv behövde blinka bort ett par tårar ur ögonvrårna. Hon klappade Mikaela Lijphart på låret och harklade sig.

– Gör det. Jag väntar på dig. Vi kan väl göra sällskap in på stationen i alla fall?

Mikaela Lijphart reste sig och försvann in i det trånga båset längst bort i vagnen. Moreno drog ett djupt andetag. Stoppade ner sin bok i väskan och upptäckte att man kunde se havet genom kupéfönstret.

Tittade på klockan och konstaterade att man skulle vara framme om tre minuter.

Hon tog avsked av Mikaela Lijphart på planen framför stationsbyggnaden, där Mikaela klev på en gul buss som skulle föra henne till Sidonisstiftelsen, ett vårdhem några kilometer norrut och någon kilometer inåt land.

För egen del tog Moreno en taxi, eftersom hon inte var riktigt säker på var polisstationen i Lejnice var belägen.

Avståndet ner till torget, där den visade sig ligga, uppgick till knappt tvåhundra meter och den unge chauffören und-

37

rade om han inte kunde få köra henne fram och tillbaka till kyrkan också, så att han åtminstone fick tid att sätta på taxametern.

Moreno skrattade och sa att hon behövde en bil ut till Port Hagen om några timmar och fick hans kort med personligt anropsnummer.

Lejnice polisstation var en fyrkantig tvåvåningsbyggnad i mörk pommersten med snåla kvadratiska fönster utan insyn. Uppförd någon gång strax efter kriget, antagligen, och flankerad av en charkuteributik och en begravningsbyrå. Ovanför den föga imposanta entrén fanns en diminutiv balkong med järnräcke och en ännu mindre flagga, som vajade för en svag bris i änden på någonting som skulle ha kunnat vara ett kvastskaft. Moreno fick en hastig association till någon dekadent fransk 1800-talskoloni – eller till en film om en sådan koloni – och när hon fick syn på kommissarie Vrommel, anade hon att han förmodligen hade fler preferenser i detta svunna århundrade än i det som stod för dörren.

Stod för dörren gjorde han för övrigt för egen del också. Lång och gänglig, klädd i något slags mjuk kakiuniform som Moreno också bara kunde erinra sig från filmens värld. Han var runt sexti, bedömde hon, kanske närmare sextifem. Reinharts gissning att han skulle vara rödhårig hade möjligen haft fog för sig, men var något årtionde för sen. Numera var det tunt uppepå Vrommels huvud. För att inte säga kalt.

Runda glasögon utan bågar, kraftig rödbrun näsa och en mustasch som var så gles och hudfärgad att hon inte fick syn på den förrän de skakade hand.

– Inspektör Moreno, förmodar jag. Angenämt. Resan gått bra?

Han tycker inte om kvinnliga poliser, tänkte hon.

– Utmärkt, tack. Lite varmt.

Han tog inte emot inviten att prata om vädret. Harklade sig och rätade på ryggen istället.

38

– Välkommen till Lejnice. Ja, det här är alltså maktens boning. Han slog ut med armen i en gest som möjligen – men bara möjligen – kunde tolkas ironiskt. Ska vi kanske stiga på? Lampe-jäveln sitter och väntar.

Han höll upp dörren och Moreno steg in i den relativa svalkan på Lejnice polisstation.

Förhörsrummet var cirka tio kvadratmeter stort och såg ut som ett förhörsrum skulle se ut.

Som alla förhörsrum i hela världen borde se ut. Ett bord med två stolar. En lampa i taket. Inga fönster. På bordet en bandspelare, en vattenkaraff och två vita plastmuggar. Kala väggar och omålat betonggolv. Två dörrar med titthål. Franz Lampe-Leermann satt redan på plats på sin stol när Moreno gjorde entré genom den ena dörren. Hade förmodligen suttit där en god stund också, antog hon; han såg rätt så uttråkad ut och leendet han gav henne verkade ansträngt. Stora svettrosor hade börjat breda ut sig under armarna på hans gula skjorta och han hade tagit av både skor och strumpor. Han andades tungt. Luftkonditioneringssystemet som var igång i resten av byggnaden nådde uppenbarligen inte in till detta gehenna.

Eller också hade Vrommel stängt av det.

Trettifem grader, bedömde Moreno. Minst. Bra.

– Jag behöver en rökpaus, förklarade Franz Lampe-Leermann och torkade sig i pannan med avigsidan av handen. Den skithögen vill inte låta mig röka ens.

– Paus? sa Moreno. Vi har ju inte börjat än. Tidigast om en halvtimme. Förutsatt att du är samarbetsvillig. Klar?

Lampe-Leermann svor på nytt och ryckte på axlarna.

– Då kör vi väl igång, då, sa Moreno och tryckte på inspelningsknappen. Vad har du att säga?

39

6

Mikaela Lijphart steg av vid vägskälet i byn S:t Inns som hon blivit instruerad. Stod kvar vid dikesrenen med sin ryggsäck tills hon sett bussen försvinna i den långa kurvan bort mot Wallby och Port Hagen.

Såg sig om. Åt vänster, västerut, löpte den spikraka vägen över dynerna ner till havet, bara halvannan kilometer avlägset. Hon skulle gå den senare – om någon eller några timmar – för att komma till vandrarhemmet där hon tänkte övernatta. Men inte nu. Nu var det österut som gällde. Inåt land, det smala ringlande asfaltbandet, som nästan såg ut att ligga och koka i hettan mellan höga, blommande gräsvallar. Avståndet upp till Sidonishemmet var enligt uppgift inte mycket mer än en kilometer, det heller, men hon önskade ändå att det varit lite kortare. Eller att hon köpt med sig en vattenflaska från Lejnice åtminstone.

För det var varmt. Olidligt varmt. Klockan var halv två; måste vara den perfekta tidpunkten för en vandring i solen, tänkte hon. För ett präktigt solsting.

Skulle bara fattas. Det också.

Hon såg sig om ytterligare en gång. Försökte överblicka byn; den verkade inte bestå av mer än ett dussintal hus, men från ett av dem stack det faktiskt ut något som såg ut som en reklamskylt. Kanske var det ett slags affär… borde gå att få en flaska vatten i alla händelser. Hon kastade upp ryggsäcken över axeln och gav sig av i riktning mot det rödbruna tegelhuset.

Lika bra att kontrollera att det verkligen var rätt väg till hemmet också, tänkte hon.

Till hemmet och hennes pappa.

Det var mycket riktigt en liten livsmedelsbutik. Hon köpte en liter vatten, en glass och ett paket Rijbingkex med citronsmak. Fick anvisningar om vägen till Sidonisstiftelsen på köpet; det var bara att följa vägen och svänga till höger vid skylten efter bron. Inte långt alls. Hade hon bil? undrade den rundnätta damen bakom disken. Om inte kunde hon få skjuts om en halvtimme, man skulle leverera en del varor till hemmet, det gjorde man mest varje dag.

Mikaela Lijphart log och tackade nej. Sa att hon tyckte om att promenera och att vädret ju var fint.

Strålande väder, höll kvinnan med och fläktade sig med en veckotidning. Nästan lite för mycket av det goda, skulle man kunna säga.

Medan hon gick, funderade hon på vad hon sagt till kvinnan på tåget.

Sanningen, men inte hela sanningen.

Inte riktigt hela. Hon visste lite mer än hon givit sken av, och nu gav det henne plötsligt dåligt samvete för att hon hållit inne med det. Ett litet sting i varje fall. Kvinnan hade varit vänlig och tagit sig an henne; hon kunde ha yppat en aning mer, det kunde hon faktiskt.

Å andra sidan hade hon inte direkt ljugit. Det stämde verkligen att hennes mamma berättat just så lite om bakgrunden som hon sagt på tåget.

Det hände någonting.

För sexton år sedan.

Någonting med hennes pappa.

Vad? *Vad?* När hon nu tänkte tillbaka på gårdagens samtal med sin mor, hade hon nästan ännu svårare att begripa sig på hennes hållning. Svårare än medan de satt där över frukostbordet på milslångt avstånd från varandra och hon fick höra namnet för första gången.

Arnold Maager.

Arnold? I tolv år hade hon haft en pappa som hette Helmut. I tre år hade hon haft en utan namn. Nu hette han plötsligt Arnold.

Vad var det som hände? hade hon frågat sin mor. Berätta vad det var som var så förfärligt. Då för sexton år sedan.

Men hennes mor hade bara skakat på huvudet.

Du förstår väl att du måste säga B när du sagt A, hade Mikaela insisterat. Det brukade modern själv säga. Jag har rätt att få veta.

Ny huvudskakning, ännu mer bestämd. Sedan den där harangen.

Ja, du har rätt att få veta vem som är din far, Mikaela, och det har jag låtit dig veta nu. Men du skulle inte må bra av att känna till vad som hände, varför jag lämnade honom. Tro mig, Mikaela. Jag skulle inte göra så här om det inte var nödvändigt, det förstår du väl?

Jag kommer att ta reda på det.

Det är din sak. Du är arton år. Men jag tänker på ditt eget bästa.

Längre än så hade de inte kommit, trots att de suttit där i köket i en halvtimme. Mikaela hade bönat och bett. Hade tjatat och svurit och gråtit, men hennes mamma hade bestämt sig.

Som hon gjorde ibland. Mikaela Lijphart hade kört huvudet i väggen förr. Visste hur det brukade vara och hur det kändes. Men det brukade inte vara ett sådant här märkligt avstånd. Märkligt och lite mäktigt på något vis.

Moster Vanja blev öppningen; det hade också hänt förr. Hon hade stängt in sig på sitt rum och ringt upp henne omedelbart efter samtalet i köket. Förklarat läget utan preludier och efter intensiv övertalning hade det lyckats. Faktiskt, när hon sånär redan givit upp. Moster Vanja hade berättat. Inte mycket förvisso, men en smula... gläntat på förlåten, som det hette.

Han dödade någon, din far. En ung flicka... ja, det blev väl aldrig riktigt klarlagt om det faktiskt var han som gjorde det.

Paus.

Fast det är klart att det var han.

Paus.

Och sedan kunde han inte bära det. Han gick sönder, bäst att inte rota mera i det, jag har redan sagt för mycket.

Vem?

Vem hade han dödat? Varför?

Men det hade moster Vanja vägrat att ge sig in på. Nu hängde förlåten på plats igen, det var inte hennes sak och hon hade redan sagt för mycket. Han fanns väl på det där hemmet utanför Lejnice, det trodde hon åtminstone. Hade kommit dit rätt så omgående. Men lika bra att glömma, som sagt. Glömma och gå vidare.

Detta visste redan Mikaela. Att han fanns på den där anstalten – så mycket hade hennes mor ändå avslöjat. Man kunde undra varför, tänkte Mikaela när hon till slut tackat och lagt på luren. Varför hade hon dragit gränserna just där hon gjort, hennes mor? Om hon nu inte ville att det skulle röras om i saker och ting, hade det väl varit bättre att inte ge sin dotter denna fingervisning?

Eller att inte säga någonting överhuvudtaget?

Jag måste, hade hon förklarat. *Jag är skyldig att ge dig din fars namn och jag är skyldig att tala om var han finns. Men jag önskar... önskar av hela mitt hjärta att du låter bli att söka upp honom.*

Hela mitt hjärta? tänkte Mikaela Lijphart. Lät nästan lite patetiskt. Och obegripligt. Både igår och idag. Just så obegripligt som hennes mor kunde bete sig då och då. Jo, egentligen var hon väl mindre förvånad än hon borde vara. Än andra artonåringar skulle ha varit i hennes situation.

Jag är van att leva lite på ett gungfly, hade hon tänkt. På gott och på ont. Är beredd på det mesta.

Kanske var det därför hon inte velat berätta riktigt allt för kvinnan på tåget? För att hon skämdes över sin knäppfamilj, precis som hon sagt!

Dödat någon? Herregud, nej, det var ändå för mycket.

Hon kom fram till bron. Gick över den och svängde till höger. Den övervuxna fåran låg helt uttorkad, bara en smal kladdig lersträng längt nere på bottnen avslöjade att detta faktiskt var ordinarie hemvist för floden Muurs vatten. Åtminstone under andra klimatiska betingelser; det satt en stor skylt på en stolpe och talade om både detta och att Sidonisstiftelsen bara var 200 meter avlägsen nu.

Tvåhundra meter, tänkte Mikaela Lijphart och drack lite vatten. Efter arton år – eller sexton egentligen – har jag tvåhundra meter kvar till min far.

Byggnaderna var blekt gula och låg i ett litet parkområde, omgärdat av en låg stenmur och en remsa lövträd. Almar eller lönnar, hon visste inte vilket. Kanske bådadera, de såg lite olika ut. Tre huskroppar bara, ett större i fyra våningar och två lägre tvåvånings- på flyglarna. En liten asfalterad parkeringsplats med ett tiotal bilar. En svart hund som stod bunden utanför ett uthus och skällde. Inga människor syntes till någonstans. Hon föjde skyltarna uppför trappan in i huvudbyggnaden och stannade framför en informationsdisk. Två äldre kvinnor satt inbegripna i ett samtal med ryggen åt henne och det dröjde en stund innan hon lyckades påkalla deras uppmärksamhet.

Förklarade sitt ärende och ombads sitta ner och vänta.

Efter några minuter dök en ung man med skägg och glasögon upp ur en korridor och frågade om hon hette Mikaela

Lijphart. Det gjorde hon, sa hon. Han tog i hand och hälsade henne välkommen. Sa att han hette Erich och att det var vackert väder. Sedan tecknade han åt henne att följa honom. Han gick före genom två gröna korridorer och uppför två blå trappor; hon höll sig ett par steg bakom och kände att hon började bli kissnödig. Vattnet förstås. Hon hade druckit ur hela flaskan under vandringen.

De kom ut i något slags samlingsrum med ett par soffgrupper och en teveapparat. Inga människor syntes till här inomhus heller, hon undrade om man kanske var på utflykt med anledning av vädret. För det måste väl finnas flera patienter än hennes pappa? Andra psykfall. Hon fick syn på en toalettdörr och bad Erich vänta ett ögonblick.

Herregud, tänkte hon när hon kissat färdigt och tvättat av sig den värsta sommarhettan. Jag vill åka hem. Om han är borta när jag kommer ut smiter jag härifrån.

Han stod kvar och väntade.

– Arnold Maager är din far, är det så?

Hon nickade och försökte svälja.

– Du har inte träffat honom förr?

– Nej. Om det… nej, förresten. Ja, det är första gången.

Han log och försökte se allmänt välvillig ut, antog hon. Kunde inte vara mer än ett par-tre år äldre än hon själv, för övrigt. Tjugoett-tjugotvå sådär. Hon drog ett djupt andetag och märkte att hon darrade en smula.

– Nervis?

Hon suckade.

– Det är lite pirrigt.

Han kliade sig i skägget och tycktes tänka efter.

– Han är inte speciellt pratsam, din far. Brukar inte vara det i alla fall. Men du behöver inte vara orolig. Du vill vara ensam med honom?

– Javisst. Varför… är det nånting…?

Han ryckte på axlarna.

– Nej, ingenting. Jag går med dig till hans rum. Om ni vill sitta där går det bra. Ni kan väl ta en promenad i parken annars, han tycker om att vandra omkring... det finns te och kaffe i köket också.

– Tack.

Han pekade in i en ny kort korridor. Lät henne gå före.

– Här är det. Nummer 16. Jag finns nere på expeditionen om det är nånting.

Han knackade på dörren och öppnade den utan att vänta på svar. Hon blundade och räknade till fem. Sedan steg hon in.

7

Mannen som satt i fåtöljen vid det öppna fönstret påminde henne om en fågel.

Det var hennes första tanke och på något vis stannade den kvar hos henne.

Min pappa är en fågel.

Han var liten och tunn. Klädd i alldeles för stora, slitna manchesterbyxor och en blå skjorta som hängde löst över de uppskjutna axlarna. Huvudet på den tunna halsen var långsmalt; mörka insjunkna ögon och en vass, lite böjd näsa. Tjockt, kortklippt hår. Råttfärgat. Ett par dagar gammal skäggstubb som var några toner mörkare.

Han sänkte boken som han suttit och läst i och såg på henne i två sekunder. Sedan vek han undan med blicken.

Hon stod kvar innanför dörren och höll andan. Fick en plötslig ingivelse om att hon gått fel. Att hon – eller den unge vårdaren snarare – råkat ta miste på rum. Skulle det här vara hennes pappa? Skulle den här lilla figuren vara...?

– Är du Arnold Maager? bet hon av tankarna. Förvånades över att rösten ändå lät så pass stadig.

Han tittade upp på henne igen. Vätte läpparna med tungspetsen.

– Vem är du?

Orden lät lika tunna som deras upphovsman. Hon ställde ifrån sig ryggsäcken och satte sig i den andra fåtöljen. Väntade några ögonblick men släppte inte hans blick. Upptäckte att han ändå inte såg särskilt gammal ut. Runt fyrtifem, antagligen. Hennes mor var fyrtitre, det kunde stämma.

47

– Jag heter Mikaela. Du är min pappa.

Han svarade inte. Reagerade inte.

– Jag är din dotter, la hon till.

– Min dotter? Mikaela?

Han tycktes krympa ihop ytterligare, och orden var så svaga att hon nätt och jämnt kunde uppfatta dem. Boken föll i golvet, men han böjde sig inte ner för att ta upp den. Hans händer darrade lite.

Börja inte gråta, tänkte hon. Snälla pappa, börja inte gråta.

Efteråt hade hon svårt att avgöra hur länge de sedan satt tysta mittemot varandra. Egentligen. Kanske var det bara en halv minut, kanske var det tio. Det var så egendomligt, ögonblicken kändes både orörliga och jättestora, och när några av dem var till ända började hon långsamt begripa någonting som hon aldrig begripit tidigare, aldrig funderat över ens... någonting om språket och tystnaden. Och förnimmelserna.

Oklart vad, kanske, men för första gången i sitt liv märkte hon att det var möjligt att erfara saker utan att tala om dem. Erfara dem tillsammans med någon annan och ändå inte sätta ord på dem. Inte ens för sig själv. Vare sig medan det hela pågick eller senare... att orden, de klumpiga orden, aldrig kunde träffa riktigt hundraprocentigt rätt och att det ibland var nödvändigt att avhålla sig från dem. Inte låta dem köra över upplevelserna och göra dem skeva.

Bara sitta tyst och erfara, alltså. Låta allting vara precis som det var. Ja, någonting sådant var det hon förstod. Lärde sig under det första mötet med sin pappa. Sin fågelpappa.

En halv minut, således. Eller tio.

Sedan reste han sig. Gick bort till byrån bredvid sängen och drog ut nedersta lådan.

– Jag har skrivit till dig, sa han. Det var bra att du kom och hämtade det.

Han tog fram en bunt brev. Den var säkert femton centimeter tjock, och ombunden med ett svart band i kors.

– Det är bäst du kastar bort dem. Men när du ändå är här får du ta hand om dem.

Han placerade bunten på bordet mittemellan dem och sjönk ner i stolen igen.

– Förlåt mig, sa han. Men du skulle nog inte ha kommit. Jag tror det är bäst om du går nu.

Han blinkade några gånger och gjorde ett par ryckiga rörelser med huvudet. Såg inte på henne längre, och hon gissade att han kände sig obehaglig. Att han tyckte det var obehagligt att sitta här tillsammans med sin plötsligt uppdykande dotter.

– Jag vill träffa dig och tala med dig, sa hon. Jag visste inte vem du var förrän igår. Jag vill veta varför det har blivit så här.

– Det är mitt fel, sa han. Jag gjorde något fruktansvärt och det ska vara som det har blivit. Det går inte att ändra på. Går inte.

Han knyckte med huvudet igen.

– Jag förstår inte, sa Mikaela Lijphart. Jag måste få veta för att kunna förstå.

– Går inte, upprepade han.

Sedan satt han tyst och stirrade ner i bordet. Lutade sig framåt och kramade med händerna om armstöden. Det gick mera tid.

– Du har en annan pappa. Det är bäst som det är. Gå nu.

Hon kände gråten bränna till i halsen.

Se på mig, tänkte hon. Rör vid mig! Säg att du är min pappa och att du är glad för att jag äntligen har kommit!

Men han bara satt där. Den märkliga tystnaden var försvunnen – eller förändrad – nu fanns bara leda och hopplöshet med ens. Att ögonblick kunde förloras så fort, tänkte hon med stigande desperation. Förödas så totalt.

49

– Jag vet inte ens vad som hände, viskade hon och försökte på något vis bekämpa tårarna som dunkade bakom ögonen. Min mamma säger ingenting och du säger ingenting. Fattar ni inte att ni måste berätta? Jävla... jävla skitstövlar!

Hon hävde sig upp ur fåtöljen och ställde sig vid det öppna fönstret istället. Vände ryggen åt honom. Lutade sig ut och kramade med fingrarna om det vassa blecket tills det gjorde ordentligt ont, och lyckades trycka tillbaka sin förtvivlan med hjälp av smärtan och ilskan. Skitstövlar, upprepade hon i tankarna. Jävla, förbannade skitstövlar, ja, det var precis vad dom var!

– Ni tror att ni vet vad som är bäst för mig, men det vet ni inte alls!

Han rörde sig inte, men hon kunde höra honom andas borta i stolen. Tungt och med öppen mun som om han hade polyper. Hon bestämde sig för att inte bry sig om honom en stund. Vända bort uppmärksamheten, försöka åtminstone. Hon lyfte blicken. Utanför i parken bredde sommaren och solskenet ut sig. Den skällande hunden hade slutat skälla. Låg på mage i skuggan istället och dåsade med tungan utrullad på marken framför sig, den syntes ända upp hit. Det var god utblick över det omgivande landskapet också, hon kunde se vägen hon kommit vandrande på och byn där hon klivit av bussen. S:t Inns. Längre bort ändå fanns havet – mera som en aning, och hon undrade hur livet kunde kännas så fruktansvärt instängt med all den här utsikten. Med all denna sommar, detta solsken och denna oändliga himmel...

– Hur gammal är du, Mikaela? frågade han plötsligt.

– Arton, svarade hon utan att vända sig om. Jag fyllde arton igår.

Så kom hon på att hon tagit med någonting till honom. Hon gick bort till ryggsäcken och grävde fram paketet. Tvekade en stund innan hon placerade det intill breven på bordet.

– Det är ingenting märkvärdigt, sa hon. Men det är till dig. Jag gjorde det i skolan när jag var tio år. Du ska ha det.

Han fingrade försiktigt på det platta paketet, men började inte öppna det.

– Du borde inte…, försökte han.

– Om jag ger dig nånting är du så god och tar emot det, avbröt hon ilsket. Jag tar dina brev och du tar min saga, okej?

För det var en saga. En bildberättelse om en olycklig fågel som hon ägnat nästan en hel termin åt i fjärde klass. Skrivit och ritat och målat. Hon hade tänkt ge den till mamma eller till Helmut i julklapp, men av någon anledning hade hon ändrat sig och låtit bli.

Om det nu var för att de blivit osams eller om det var någonting annat, hon mindes inte. När hon kommit ihåg sagan igår kväll, hade det känts nästan som ett tecken.

Att kunna ge en saga till sin pappa. En mörk saga med ett lyckligt slut.

Om en fågel också, slog det henne nu, det stämde ju med det där första intrycket av honom.

Hon ställde sig vid fönstret igen och väntade. Bestämde sig för att inte säga ett ord till eller gå därifrån förrän han tog sig före någonting. Bara stå där och vägra, precis som hennes mamma gjort och precis som han gjorde. Vägra. Det fick ta den tid det tog. Skitsamma.

Efter ett par minuter harklade han sig och steg upp. Gick obeslutsamt fram och tillbaka över rummet några gånger. Stannade borta vid dörren.

– Jag vill gå ut, sa han. Jag brukar promenera i parken så här dags.

– Jag följer med, sa Mikaela Lijphart. Och jag vill att du berättar för mig. Jag tänker inte gå härifrån förrän du gjort det, förstår du det?

Hennes pappa gick ut genom dörren utan att svara.

51

8

– Så du måste tillbaka och fortsätta på måndag? sa Mikael
Bau. Det är det du säger?

Ewa Moreno nickade och drack ännu en klunk vin. Kände
att hon började bli berusad, men vad tusan? tänkte hon. Det
var faktiskt första kvällen av hennes fyra veckor långa se-
mester och hon kunde inte minnas när hon senast unnat sig
att dricka bort spärrarna. Måste vara åratal sedan. Vad då för
spärrar, förresten?

Imorgon kunde hon sova ut. Ta en handduk, masa sig ner
hundra meter till stranden. Ligga där och lapa sol hela da-
gen. Vila sig och lata sig och låta Mikael ta hand om henne
precis som han sagt att han skulle göra.

Och inte var det så farligt med ett par timmars jobb i
övermorgon? På eftermiddagen, det skulle inte störa sov-
morgonen.

– Stämmer, sa hon. Ett par timmar bara. Han var inte så
samarbetsvillig som han påstod, slemburken Lampe-Leer-
mann.

– Slemburken? sa Mikael Bau och rynkade pannan. Det
märks att inspektören är lite off the record.

Off the record? tänkte hon och makade sig tillrätta i den
nedsuttna schaggsoffan. Kanske det, men vad tusan, hon
hade ju semester när allt kom omkring. Mikael Bau låg i
andra änden av den stora möbeln och de hade ungefär så
mycket kroppskontakt som var förenlig med behaglig mat-
smältning. Han hade naturligtvis hittat en fisk, som han

52

hade lovat. Inte vilken fisk som helst heller – en sjötunga, som han anrättat à la meunière med en gudomlig sås på vitt vin och kräftstjärtar; det var en sådan lyx att hon nästan haft svårigheter att tillgodogöra sig den. Problem att njuta fullt ut och göra hans matlagningsskicklighet rättvisa. Någonting med det där att vara reservationslös antagligen... varför skulle det vara så märkvärdigt?

När hon erkänt det hade han bara skrattat och ryckt på axlarna.

– Ät, hade han sagt. Du behöver inte tala blankvers.

Hon drack en klunk. Lutade huvudet mot kudden och märkte att hon hade något slags fånigt leende på läpparna. Ville inte gå bort heller, tycktes det.

– Franz Lampe-Leermann är en slemburk, fastslog hon. Off eller on the record spelar ingen roll.

Mikael Bau såg milt skeptisk ut.

– Men varför just du? Vem som helst kan väl förhöra en slemburk?

– Antagligen av samma skäl som jag ligger här, sa Moreno. Han gillar mig. Gillar kvinnor bättre än män åtminstone.

– Aha? Och han får bestämma själv hur han vill ha det? Polisens nya mjuka linje, förstår jag?

– Man skulle kunna tro det, ja. I varje fall föredrar han mig framför polismästaren och jag tillåter mig att förstå honom. Vrommel är ingen blomma precis...

– Vrommel?

– Han heter så. Styvt sexti, styv krage, styv i korken...

Hon hejdade sig ett ögonblick, förvånad över hur lätt orden flöt ur hennes mun. Måste vara den där såsen, tänkte hon. Sommar, semester och Sauvignon blanc...

– Jag vet vem det är, sa Mikael Bau.

– Vem?

– Vrommel, förstås.

– Du? Hur kan du veta vem Vrommel är?

53

Mikael Bau slog ut med armen och spillde lite vin.

– Huset, förklarade han. Det här. Du glömmer att jag bott här om somrarna i hela mitt liv. Port Hagen känner jag till bättre än min egen verktygslåda. Lejnice också... det är ju liksom huvudorten härute.

Moreno funderade.

– Jag förstår. Men polismästaren? Jag tolkar det som att ni brukar vara inblandade i kriminella aktiviteter... du och din släkt, alltså.

Mikael Bau morrade kryptiskt.

– Hrrm, sa han. Inte riktigt. Jag råkar komma ihåg Vrommel för att han varit här en gång. Måste ha varit i början av 80-talet, jag var nog femton eller sexton. En av mina systrar hade en väninna som var inblandad i nånting. Har glömt vad det var... eller har nog aldrig vetat det, rättare sagt. Han kom och intervjuade Louise, hursomhelst... eller förhörde rentav? Lång och rödhårig typ, den här Vrommel, eller hur? Rätt barsk.

– Flintskallig numera, korrigerade Moreno. Men nog är han barsk... vad tusan ligger vi här och pratar om flintskalliga poliser för?

– Ingen aning, sa Mikael Bau. Verkar rätt dumt när det finns håriga snutar på så mycket närmare håll.

Han tog fatt i hennes bara fötter och började massera dem.

Hårig snut? tänkte Ewa Moreno.

Sedan brast hon i gapskratt.

– Tror jag behöver en promenad på stranden, bekände hon. Jag har druckit för mycket... och ätit för mycket sås.

– Samma här, sa Mikael Bau. Ska vi ta med en filt? Det är månsken.

– Vi klarar oss inte utan filt, sa Ewa Moreno.

De kom tillbaka från stranden strax före soluppgången och på söndagen sov hon till klockan tolv.

Det gjorde Mikael Bau också och efter frukost, som mest kom att bestå av juice och kaffe, gick de och lade sig i var sin vilstol ute i trädgården med mera juice och mineralvatten inom bekvämt räckhåll. I eftertankens friska blekhet började Ewa Moreno också upptäcka vilket fantastiskt hus det var hon kommit till. En stor och svackig gammal träkåk med veranda runtom och balkonger på övervåningen. Knarrande trappor och skeva vinklar och prång som borde rista evighetsrunor i vilket barnaminne som helst. Burspråk med torkade blommor, rinniga gammeldags fönsterrutor och möbler från fyra eller fem generationer och tio gånger så många stilar.

Hur familjen Bau kommit över ett sådant ställe – Tschandala var namnet för övrigt, ursprung oklart – var höljt i en del mystiska dimmor; ingen i släkten hade någonsin varit känd för att ha mer pengar än som behövdes till mat för dagen, påstod Mikael, men enligt den mest seglivade teorin angående husförvärvet hade en viss Sinister Bau vunnit alltihop under ett sällsamt och sägenomsusat pokerparti någon gång i början av 20-talet. Enligt en sidoteori hade han under samma kväll spelat bort sin unga trolovade till en ukrainsk zigenarhövding, så släkten brukade mena att udda härigenom blivit jämnt.

Att man ägde och besatt Tschandala med all rätt i världen.

Mikael Bau berättade om detta och mer därtill medan de låg nakna i vilstolarna; snåret av knotiga dvärgtallar och Aviolisbuskar var tätt och frodigt och omöjliggjorde effektivt all insyn, och Ewa Moreno märkte att hon – i eftertankens friska blekhet, som sagt – då och då måste fråga sig om han inte bara låg och hittade på alltihop allteftersom han pratade.

Om inte alltihop det här var något slags illusion, förresten. Huset och vädret och den nakne mannen som just nu sträckte ut en hand och placerade den över hennes vänstra bröst, inte kunde det vara verklighet? Snarare någonting hon låg hemma och drömde ihop i väntan på att väckarklockan skulle skrälla in en ny regnig tisdag i november, det verkade fan så mycket troligare.

Så småningom bestämde hon sig för att det kvittade vilket. Erinrade sig att *kommissarien* – kommissarie Van Veeteren, vill säga, som tagit sin mats ur polishuset för ett par år sedan och som numera framlevde sina dagar i Krantzes antikvariat på Kupinskis gränd – en gång talat om just det här. Att det faktiskt inte spelade någon roll om allting bara råkade vara en film eller en bok. Eller om det var på riktigt. Villkoren var ändå desamma – oklart vilka förvisso – men likförbannat desamma.

Så hon sträckte ut handen och lät den bli kvar där den hamnade.

Vid fyratiden gick de ner till havet och badade. Stranden var välfylld, naturligtvis. Sommar, sol och söndag; mammor, pappor, barn och hundar; frisbees, fladdrande drakar, rinnande glassar och studsande bollar. Under ett par svarta sekunder medan de låg och torkade drabbades hon av en häftig avund gentemot alla dessa familjekluster. Dessa självklara och harmoniska människor, inlemmade i dessa enkla och sunda och naturliga sammanhang.

Men det gick över. Hon ruskade på huvudet åt tolvskillingsanalysen och betraktade Mikael Bau som sträckte ut sig på rygg i sanden.

Var det så att hon verkligen ville hamna i den sortens gemenskap fanns det ingenting i vägen, tänkte hon. Ingenting som hindrade henne från att ta steget.

Ingenting yttre, vill säga. Bara hon själv. Han hade ju sagt att han älskade henne. Både en och två gånger. Hon jämkade sig lite närmare intill honom. Slöt ögonen och började tänka på sin egen familj.

På sin mor och sin far som hon talade i telefon med en gång i månaden. Träffade en gång om året.

Hennes bisexuelle bror i Rom.

Hennes förlorade syster.

Maud. Förlorad på Europas bakgårdar. På storstädernas horgator och i knarkarkvartarnas skitiga hopplöshet. I sutenörernas sängar. I en enda lång, sjaskig, nedåtgående spiral. Hon visste inte längre var Maud fanns.

Det kom inga kort längre. Fanns ingen adress och inga livstecken. Kanske fanns inte hennes syster heller längre?

Familj? tänkte hon. Kan man verkligen börja leva i en när man är över tretti och aldrig haft någon? Eller såg alla familjer ut som hennes egen, mer eller mindre, när man började skärskåda dem lite noggrannare?

Bra frågor, som det hette. Hon hade ställt dem några gånger förr.

Frågat och frågat, men skjutit svaret framför sig. Det var så lättvindigt att skylla allting på sina dagars upphov också. Vårda sina födelsemärken. Alltför lätt.

– Vad var det han hette?

Mikael Bau strök med handen över hennes mage.

– Vem?

– Slemburken.

Så påpassligt han återfört henne till verkligheten.

– Lampe-Leermann. Franz Lampe-Leermann. Varför frågar du?

Han började långsamt fylla hennes navel med sand. En tunn stråle, varm, vit sand som försiktigt kröp fram ur hans knutna hand.

– Vet inte riktigt. Svartsjuka förmodligen. Du åker ju och träffar honom var och varannan dag. Är det därför han

57

inte berättar allt med en gång? För att få chansen att umgås med Europas vackraste snut ett par gånger till?

Moreno funderade.

– Antagligen, sa hon. Men det blir bara en gång till. Jag tänker förklara för honom att jag lämnar honom imorgon under alla omständigheter. Ska försöka vara lite vänligare som kompensation också, tror jag. Ge honom vissa löften...

– Fy fan, sa Mikael Bau. Säg inte så där. Vad har han gjort, förresten?

– Det mesta, sa Moreno. Han är femtifem år, har suttit inne åtminstone tjugo av dom. Men han har namn. Barnpornografi. Toppar i narkotikahandeln. Vapen... människosmuggling, kanske. Ja, det är en härva, men det går att reda ut en del av den åtminstone... med Lampe-Leermanns hjälp. Jag måste faktiskt göra det här. Det är min uppgift att öppna locket på slemburken. Fast jag offrar bara en dag till på det, jag lovar.

Mikael Bau blåste bort den fina sanden och kysste henne på magen istället.

– Du tror på det du gör?

Hon lyfte på huvudet och betraktade honom förvånat.

– Vad menar du?

– Vad jag säger förstås. Jag undrar om du tror att det verkligen spelar någon roll. Att du lyckas åstadkomma någonting som kriminalinspektör? Och att jag egentligen lyckas rädda ett eller annat med mitt socialarbete? Tror du det betyder någonting alls mot den här jävla marknaden och det jävla hyckleriet och den jävla cynismen? Två tredjedelssamhället och superegoismen. Tror du det?

– Javisst, sa Ewa Moreno. Det är klart jag tror. Varför i helvete frågar du?

– Bra, sa Mikael Bau. Ville bara kolla. Jag tror också på det. Tror på det om det så är det sista jag gör.

Hon undrade varför han plötsligt tagit upp detta allvarliga just nu, just under den här brännande eftermiddagssolen ute på den eviga stranden.

Och varför de aldrig talat om det tidigare.

– Det är inte bara bra att du tror, fortsatte han. Det är nödvändigt. Leila trodde inte, det var därför det inte höll. Hon började klättra på ironierna och cynismerna som om det aldrig funnits ett val... som om solidaritet bara var ett historiskt begrepp som rasade samtidigt med muren ungefär, och det enda som återstod var att se om sitt eget hus.

– Jag trodde det var hon som gjorde slut med dig?

Han tänkte efter en stund.

– Jag lät henne få nöjet. Men det var faktiskt på det viset, mer eller mindre. Hon svek, helt enkelt. Fast nu har jag glömt både vad hon hette i efternamn och hur hon såg ut. Skitsamma, det är ju över tvåhundra år sedan... vet du att du är den första kvinnan någonsin som jag velat ha barn tillsammans med?

– Du är inte klok, sa Ewa Moreno. Gå och inseminera dig.

– Jag är känd för min klokhet.

– Jag är törstig.

– Du går ifrån ämnet.

– Vad då för ämne?

– Barn. Oss. Kärlek och det ena med det andra. O, långhåriga snut, jag älskar dig.

Hon låg tyst en stund.

– Blir du sårad? frågade hon. För att jag inte svarar?

– Dödligt.

Hon lutade sig upp på armbågen och kontrollerade att han inte såg överdrivet suicidal ut. Det ryckte lite i hans ena mungipa, noterade hon, men han höll tillbaka leendet. Eller gråten. Han spelar teater, tänkte hon. Vad fan kan jag inte lita på honom för? Hon reste sig upp och började borsta av sig sanden.

– Om vi går tillbaka till ditt slott och dricker lite vatten,

59

sa hon, så ska jag förklara nånting för dig sedan. Okej? Jag har faktiskt en allvarlig svacka i vätskebalansen.

– Mhm? sa Mikael Bau och kom på fötter han också. Jag förgås av nyfikenhet.

– Och begär, la han till när de kommit över strandvallen och såg Tschandals spetsiga tak sticka upp över dvärgtallarna.

– Nå? sa han.

Moreno ställde ner glaset.

– Du visar bara upp dina goda sidor, sa hon. Som nån sorts jävla utställning. Det är ingenting att bygga på. Så länge du inte öppnar garderobsdörren och släpper ut liken, kommer jag inte ge dig så mycket som ett lillfinger av min framtid.

Han lutade sig tillbaka och funderade.

– Jag tycker om fotboll, sa han. Åtminstone två riktiga matcher om året och en i veckan på teve.

– Kan jag stå ut med, sa Ewa Moreno. Om jag inte behöver följa med.

– Du *får* inte följa med. Jag vill vara ifred ibland annars också. Vill lyssna på Dylan och Tom Waits och Robert Wyatt utan att någon kommer och talar med mig eller vrider ner volymen.

Hon nickade neutralt.

– Tar med mig jobbet hem rätt ofta, fortsatte han. Kan inte släppa vissa saker. Det är för jävligt egentligen, har funderat på att börja med yoga och meditation för att bli av med det. Man sover så taskigt när saker ligger och mal.

– Vi kunde gå tillsammans, sa Moreno. Faktiskt.

– Inte om vi skaffar ungar med en gång, sa Mikael Bau bekymrat. En av oss måste stanna hemma och ta hand om dom. Man kan inte släpa nyfödingar på yoga. Är du inte hungrig, förresten?

60

– Du menar att vi ska ha mat idag också?

Mikael Bau nickade.

– Det finns paj och sallad. Och vin.

– Jag avskyr vin, sa Moreno. Ska arbeta imorgon dessutom.

– Hm, log Mikael Bau. När jag tänker efter så tror jag det är sparris i pajen. Läste någonstans att just sparris är det enda födoämne som inte passar till något slags vin överhuvudtaget.

– Bra, sa Moreno. Leve sparrisen.

De somnade tidigt utan att ha älskat mer än litegrann på lek, men efter ett par timmar vaknade hon och kunde inte somna om. Låg i den breda dubbelsängen och såg på de flytande skuggorna som spelade över väggarna och över den vältränade kroppen vid hennes sida. Det såg inte särskilt verkligt ut. Inte verkligt alls, noga taget; månen kastade en ljusgata in genom det öppna fönstret och den tunna gardinen, och det kändes ungefär som om både hon själv och hennes älskare (pojkvän? partner? karl?) flöt omkring i något slags surrealistiskt filmbad. Vind för våg i väntan på att bli framkallade.

Framkallade till vad?

Jag är en fri kvinna, tänkte hon. Jag tillhör världshistoriens första generation fria kvinnor. Jag bär mitt liv i mina händer.

Ingen att ta ansvar för. Inga tvingande sociala hänsyn. Inga bindningar.

Jag är en kvinna som kan göra vad jag vill.

Just nu. Här. Idag och imorgon.

De hade pratat om detta också. Om just detta. Både nu ikväll och tidigare. Hur var det han hade formulerat det?

Om man älskar sin frihet för mycket, kommer man att krama en kall sten hela sitt liv. Allt hårdare, allt kallare.

61

Hon funderade på det en stund.

Bullshit, tänkte hon sedan. Han har läst det på baksidan av en videorulle eller ett mjölkpaket, det finns för många ord. Imorgon är det dags för slemburken Lampe-Leermann.

Men hon visste – innan solen ännu hunnit gå upp till denna nya dag, och innan hon lyckats somna in för andra gången denna gamla natt – visste, att hon måste bestämma sig.

Hade fyra veckors betänketid antagligen. Två tillsammans med honom. Två utan. Hon trodde inte han var beredd att ge henne mer.

Hon strök försiktigt med handen över hans vackra rygg och undrade om hon redan visste svaret.

Sedan somnade hon.

9

Vandrarhemmet var fullbelagt till sista säng. Efter vissa förhandlingar fick hon ändå dela rum med två tågluffande unga danskor och en medelålders sjuksköterska, som inte lyckats få en dubblett tillsammans med sin make.

Sjuksköterskan – påtagligt grillad efter en lång dag på stranden – träffade hon i duschen, danskorna låg på sina sängar och skrev vykort. Båda hade walkman-apparater och båda nickade åt henne utan att ta av sig hörlurarna.

Hon undertryckte en impuls att börja gråta. Stuvade in sina saker i skåpet, bäddade den rankiga extrasängen och gick ut till kantinen för att få någonting att äta.

När hon satt i sig tre smörgåsar, en stor coca-cola och ett äpple kände hon sig en smula bättre till mods. Tog fram sin lilla blå bok och studerade anteckningarna. Funderade en stund över i vilken ände det kunde vara klokt att börja, och när hon bestämt sig återvände hon till receptionen för att be om lite hjälp. Klockan var inte mer än kvart i sex och med en gnutta tur borde hon hinna med ett besök under kvällen, tänkte hon.

Det gick nästan över förväntan. De bägge flickorna bakom disken tog sig verkligen tid med henne och när hon kom ut till hållplatsen hade bussen just anlänt och stod och väntade på henne.

Hon sjönk ner på sätet alldeles bakom chauffören och fortsatte att fundera över olika handlingsalternativ. Tog upp anteckningsboken ur väskan och stoppade ner den igen när

63

hon memorerat det viktigaste. Bussen startade och hon började tänka tillbaka på promenaden i parken istället. Och på breven som hon fått av sin far och läst under stigande förvåning. Känslan av overklighet krängde sig över henne som en plötslig mardröm.

Arnold Maager. Hennes pappa.

Pappa. Hon smakade på det gamla ordet med det nya innehållet och försökte samtidigt framkalla hans tunna gestalt för sitt inre öga.

Den lite sneda hållningen. Det tunga, avlånga huvudet på den smala halsen. Fågelassociationen. Händerna nerkörda i byxfickorna och axlarna uppskjutna som om han gick omkring och frös mitt i sommarhettan. Och avståndet... avståndet till sin dotter som han hela tiden sett till att upprätthålla, som om kroppskontakt vore någonting farligt och förbjudet.

I över en timme hade de vandrat fram och tillbaka genom parken på detta vis – sida vid sida med en halvmeters lucka. Åtminstone en halv. Gått och gått och gått. Det hade dröjt en stund innan hon förstod att hon inte behövde tjata mer på honom.

Inte behövde fråga och truga honom. Han hade bestämt sig för att berätta.

Berätta i sin egen takt. Med egna ord. Pauser och omtagningar och namn som hon inte kände till. Mer och mer spänd hade han blivit ju längre de kom, det var förstås inte så konstigt.

För det var ingen trevlig historia han hade att klä i ord för sin dotter.

Inte trevlig alls.

Men han berättade den.

Klockorna i den låga vitmenade kyrkan slog kvart i sju just som hon steg av på torget i Lejnice. Tre dova slag som fick en

64

skock duvor framför hennes fötter att lyfta och landa igen.

Hon rundade den uttorkade fontänen och frågade om vägen i tidningskiosken. Hade tagit reda på adressen via en telefonkatalog på vandrarhemmet; den visade sig ligga på stenkasts avstånd bara, den sommarsvettiga damen förklarade astmatiskt och pekade neråt hamnen till. Hur enkelt som helst att hitta.

Hon tackade och började gå i den anvisade riktningen. Denckerstraat rakt ner mot havet bara – en trång gata med gamla träkåkar som lutade inåt och gjorde den ännu smalare. Sedan Goopsweg åt vänster femti meter eller så. Huset före apoteket.

Under dessa sista femti meter inträffade två saker.

Det första var att en svart katt kom ut genom ett plank och långsamt strosade över gatan mitt framför henne.

Det andra var att en tegelpanna av någon outgrundlig anledning föll från något av taken och slog i marken tre meter bakom henne. Det skedde bara några sekunder efter att katten försvunnit in genom ett annat plank; en kvinna som hon just mött befann sig ännu närmare nedslagsplatsen och gav till ett skrik som egentligen skrämde henne mer än tegelpannan. I varje fall till att börja med.

En lång stund blev hon sedan stående utanför nummer tjugosex och överlade med sig själv. Kände att det kom en doft av hav med den svaga brisen nerifrån stranden. Och en dunst olja och oregano från pizzerian på hörnet. Huset – det aktuella huset – var en mindre hyresfastighet med två ingångar bara, tre våningar högt. Typiskt sjuttitalssnitt med snåla, inbyggda balkonger utåt gatan, kanske inåt gården också.

Jag är inte skrockfull, tänkte hon. Har aldrig varit, kommer aldrig att bli. Tror inte på den sortens löjliga kvarlevor från en mörkare tid… det var ord hon måste ha lånat från Kim Wenderbout, insåg hon, hennes jättelike samhällskunskapslärare, som åtminstone hälften av flickorna i klassen var hemligt förälskade i. Hon själv också.

Löjliga kvarlevor? En mörkare tid? Trams, alltså.

Ändå blev hon stående. Borta på torget började klockorna slå sju.

Katten och tegelpannan, tänkte hon. Hur naturligt som helst. Hon räknade slagen. Fick det till åtta.

Hon vände på klacken och återvände samma väg som hon kommit.

Egendomligt, tänkte hon när hon åter satt på bussen på söndagens förmiddag. Varför gjorde jag så?

En katt som korsar gatan och en takpanna som ramlar i backen? Ingenting konstigt med det.

Hon hade sovit som en stock i nästan tolv timmar. Krupit i säng omedelbart när hon kommit tillbaka till vandrarhemmet och inte vaknat förrän vid halv tio när en av danskorna tappade ett fat i golvet.

Duschat och checkat ut och precis hunnit med bussen som gick tjugo över tio. Frukost: ett päron och en päronsoda. Varierat så det förslog.

Men egendomligt alltså, hennes beteende under gårdagskvällen. Visst var det? Det var inte likt henne, hon märkte det ännu tydligare nu i detta klara morgonljus. Inte likt Mikaela Lijphart, den förnuftiga och klarsynta – bland hennes väninnor i klassen fanns det både en och två som gärna hemföll åt olika former av new-age, sekelskiftesmysticism och liknande tvivelaktigheter, men inte hon inte. Inte Mikaela, den kloka och pålitliga. Så det var en smula märkligt, det där med katten och tegelpannan. Och med hennes reaktion.

Och om det nu råkade dyka upp nya omen i hennes väg idag? Hur skulle hon då reagera?

Löjligt, tänkte hon. Igår var igår. Jag var trött. Dödstrött och psykiskt överansträngd. Vem skulle inte ha varit det? Dagen hade varit fylld av sin egen plåga, som Helmut brukade säga. Sprängfylld.

På väg ner till Goopsweg kom hon på att hon inte hade ringt hem sedan hon gav sig iväg igår morse.

Hade visserligen inte lovat att göra det, men hon brukade alltid höra av sig. I den lilla gränden efter pizzerian fick hon syn på en automat och hon hade ett nytt telefonkort i väskan, det visste hon. Hon saktade in på stegen och började överlägga med sig själv.

Visst borde hon? Vad fanns det för anledning att göra mamma och Helmut oroliga i onödan?

Det *fanns* anledning. Å andra sidan gjorde det faktiskt det. Om man skulle unna sig att vara lite egoistisk.

Och hon hade fyllt arton år.

Lika bra att dom lärde sig ta det onda med det goda, tänkte hon. Kunde vänta några timmar med samtalet åtminstone. Kunde vänta hela dagen egentligen.

Hon började vissla och fortsatte förbi telefonkiosken.

Kvinnan som öppnade dörren såg ut ungefär som en matematiklärare hon haft en termin i åttonde eller nionde klass. Samma utdragna hästansikte. Samma bleka ögon. Samma stripiga, urtvättade, färglösa hår. För ett ögonblick var Mikaela Lijphart så säker på att det rörde sig om samma person att hon hade namnet på sina läppar.

Så kom hon ihåg att fröken Dortwinckel tagit livet av sig under ett jullov – genom att äta upp ett halvt dussin kristallglas, om ryktena talade sanning – och hon förstod att det bara var fråga om vissa gemensamma drag och inte mer. En viss utstrålning.

Eller brist på. Kanske hade Vår herre ett begränsat antal utseenden att välja på, när allt kom omkring. I synnerhet när det gällde medelålders, lite utlevade kvinnor.

Var får jag sådana tankar ifrån? undrade hon. Och hur kan de komma så fort?

– Ja?

Rösten var vass och ovänlig. Påminde inte ett dugg om fröken Dortwinckels, som hon faktiskt kunde erinra sig.

– Förlåt mig. Jag heter Mikaela Lijphart. Jag hoppas jag inte kommer och stör, men jag skulle sätta stort värde på att få tala med er en stund.

– Med mig? Varför då?

Nu kändes spritlukten i hennes andedräkt. Mikaela tog ofrivilligt ett halvt steg bakåt och fick grabba tag i ledstången för att inte falla i trappan.

Klockan elva en söndag förmiddag? tänkte hon. Full redan. Varför...?

Sedan slog det henne att det kunde ha med hennes pappa att göra. Med hennes pappas berättelse. Kunde det vara så att...?

Hon tappade tråden. Eller släppte den frivilligt. Kvinnan blängde på henne.

– Varför vill du tala med mig? upprepade hon. Varför säger du inget? Är du lite bakom eller är du nån sketen sekterist som försöker värva själar? Jag har ingen själ.

– Nej... nejdå, försäkrade Mikaela Lijphart. Förlåt, jag är bara lite förvirrad, det har hänt så mycket på sistone och jag vet inte riktigt hur jag ska bete mig. Det handlar om någonting som inträffade när jag var liten... två år bara. Någonting jag försöker få klarhet i, och som jag tror ni kanske kan hjälpa mig med. Jag bor inte här i stan. Får jag komma in en stund?

– Jag har inte kommit i ordning, sa kvinnan.

– Några minuter skulle räcka.

– Hemhjälpen kom inte som hon skulle ifredags, det är inte i ordning, säger jag.

Mikaela Lijphart försökte sig på ett leende i samförstånd.

68

– Jag förstår. Det gör ingenting, fast vi kan gå på ett café om ni hellre vill det. Bara ni låter mig prata lite med er.

Kvinnan muttrade något och tvekade. Stod i dörröppningen och vajade långsamt fram och tillbaka på tår och hälar medan hon sög in läpparna och höll sig i elementet.

– Vad då för nånting? sa hon. Vad är det ni vill veta?

– Jag vill helst inte stå och tala om det här i dörren. Det handlar om min far.

– Om din far?

– Ja.

– Och vem är din far?

Mikaela funderade i två sekunder. Sedan talade hon om hans namn. Kvinnan drog hörbart efter andan och släppte elementet.

– Det var som fan, sa hon. Ja, kom in då.

Mikaela tvivlade inte alls på att hemhjälpen uteblivit på fredagen. Liksom alla andra fredagar det senaste halvåret. Hon hade aldrig sett en smutsigare och snuskigare lägenhet. Knappast kunnat föreställa sig ens. Hennes värdinna föste in henne i ett trångt kök som luktade tobaksrök och gammal fisk och en hel del annat. Hon rakade ner några tidningar och reklamblad från bordet, så att de kunde sitta mittemot varandra – med en liten kladdig yta för glas, askkopp och flaska mellan sig.

Körsbärsvin. Hon slog i utan att fråga. Mikaela smuttade på den klarröda, ljumma drycken och höll på att kväljas av den starka sötman.

Kvinnan tömde sitt glas i botten och ställde ner det med en smäll. Fick upp en cigarrett och tände den.

Varför kan hon inte vädra lite åtminstone? tänkte Mikaela. Varför bor hon instängd i en sophög mitt i högsommaren? Snuskigt.

Fast det var förstås inte för att diskutera hygien och hemtrevnad som hon hade kommit.

– Arnold Maager var det, ja, sa kvinnan. Det jävla äcklet.

– Han är... Arnold Maager är min far, sa Mikaela Lijphart.

– Du påstår det, ja. Berätta vad du vet.

Hon kände hur gråten började stiga upp inuti henne igen, men hon bet ihop tänderna och lyckades hålla den tillbaka.

– Gör det nåt om jag öppnar fönstret litegrann? frågade hon. Jag är allergisk mot tobaksrök.

– Här ska inte öppnas några fönster, förklarade kvinnan. Det var du själv som ville in i skiten.

Mikaela svalde.

– Berätta, sa kvinnan och hällde upp mer körsbärsvin. Du först, det får vara nån ordning.

Mikaela harklade sig och satte igång. Egentligen var det ju inte mycket hon hade att säga, men hon hade knappt hunnit börja, förrän kvinnan reste sig och gick bort till diskbänken, som var överbelamrad med odiskat porslin, tomflaskor och allsköns skräp. En kort stund stod hon och grävde i en låda med ryggen åt sin gäst, och när hon vände sig om höll hon höger arm rakt ut från kroppen och pekade på Mikaela med någonting.

Det tog en sekund innan hon förstod att det var en pistol.

Katten, tänkte hon. Tegelpannan.

10

Den 12 juli 1999

Måndagen var mulen, men i förhörsrummet på Lejnice polisstation hängde högtrycket kvar. Lampe-Leermann bar en orange skjorta med långa kragsnibbar och de tre översta knapparna uppknäppta. Svettrosorna under armarna var obetydliga. Han doftade starkt av rakvatten.

Bättre än gammal vitlök i alla fall, tänkte Moreno och slog sig ner mittemot honom. Betraktade honom ett ögonblick innan hon satte igång; tyckte att han på det hela taget verkade mer samlad än under lördagen, och det var med en känsla av svag optimism som hon startade bandspelaren.

När hon gjorde det var klockan exakt 13.15, och när hon slutgiltigt stängde av den efter väl förrättat värv hade det gått en timme och fyra minuter.

Väl förrättat värv och ett gott jobb, således. Det tyckte hon åtminstone själv. Huruvida Franz Lampe·Leermann delade hennes uppfattning kunde kanske betvivlas; såvitt hon kunde bedöma hade hon fått ur honom det mesta av vad han hade att komma med. Tre namn som var helt nya för polisen, ett halvdussin tidigare kända och uppgifter som rimligen var tillräckliga för att vidta åtgärder mot dem allihop. En hel del övriga upplysningar också, vars värde hon för närvarande inte kunde bedöma, men som sannolikt på sikt skulle avsätta ytterligare en och annan fällande dom. Om nu inte åklagarmyndigheten var av annan mening, eller andra hänsynstaganden måste göras, men sådant var det knappast lönt att spekulera om.

Och inga större utfästelser hade hon gjort, varken när det gällde åtalseftergifter eller avskrivningar. Det hade hon naturligtvis inga befogenheter till heller, men trots allt var det ju polisen som avgjorde vilka uppgifter som kom i dagen och vilka som inte gjorde det.

Så ett gott arbete, det berömmet kunde hon nog unna sig. Vad övrigt var fick Reinhart ta hand om; inspektör Moreno hade gjort vad på henne ankom och mer därtill.

– Fröken snuten ser nöjd ut, kommenterade också Lampe-Leermann och kliade sig på sitt håriga bröst.

– Det beror på att jag får bege mig härifrån, returnerade Moreno.

– Och hon vill inte ha lite mer?

Anspelningen – den tänkbara anspelningen – fick henne att se rött, men hon behärskade sig.

– Och vad skulle det vara?

– En godbit. En liten godsak som avslutning. Men jag behöver nog ett bloss först.

Moreno tvekade. Såg på klockan och undrade vad i helvete han menade.

– Vad menar du? sa hon följaktligen.

– Precis vad jag säger förstås. Som alltid. En godbit. Men först en rök. Allt har sin tid.

– Du får fem minuter, bestämde Moreno. Men se till att du verkligen har nånting att komma med, annars tappar du alla dina bonuspoäng.

Lampe-Leermann reste sig.

– Oroa sig inte, fröken. Jag brukar inte göra kvinnor besvikna.

Han knackade på dörren och blev utsläppt till rökgården.

– Det är alltså den här murveln.

– Murveln?

– Journalisten. Märk inte ord, fröken.

72

Moreno svarade inte.

– Sitter inne med en nätt liten historia. Och jag sitter inne med hans namn...

Han knackade sig med två fingrar i pannan.

– ... det är det förhandlingarna gäller.

Moreno nickade och kastade en blick på bandspelaren, men Lampe-Leermann gjorde en avvisande gest med handen.

– Skulle inte tro att ni vill ha det reckorderat. Skulle tro att ni kommer ihåg det utan hjälp.

– Till saken, sa Moreno. En journalist som vet nånting?

– Exakt. Vad tycker fröken om pedofiler?

– Jag älskar dom, sa Moreno.

– Har en viss förståelse för dom, jag också, erkände Lampe-Leermann och kliade sig under hakan. Det skrivs så mycket tarvligheter om dom... en smula förföljda kan man tycka. Och dom finns ju överallt. Vanliga hyggliga medborgare som ni och jag...

– Till saken!

Lampe-Leermann betraktade henne med en min som antagligen skulle föreställa faderligt överseende.

– ... överallt, som sagt. Ingenting att skämmas för, man ska inte skämmas för sina böjelser, det påpekade alltid min lilla mamma... men det är ju så känsligt nuförtiden och folk är förbannade efter allt som hänt. Hursomhelst...

Han gjorde en konstpaus medan han strök med tumme och pekfinger över sin färgade mustasch, och Moreno tänkte att hon nog aldrig sett på maken. Eller hört. Slemburken var närmast en komplimang som namn betraktat. Hon bet ihop tänderna och höll masken.

– ... hursomhelst så träffade jag den här murveln och han berättade att han tagit emot tiotusen för att hålla tyst.

– Hålla tyst?

– Ja.

– Om vad då?

– Hålla tyst om det här namnet. Den här pedofilen.

– Vem?

Franz Lampe-Leermann ryckte på axlarna.

– Vet inte. *Jag* vet inte. Det är murveln som vet, men det är jag som vet namnet på murveln. Är fröken med?

– Javisst, sa Moreno. Och?

– Det är positionen som gör det intressant. Jag skulle inte kalla det en godbit om det inte var för stället där han häckar. Den här gossen med böjelserna. Vad tror du?

Moreno teg. Noterade att det var första gången under hela samtalet som han duat henne. Undrade om det betydde någonting.

– Mitt i boet. Vad säger du om det? En krimmis... hos er.

Han log och lutade sig tillbaka.

– Va? sa Moreno.

Lampe-Leermann lutade sig framåt igen. Ryckte ut ett hårstrå ur höger näsborre och återupptog leendet.

– Jag repeterar. Det finns en pedofil i Maardams polishus. På krim. Han har betalt min sagesman tiotusen gulden för att inte bli avslöjad. Dumt att betala om man har rent mjöl i påsen, eller vad tycker ni?

Vad i...? tänkte Moreno. Vad i helvete är det han sitter och säger?

Informationen ville inte tränga igenom, men till slut gjorde den det ändå. Sipprade tungt och obevekligt tvärs igenom hennes försvarsraster av förnuft och känslor och erfarenheter och blev till ett begripligt budskap.

Eller obegripligt, snarare.

– Dra åt helvete, sa hon.

– Tack, sa Lampe-Leermann. I sinom tid kanske...

– Du ljuger... glöm bort alla poäng du trodde du hade skaffat dig. Jag ska se till att du får åtta år. Tio! Ditt kräk!

Hans leende växte.

– Jag ser att det berör fröken illa. Ni har alltså ingen förståelse, ni heller? Jag vet förresten inte om han tog pengarna ur sin egen påse, eller om det gick på det allmänna så att säga... beror förstås på vilken position han har, och det känner jag inte till. Som sagt. Men murveln vet.

Han tystnade. Under ett kort ögonblick tyckte Moreno att rummet gungade till; en liten krängning, bara – som om filmen de spelade med i plötsligt saknade tre rutor av tjugofyra och gjorde ett litet hopp... eller som det måste kännas på ett visst avstånd från epicentrum vid en jordbävning.

Jordbävning?

Det kunde knappast vara en metafor som dök upp utan orsak. Hon betraktade Franz Lampe-Leermanns slappa gestalt på andra sidan bordet. Tänkte att hon under något mindre civiliserade omständigheter – det räckte med *något* mindre – inte skulle ha tvekat särskilt länge innan hon dödade honom. Om hon fått chansen. Faktiskt. Som en kackerlacka under klacken. Hon skrämdes inte ett skvatt av tanken.

Men skrämdes sedan av att hon inte skrämdes.

– Klar? frågade hon. Försökte få rösten att låta så iskall att han skulle förstå att det inte fanns någon nåd att vänta sig.

– Klar, bekräftade han. Leendet krympte en smula, men inte mycket. Jag ser att ni tagit emot budskapet. Hör av er när ni tolkat det.

Moreno reste sig. Gick bort till den bakre dörren och knackade på den med nyckelknippan. Innan hon blev utsläppt hann Lampe-Leermann förklara en detalj till.

– Det var just för den här godbitens skull som jag ville tala med en kvinnlig polis. Ni trodde väl ingenting annat? Ville inte riskera att sätta mig öga mot öga med just... med just den här polismannen. Eller med nån som kunde tänkas vara solidarisk med honom... fint ord, solidarisk, fast det har visst kommit lite ur bruk nuförtiden. Hrrm.

Jag har bara drömt det här, tänkte kriminalinspektör Ewa Moreno. Men jag mår lite illa av någon anledning.

Fem minuter senare hade hon lämnat både Franz Lampe-Leermann och Lejnice polisstation bakom sig.

För den här dagen.

Aspirant Vegesack gjorde korstecknet och knackade på dörren.

Det var inte så att han var religiös, på intet vis och i synnerhet inte katolik, men en gång hade detta korstecken visat sig verkningsfullt – han hade somnat i sin bil under ett nattligt bevakningsuppdrag (varvid objektet, en mellanhand i en kokainliga, passat på att smita iväg) och följande dag hade han haft att inställa sig hos kommissarie Vrommel för avhyvling. I brist på bättre högg han till med ett korstecken när han stod utanför dörren (precis som han sett den italienske målvakten göra innan han räddade en straff i föregående veckas Champions Leaguematch på teve), och till hans stora förvåning fungerade det. Vrommel hade behandlat honom nästan som en medmänniska.

Att detta förmodligen mest berodde på att man trots allt lyckats gripa mellanhanden lite senare under natten brydde sig Vegesack inte om. Från och med den dagen gjorde han alltid korstecken utanför sin chefs dörr.

Det kunde i alla fall inte skada, tänkte han.

Vrommel stod mellan dokumentskåpen och gjorde bålrullningar. Det gjorde han minst tio minuter varje dag för att hålla sig i form, och det var ingenting som behövde inkräkta på arbetet. Det gick alldeles utmärkt att få saker och ting gjorda ändå.

– Sitt, sa han när aspirant Vegesack stängt dörren bakom sig.

Vegesack satte sig i besöksstolen.

– Anteckna, sa Vrommel.

Polismästaren var känd för en viss ordkarghet och arbetet med rotationerna gjorde att han var tvungen att ransonera sitt språk ytterligare ett snäpp.

– För det första, sa han.

– För det första? sa Vegesack.

– Skitstöveln Lampe-Leermann överförs till häktet i Emsbaden ikväll eller imorgon. Du ringer och ordnar.

Vegesack antecknade.

– För det andra. Inspektör Morenos bandade förhör ska skrivas ut så hon kan underteckna. Du skriver ut.

Vegesack antecknade.

– Färdigt imorgon tolv. Banden ligger där.

Han nickade mot skrivbordet. Vegesack tog de bägge kassetterna och stoppade dem i kavajfickan. Polismästaren gjorde en kort paus innan han bytte riktning på rullningarna.

– Någonting annat? frågade Vegesack.

– Då skulle jag ha sagt det, sa Vrommel.

När Vegesack kommit tillbaka till sitt eget rum – som han för övrigt delade med konstaplarna Mojavic och Helme – funderade han på om han skulle skriva ner replikskiftet i sin svarta bok. Den som han hade börjat på för ett halvår sedan och som skulle bli hans stora hämnd på och vidräkning med kommissarie Victor Vrommel. Och som fick honom att stå ut.

Den sanna historien om polismästaren i Lejnice.

Över femti sidor hade han redan åstadkommit och den titel han för närvarande lutade mest åt var: *Den uniformerade skunken*.

Fast han hade ännu inte släppt vare sig *Lagens långa tarm* eller *En Nero i vår tid*.

Aspirant Vegesack tittade i almanackan. Konstaterade att det var arton dagar kvar till semestern. Sedan ringde han till Emsbaden och ordnade med transporten av Franz Lampe-Leermann. Det tog en halvtimme. Han såg på klockan.

Kvart i fyra. Plockade fram anteckningsblock och penna och stoppade det första bandet i bandspelaren.

Går det bra är jag klar vid midnatt, tänkte han.

När hon i stort sett berättat färdigt, slog det henne att hon kanske skulle ha hållit inne med det.

Inte bara *kanske*, förresten. Innehållet i slemburken Lampe-Leermanns utspel var av sådan art att ingen borde behöva känna till det. Eller befatta sig med det.

I synnerhet inte om det var en bluff.

Och det var naturligtvis en bluff. Allt annat var orimligt.

Så varför berättade hon för Mikael Bau det första hon gjorde sedan de slagit sig ner ute på hamncaféets veranda? Varför?

Hon hittade inget bra svar, tvekade ett kort ögonblick bara, och bet sig i tungan.

– Jaha? sa han. Det var som tusan. Vad tror du, då?

Hon skakade på huvudet.

– Det är förstås ett påhitt och ingenting annat. Vad jag inte begriper är vad han tror att han ska vinna på det.

Mikael Bau satt tyst och betraktade henne medan han sakta rörde om i koppen.

– Och om det inte är det?

– Vad då?

– Ett påhitt.

– Det är ett påhitt.

– Av vem?

– Vad menar du?

– Vem som hittat på det, förstås. Jag undrar om det är det Lampe-Leermann själv eller om det är den där journalisten?

Moreno funderade.

– Eller någon annan, sa hon. Vi vet ju för övrigt inte om journalisten existerar ens.

– Förrän slemburken klämt fram med namnet?

– Exakt, sa Moreno. Och det gör han inte gratis.

De satt tysta en stund. Mikael Bau fortsatte att betrakta henne med lätt höjda ögonbryn, men hon låtsades inte om det.

– Hypotetiskt…, sa han.

Hon svarade inte. Han tvekade några sekunder till.

– Hypotetiskt, alltså… låt oss anta att han ändå inte bara bluffar. Var hamnar vi då?

Ewa Moreno blängde på honom och knöt händerna. Drog ett djupt andetag.

– Då hamnar vi… ja, då hamnar vi i ett läge där någon av mina närmaste kolleger är en jävla barnknullare.

– Tala inte så högt, varnade Mikael Bau och såg sig försiktigt omkring. Ingen vid något av de andra borden tycktes dock ha tagit någon notis. Moreno lutade sig framåt och fortsatte i ett något mer dämpat tonfall.

– Vi hamnar i ett läge som är så förbannat vidrigt att jag inte kommer att kunna sova om nätterna. Det är väl rätt självklart?

Mikael Bau nickade.

– Skulle tro det, sa han. Hur många finns det att välja emellan? Tänkbara kandidater… fortfarande rent hypotetiskt, givetvis.

Moreno tänkte efter. Tvingade sig att tänka efter.

– Beror på, sa hon. Beror på vilka man räknar till krim, konstaplarna går ju emellan och det finns ett par gränsfall. Åtta-tio, skulle jag tro… inte mer än tolv.

– Ett dussin?

– På sin höjd, ja.

Mikael Bau tömde sin cappuccinokopp och torkade skum ur munvinklarna.

– Vad tänker du göra? frågade han.

Ewa Moreno svarade inte.

Det fanns inga bra svar.

79

11

När de kom tillbaka till Port Hagen och Tschandala var klockan fem och det satt en rödhårig kvinna på verandan och väntade på dem.

– Aj då, muttrade Mikael Bau. Det hade jag glömt.

Kvinnan visade sig heta Gabriella de Haan, var en tidigare flickvän till Mikael och hade kommit med anledning av en katt. Denna hette i sin tur Montezuma och var en loj rödgul hona i tioårsåldern. I Morenos ögon saknades inte överensstämmelser mellan de bägge damerna. Tvärtom. Fanns både det ena och det andra, det kunde hon konstatera efter bara en mycket ytlig inspektion.

– Du tycker inte om katter? undrade Mikael Bau när fröken de Haan givit sig av efter mindre än fem minuter.

– Jodå, sa Ewa Moreno. Hade faktiskt en för några år sedan. Försvann under mystiska omständigheter. Men den här...?

Hon nickade mot Montezuma som lagt sig raklång på sidan i den gamla urblekta hammocken och tycktes finna sig väl till rätta.

– Den här ja, sa Mikael Bau och såg för en sekund klädsamt skuldmedveten ut. Trodde jag hade nämnt det. Hon ska bo här ett par veckor medan Gabriella är i Spanien. Kunde inte gärna säga nej, vi skaffade henne medan vi var tillsammans, och så kom hon på hennes lott när vi separerade. Kan behöva lite havsluft för övrigt, gamla Montan. Bor i lägenhet året om... hon lär inte störa oss, hursomhelst. God

80

som guld, även om hon kan ge ett lite vasst intryck.

Han böjde sig ner och började klia katten på magen, en behandling som av allt att döma beredde den stor njutning.

Moreno märkte att hon log. Blundade hastigt och försökte exponera en framtidsbild. Om tio år eller så... som det skulle kunna se ut om hon fattade vissa beslut och höll fast vid dem.

Hon själv och Mikael Bau. Ett par barn. Stort hus. Ett par katter.

Mycket tydligare än så blev det inte, exponeringen kom dock alldeles motståndslöst på något vis, och på det hela taget föreföll henne resultatet uthärdligt. Minst sagt uthärdligt.

Jag håller på att falla, tänkte hon sedan. Måste bygga upp lite styrka och försvarsmekanismer, annars kommer jag bara att driva med strömmen.

På kvällen promenerade de ut till Wincklers', restaurangen som låg längst ute på udden i norra änden av stranden och som hade ett visst renommé. De åt fisksoppa med mineralvatten, citronsorbet med färska hallon och undvek hela tiden att tala om Franz Lampe-Leermann.

Ända tills de var på väg tillbaka och stannade framför en hög maneter som någon fiskat upp ur havet och placerat i en grop på stranden.

– Slemburken? sa Mikael Bau. Är det så här han ser ut?

Moreno tittade med avsmak ner i gropen.

– Usch, sa hon. Ja, ungefär. Skitsamma hur han ser ut, förresten. Önskar att han inte kommit med det där sista utspelet, bara.

– Tyckte jag inte inspektören hade nånting slemmigt i bakhuvudet under desserten?

Moreno suckade.

– Tack, sa hon. Jovisst, hur skulle jag kunna släppa det?

81

Tala om det för mig är du snäll. Det sitter där det sitter, hur man än ser på det så innebär det ju en anklagelse... en fruktansvärd anklagelse mot en av mina kolleger. Någon jag arbetat med och respekterat och tyckt att jag kände och kunde lita på. Om det skulle vara så att... nej, fy tusan, det är naturligtvis bara en bluff, men tanken finns där och det skaver. Usch! Kan du fatta det?

Mikael Bau sa att han kunde det. De vände slemgropen ryggen och började gå igen. Tysta till en början, men sedan tog han tillfället i akt och berättade historien om daghemmet Den Glada Pandan i Leufshejm, som råkat ut för ett rykte om att det skulle finnas en pedofil bland personalen... trots att det gjordes en minutiös undersökning, där påståendena vederlades till hundratio procent och alla rentvåddes inpå bara skinnet, fick Glada Pandan slå igen efter några månader, eftersom inga föräldrar längre ville skicka sina barn dit.

Och eftersom de nio anställda kvinnorna ställt sig solidariska med sina tre manliga arbetskamrater. Så kunde man också uttrycka det.

En av de tre männen var en gammal barndomsvän till Mikael; historien var fyra år gammal vid det här laget, vännen var numera frånskild och höll på att omskola sig till lokförare.

– Trevligt, sa Moreno.

– Mycket trevligt, instämde Mikael Bau. Fast han har kommit ur sin suicidala fas. Men jag tror vi kommer bort från ämnet.

Moreno gick tyst en stund.

– Du menar att det räcker med att Lampe-Leermann sått fröet hos mig? Jag kommer inte att kunna släppa det?

– Ungefär, sa Mikael Bau. Det är enkel psykologi. Så förbannat lätt är det att ställa till obotlig skada... när inte ens du kan avfärda en anklagelse som den här, hur tror du då att allmänheten ska kunna göra det? Om dom nu fick möjlighet att ta ställning till problemet. Ingen rök utan eld. Fy fan!

Moreno svarade inte.

– Fast jag undrar vad du tror innerst inne? fortsatte han efter liten paus. Ärligt talat, alltså. Det vore faktiskt lättare att diskutera saken om du inte känner att du måste skydda dina kolleger. Kan det vara sant? Finns det någon möjlighet – någon möjlighet alls – att det inte bara är ett jävla påhitt?

Moreno gick vidare några steg medan hon såg ut över det hastigt mörknande havet. Horisonten kunde hon inte längre urskilja, men en rad ljuspunkter från fiskebåtarna som gått ut för natten verkade antyda dess läge.

– Jag kan inte tro det, sa hon. Kan bara inte. Skulle hellre vilja börja i en annan ände. Försöka förstå motiven… Lampe-Leermanns motiv, alltså. Vad kan han vinna på det här?

– Tror du han ljuger?

– Mycket möjligt. Jag vill tro det. Fast det kan ju också vara den här journalisten som bluffat för Lampe-Leermann.

– Varför då?

Moreno ryckte på axlarna.

– Ingen aning. Förstår bara inte poängen med att berätta för en sån typ som Slemburken överhuvudtaget. Om det nu inte skedde i fyllan och villan… vilket i och för sig inte verkar särskilt osannolikt, förstås. Man ska inte överskatta logiken och förmågan att följa en plan i dom där kretsarna, det är en sak jag börjat lära mig.

– Slumpen? sa Mikael Bau. Ett förfluget ord?

– Kanske det, sa Ewa Moreno. Det finns en sorts gråzon. Kommissarien… ja, honom som jag berättade om… *kommissarien* brukade säga att allting som händer överhuvudtaget är en ohelig brygd av det förväntade och det oväntade. Det svåra är att bestämma förhållandet i det enskilda fallet… ibland är det 8:2, ibland 1:9… ja, det kan låta lite spekulativt, kanske, men det gör en jäkla skillnad.

83

– Ordning eller kaos, sa Mikael Bau och plockade upp en tom cocacolaburk som någon knycklat ihop och lämnat två meter ifrån en av de grönmålade soptunnor som renhållningsmyndigheterna placerat ut med jämna mellanrum på stranden. Och förhållandet dem emellan... jo, det låter nog så bestickande. Det här har vi ju pratat om tidigare. Fast själva utspelet från Lampe-Leermann var väl i alla händelser rätt så planerat?

– Utan tvekan, suckade Moreno. Utan tvekan. Han förväntar sig ett konkret erbjudande i utbyte mot namnet på sin jäkla murvel. Ju mer jag tänker på det, desto säkrare blir jag på att det måste finnas en sagesman och att det ligger nånting i alltihop. Tyvärr.

– Och varför skulle det vara på det viset?

– Därför att förhandlingsläget är sådant. Det måste till och med en sådan fähund som Lampe-Leermann begripa. Om vi nu skulle ge honom utfästelser, är det ju bara att dra tillbaka dom om det visar sig att han bluffar. Han kan faktiskt inte diktera vilka villkor som helst.

Mikael Bau begrundade detta medan de tog sig över strandvallen och fick Tschandalas spetsiga taksilhuett i sikte.

– Om han vill ha reda pengar, då? Nog kan han väl få er att punga ut med en lämplig summa... kan det inte vara svårt att få tillbaka sådant som redan sitter på ett bankkonto någonstans? Eller ligger i en madrass?

– Korrekt, sa Moreno. Tror jag i alla fall. Hursomhelst är det inte mitt bord. Måste se till att lämna det vidare... var det inte så att jag hade semester? Stilla dagar vid havet med min begåvade unge älskare?

– Huvudet på spiken, grymtade Mikael Bau och drog henne häftigt intill sig. Ring upp så fort vi kommit innanför dörren och överlämna ärendet till dom som är i tjänst.

– Nja, sa Moreno. Tror nog jag väntar till imorgon åtminstone.

84

– Imorgon? sa Mikael Bau. Varför då?

– Måste bestämma mig för vem jag ska tala med först.

Han funderade i tre sekunder.

– Aha, sa han sedan. Jag förstår. Kinkigt?

– Jo, sa Moreno. Kinkigt.

Hon vaknade klockan halv tre. Försökte somna om under tjugo minuter, sedan smög hon upp och satte sig vid det stora runda köksbordet med papper och penna.

Skrev upp namnen ett efter ett, allteftersom de dök upp.

Intendent Münster
Kommissarie Reinhart
Inspektör Rooth
Inspektör Jung
Intendent deBries
Aspirant Krause

Dessa var de närmaste. Dem som hon arbetade tillsammans med mer eller mindre varje dag.

Som hon kände utan och innan sedan sex eller sju år tillbaka.

Utan och innan? Skulle någon av dem...?

Hon märkte hur frågan tycktes krama åt om strupen alldeles fysiskt. När hon försökte svälja blev det bara en ansats.

Hon släppte tanken och gick vidare med listan, medan hon funderade på varför hon brytt sig om att sätta ut titlarna. Skulle tjänsteställning spela någon roll i ett sådant här fall?

Intendent le Houde
Assistent Bollmert

Och så konstaplarna. Bara löst knutna till krim i och för sig, men ändå.

85

Joensuu
Kellermann
Paretsky
Klempje

Hon lutade sig tillbaka och betraktade listan. Tolv namn in-
alles. Fler kunde hon inte komma på. Fler fanns inte. Heine-
mann hade gått i pension. Van Veeteren hade slutat.

Vem? tänkte hon. Vem skulle kunna...?

Frågan gled som ett svart moln genom hennes medvetan-
de under några minuter. Sedan vände hon på den.

Vem? Vem skall jag ringa till?

Vem av dessa män litar jag allra mest på?

Medan hon försökte komma till klarhet över detta pro-
blem blev klockan både kvart över tre och halv fyra och illa-
måendet växte i henne.

12

– Han är upptagen, sa aspirant Vegesack för tredje gången. Förstår ni inte vad jag säger? Ni får antingen sitta ner och vänta eller berätta för mig vad saken gäller.

Kvinnan skakade irriterat på huvudet och slog ut med händerna. Tog sats för att komma med en ny begäran om att få tala med polismästaren – åtminstone såg det ut så – men ångrade sig. Blåste ut luften i en återhållen ström mellan sammanbitna tänder istället.

Fyrti lite drygt, bedömde Vegesack. Kraftig utan att vara tjock. Hälsosam på något vis... kortklippt, mörkrött hår som alla gånger var färgat.

Nervös.

Nervös som bara fan. Gick inte att få ner henne på en stol ens. Hon travade av och an i rummet som en pinknödig tax. Aspirant Vegesack hade växt upp tillsammans med en tax så han visste vad det var frågan om.

– Om ni åtminstone kan förklara vad det är ni har på hjärtat? försökte han. Vad ni heter till exempel.

Hon stannade upp. Satte knytnävarna i sidorna och såg värderande på honom. Utan att han behövde tänka på det flög vänsterhanden upp och justerade slipsknuten.

– Sigrid Lijphart, sa hon. Jag heter Sigrid Lijphart och jag letar efter min dotter Mikaela. Hon har varit försvunnen sedan i lördags.

Vegesack antecknade.

– Bor ni här i stan, eller? Jag tror inte jag har...

– Nej, avbröt hon otåligt. Jag bor inte här. Men jag gjorde det för sexton år sedan. Polismästaren känner till historien om varför jag var tvungen att flytta. Det är därför jag vill tala med honom istället för att behöva redogöra för en massa saker jag knappast står ut med att tänka på ens... helvete också.

Hon sjönk ner på en stol och plötsligt såg han att hon hade tårar i ögonen.

– Jaså minsann, trevade han. Jag menar... polismästare Vrommel är faktiskt inte inne... Han tittade hastigt på sitt armbandsur... Sitter faktiskt borta på Café Vronskij med en tillrest inspektör från Maardam. Hrrm, ja. Borde vara tillbaka vilken minut som helst... så vi gör nog bäst i att bara vänta. Om ni nu inte har lust att berätta för mig, alltså. Vill ni ha någonting att dricka?

Sigrid Lijphart skakade på huvudet. Tog upp en näsduk ur handväskan och snöt sig.

– Hur gammal? frågade Vegesack. Er dotter, menar jag.

Kvinnan såg ut att överlägga med sig själv huruvida hon skulle svara eller inte. Så ryckte hon på axlarna och suckade tungt.

– Arton. Fyllde arton i fredags. Hon åkte hit för att träffa sin pappa... och hon har inte kommit tillbaka. Vi bor i Moorhuijs, det måste ha hänt henne nånting.

Vegesack antecknade: *Pappa? Moorhuijs? Hänt nånting?*

– Varför tror ni att det hänt nåt? Har ni varit i kontakt med hennes pappa? Ni är skilda, antar jag?

Mikaela. 18, la han till.

– Oerhört skilda, sa Sigrid Lijphart efter en ny lång utandning. Nej, jag har inte varit i kontakt med honom. Han sitter på Sidonisstiftelsens hem, om det är bekant?

– Aj då, slapp det ur aspirant Vegesack. Jag förstår.

– Gör ni?

– Nja. Jo... nej.

Det går inget vidare, det här, tänkte han och trevade över slipsknuten igen. Skrev *Sidonis* i blocket och undvek att möta hennes blick.

– Hon har inte ringt, återtog kvinnan. Mikaela skulle aldrig låta bli att ringa under så här lång tid, jag vet vad jag talar om. Hon har råkat ut för nånting och det är eran förbaskade skyldighet att se till att hon kommer hem.

– Ni kan inte berätta lite om... om bakgrunden? Medan vi väntar på Vrommel, så att säga. Vi sitter ju ändå här.

– Vrommel, fnös Sigrid Lijphart och reste sig upp igen. Började ånyo vanka planlöst fram och tillbaka framför Vegesacks skrivbord, så att han kom att tänka på en sinnessjuk isbjörn han sett en gång på Aarlachs zoo.

Som omväxling till taxen, alltså.

– Ni ska inte tro att jag har särskilt mycket till övers för eran chef, förklarade fru Lijphart och stannade upp. Men det är väl fortfarande till polisen man vänder sig när man misstänker att ett brott har begåtts?

– Brott? sa Vegesack. Vad då för brott?

– Helvete! stönade hon och satte händerna i sidorna. Är det sånt här vi betalar skatt för? Jag tror jag blir vansinnig.

Vegesack svalde och letade desperat efter något slags förlösande replik, men hann aldrig få fatt i någon. Det slamrade i glasdörren och några sekunder senare dök polismästaren upp i sällskap med den tillresta kvinnliga kriminalinspektören. Moreno; såg ganska bra ut, utan tvivel. Sigrid Lijphart öppnade sin handväska och stängde den igen. Aspiranten reste sig.

– Alltså, sa han. Polismästare Vrommel, inspektör Moreno... fru Lijphart. Ja, ni har visst träffats. Ni två, menar jag...

Han rodnade och tecknade med utsträckt hand på Vrommel och fru Lijphart.

– Godmorgon, sa Vrommel. Vad är det frågan om?

– Fru Lijphart har ett litet problem, förklarade Vegesack. Hon säger att hennes dotter kommit bort.

– Jag tror ni minns mig, sa Sigrid Lijphart och spände ögonen i Vrommel.

– Vad var det ni sa att ni hette? frågade inspektör Moreno. Lijphart?

Senare – under veckorna som följde och under hösten när allt blivit uppklarat och lagt till handlingarna – skulle Ewa Moreno flera gånger fråga sig vad det var som fick henne att förhålla sig så passiv under det första korta mötet mellan Vrommel, Sigrid Lijphart och henne själv.

Vilken dunkel intuition det var som fick henne att nöja sig med att sitta på en stol och lyssna?

Bara sitta där och iaktta och registrera – istället för att genast och oförblommerat tala om att hon både träffat och resonerat en hel del med Mikaela Lijphart under lördagens tågresa till Lejnice?

Nog hade det varit det naturligaste? Att berätta för den oroliga modern att hon faktiskt talat med den försvunna dottern – låt vara för några dagar sedan.

Ändå teg hon alltså. Satt på en stol snett bakom Sigrid Lijphart och lät Vrommel agera. Sköta den ruljangs som naturligtvis till syvende och sist också var hans att sköta och ingen annans. Smidig som ett kassaskåp.

Inledningsvis torkade han flinten med en pappersnäsduk.

– Du kommer väl ihåg mig? upprepade Sigrid Lijphart.

Vrommel kontrollerade skallens lyster i spegeln som hängde invid dörren, slängde näsduken i papperskorgen och slog sig ner bakom skrivbordet. Det gick fem sekunder.

– Naturligtvis kommer jag ihåg er. Det var ingen rolig historia.

– Jag hoppades att jag aldrig mer skulle behöva återvända hit.

90

– Det förstår jag.

Sigrid Lijphart drog två djupa andetag och försökte sänka axlarna. Hon älskar inte Vrommel, hon heller, tänkte Moreno. Men hon försöker låtsas som om hon respekterar honom.

– Ta det från början, sa Vrommel.

Sigrid Lijphart drog ett andetag till.

– Vi bor i Moorhuijs numera. Har bott där ända sedan... ja, ända sedan. Jag har gift om mig också.

Vrommel plockade upp en kulspetspenna ur det svarta pennstället.

– Mikaela, min dotter, fyllde arton år ifredags. Som vi hade planerat, talade vi då om för henne vem som är hennes riktige far. Barn har rätt att få veta... när de blir tillräckligt gamla. Under alla förhållanden.

Vrommel klickade med pennan och skrev någonting i blocket som låg framför honom på bordet.

– Under alla förhållanden, återtog Sigrid Lijphart. Mikaela förklarade omedelbart att hon ämnade söka upp honom, och nästa dag... i lördags... åkte hon hit. Tog tåget tidigt på morgonen, det var hennes beslut, jag respekterar det. Sedan dess har hon varit försvunnen.

– Försvunnen? sa Vrommel.

– Försvunnen, sa Sigrid Lijphart. Jag har ringt till Sidonishemmet. Hon var där och hälsade på honom mellan två och halv fem ungefär. I lördags eftermiddag, således. Hon har inte setts till efter det.

Vrommel strök med ett pekfinger längs mustaschen.

– Hm, sa han. Flickor i den här åldern kan ju...

– Trams, avbröt Sigrid Lijphart. Jag känner min dotter. Hon lever inte alls upp till den sortens fördomar. Hon hade planerat att stanna borta en natt, inte mer. Det har hänt nånting, jag vet att det inte står rätt till. Jag kräver att ni gör något... för en gångs skull gör något! Min flicka är försvunnen, se till att ni letar rätt på henne, annars... annars...

Desperationen i hennes röst steg hastigt upp ur en avgrund, tyckte Moreno. En nödtorftigt kamouflerad panik som naturligtvis bottnade i det mest skräckfyllda av alla skräckfyllda scenarion.

En mor som inte kan hitta sitt barn. Låt vara att barnet fyllt arton. Låt vara att det bara gått ett par dagar. Moreno var på väg att säga någonting äntligen, men hindrades av polismästaren som klickade med pennan och harklade sig.

– Givetvis, fru Lijphart. Givetvis. Vi ska genast kontrollera det här. Oroa er inte för mycket, bara... hur var det nu? Talade ni med honom också när ni ringde till Sidonis? Med hennes pappa, vill säga. Hon kanske berättade om sina planer för honom?

– Med Arnold? Om jag talade med honom?

– Ja. Det är väl Arnold Maager det gäller?

Sigrid Lijphart satt tyst och såg ner i golvet en stund.

– Ja, sa hon. Det är Arnold det gäller, förstås. Men jag talade inte med honom. Jag talade med en vårdare.

– Ni har ingen kontakt?

– Nej.

– Ingen alls?

– Nej.

– Jag förstår, sa Vrommel. Var kan vi nå er?

Det märktes att fru Lijphart ännu inte övervägt denna aspekt av problemet. Hon sög in läpparna och höjde ögonbrynen.

– Kongershuus, finns det kvar?

Vrommel nickade.

– Jag tar in där. En natt åtminstone.

– Bra. Ni råkar inte veta var er dotter tänkte övernatta... om hon nu tänkte sig det, som ni sa?

Sigrid Lijphart skakade på huvudet igen. Vrommel reste sig och markerade att samtalet var över.

– Utmärkt. Vi hör av oss så fort vi vet någonting.

– Ikväll?

– Ikväll eller imorgon bitti.

Sigrid Lijphart tvekade ett ögonblick. Sedan nickade hon sammanbitet och lämnade Lejnice polisstation.

Det här angår inte mig, tänkte kriminalinspektör Ewa Moreno. Det angår absolut inte mig.

II

13

– Vad då för idé? undrade hon.

Han svarade inte. Lade armen om henne bara, och tryckte henne lite intill sig. Sedan började de gå.

In mot centrum först, men i höjd med vattentornet vek han av in på Brüggerstraat istället för att fortsätta rakt fram. Han styrde, hon följde med. Det var som det brukade, tänkte hon. Kanske hade hon hoppats att de skulle gå till något café inne vid Polderplejn eller Grote Marckt, men så blev det inte. På sista tiden – de senaste två månaderna faktiskt, ända sedan hon talade om för honom hur det var ställt med henne – hade han undvikit sådana ställen. Hon hade tänkt på det förut. Till och med frågat honom och han hade sagt att han hellre ville ha henne för sig själv.

Hon både tyckte om det och inte. Tyckte om att ligga och vänslas med honom ute i sommarmörkret, förstås. Och bli smekt. Smeka honom tillbaka och rida på honom med händerna på hans bröst och hans hårda kuk långt inne i sig. Men det var trevligt att sitta på café också. Sitta och röka och dricka kaffe och prata med folk. Sitta och se bra ut och låta dom titta. Kanske var det därför, tänkte hon. Kanske var det för att han visste att hon gillade att bli tittad på som han nu styrde stegen utåt Saar och fotbollsplanerna istället för in mot centrum.

– Vart ska vi? frågade hon.

– Vi behöver prata lite, sa han.

De kom fram till parken bakom brandstationen, vad den

nu hette. Brandstationsparken kanske. Han höll högerhanden rätt långt ner på hennes höft nu och hon anade att han började bli kåt. Det var ju rätt länge sen. Han styrde in henne i parken och de slog sig ner på en bänk som stod ganska skyddat till bakom några buskar. Hon såg inte till några andra människor i parken, men visste att det brukade finnas ett och annat par borta vid lekparken i andra änden. Hade hållit på där själv också några gånger, men aldrig med honom. Hon log lite när hon tänkte på det.

– Vill du ha?

Han räckte fram en flaska som han tagit upp ur sin axelremsväska. Hon tog en klunk. Någon sorts brännvin. Det var starkt och sved lite i halsen. Men också sött; det värmde gott och smakade svart vinbär eller nånting. Hon drack en klunk till och la sin hand mellan hans ben. Det var som hon trott, han var redan stenhård.

När han var klar drack de ur resten av flaskan och rökte några cigarretter. Sa inte så mycket, han brukade inte tycka om att snacka efteråt. Hon började känna sig ganska full, men en sorts konstigt allvar hängde kvar inuti henne och hon gissade att det hade med Arnold Maager att göra.

Och med ungen.

– Vad var det för idé du hade? kom hon ihåg.

Han fimpade cigarretten och spottade två gånger i gruset. Hon förstod att han nog var lika berusad som hon var. Hade druckit en del innan också. Fast han tålde mer förstås, det gjorde killarna alltid.

– Maager, sa han. Du sa att du hade ändrat dig. Vad fan menar du?

Hon tänkte efter.

– Jag vill inte, sa hon. Vill inte lura honom sådär. Du och jag... det är ju du och jag... nej, jag vill inte.

Det var svårt att hitta de rätta orden.

– Vi behöver pengar, sa han. Det var ju därför vi gjorde det, fattar du inte det? Vi ska pressa honom.

– Jo, sa hon. Men jag vill ändå inte. Jag tänker tala om det för honom.

– Tala om för honom! Är du inte klok?

Sedan muttrade han nånting som lät som "jävla fitta", men det var förstås bara en felhörning. Han lät iallafall riktigt arg på henne, det var nog första gången och hon kände hur någonting knöt sig inuti magen på henne.

– Jag vill bara inte, upprepade hon. Kan inte. Det är så fel... så jävla taskigt.

Han svarade inte. Satt och sparkade med fötterna i gruset utan att se på henne. De hade överhuvudtaget ingen kontakt nu. Massor av luft mellan dem överallt, trots att de nyss hade älskat och fortfarande befann sig på samma parkbänk i samma jävla park. Det kändes konstigt, hon undrade om det skulle ha känts likadant om hon inte varit full.

– Fan, det är ju våran unge, sa hon. Jag vill inte låtsas att nån annan är inblandad i våran unge.

– Pengar, sa han bara. Lät både trött och arg. Och full, han också.

– Jag vet, sa hon.

Kände sig fruktansvärt ledsen plötsligt. Som om allting höll på att gå åt helvete med rasande fart. Det gick en halv minut. Han sparkade vidare i gruset.

– Vi hade ju gjort upp en plan, sa han till slut. Fan, du var ju med på alltihop... du kan ju för fan inte låta gubbjäveln sätta på dig och sen ändra dig. Nånting ska han väl betala eller vill du kanske ha den jävla kåtbocken istället för mig? En lärarjävel, fy fan!

Plötsligt började hon må illa. Inte spy nu, tänkte hon. Bet ihop tänderna och knöt händerna i knät. Andades djupt och försiktigt, kände vågorna komma och gå. När det långsamt började släppa kom gråten istället.

Först satt han bara där han satt och lät henne böla, men så småningom flyttade han sig lite närmare och la armen om hennes axlar.

Det kändes skönt och hon lät tårarna rinna en god stund.

När man gråter slipper man både tala och tänka, hade hennes mor sagt en gång och det låg nånting i det. Ibland kunde hon faktiskt få till det, hennes hopplösa morsa, men för det mesta var hon förstås som hon var.

Klockorna i Waldeskirke, där hon konfirmerats för två år sedan, slog tre slag. Kvart i ett. Han tände två cigarretter och räckte henne den ena. Tog fram en ölburk ur väskan och öppnade den.

Drack först ett par djupa klunkar själv innan han lät henne smaka. Hon drack och tänkte att brännvinet varit mycket godare. Det fanns liksom ingen värme i öl. Starksprit och vin var bättre, det hade hon alltid tyckt. Man blev inte så kissnödig heller. De satt tysta några minuter till, sedan sa han:

– Jag har en idé.

Hon erinrade sig på nytt att det var just det han sagt för ett par timmar sedan. Nere på stranden. Hon tyckte det var konstigt om han haft en idé hela tiden och suttit och hållit inne med den.

Fast det var kanske en annan nu.

– Vad då för nånting? frågade hon.

– Vi pratar med honom, sa han.

Hon förstod inte vad han menade.

– Nu, förtydligade han. Du får ringa upp honom och så tar vi ett snack med honom. Så får vi se.

Han tömde ölburken i botten och tog upp en ny.

– Hur många har du? frågade hon.

– Bara en till. Nå?

Hon funderade. Kände att hon började bli kissnödig. Ordentligt kissnödig.

– Hur? sa hon.

– Finns en telefonautomat därborta.

Han pekade bort mot brandstationen till.

– Nå?

Hon nickade.

– Okej. Ska bara kissa först.

Viadukten? tänkte hon medan hon stod i den trånga hytten och slog numret. Varför ska vi träffa honom just uppe på järnvägsviadukten?

Hon hann inte komma fram till något svar på frågan, för signalerna började gå fram och sedan lyftes luren i andra änden. Hon drog ett djupt andetag och försökte göra rösten stadig.

Hoppas det inte är hans fru som svarar, tänkte hon.

Det var hans fru.

14

Den 13 juli 1999

Sigrid Lijphart fick ett rum på Kongershuus tack vare ett återbud, som ringdes in medan hon fortfarande stod kvar nere i receptionen och undrade vad hon skulle göra. Det rådde semestertider och övernattningsmöjligheterna i Lejnice med omnejd var lika ansträngda som vanligt. Under ett svagt ögonblick hade hon lekt med tanken på att vända sig till någon hon känt på den tiden – i sitt förra liv; för sexton år sedan och bakåt – men idén kändes nästan omedelbart som en sur uppstötning.

Trots att det fanns rätt många att välja emellan, förvisso.

Rätt många som nog gärna skulle ha tagit emot henne. För att få uttrycka sitt gamla deltagande och få reda på vissa saker, om inte annat.

Men klippt var klippt var klippt. Hon hade lämnat dessa människor och dessa relationer – var och en av dem – utan att tveka en sekund, och det hade aldrig känts som om hon saknade dem. Så det måste ha varit ett fritt flytande hugskott som dök upp, bara, förstod hon. Detta att ta något slags kontakt. Alldeles oombett. Skulle aldrig falla henne in att utnyttja någon av dessa försvunna kontakter, inte under normala omständigheter och inte nu heller. Skulle ha känts som... som att mötas av stanken från något som legat och ruttnat under lock i sexton år. Fy satan.

Hellre sov jag väl på stranden, tänkte hon och klev in i hissen. Tack och lov att jag fick ett rum.

Det låg på femte våningen. Hade balkong och en ganska grandios utsikt åt väster och sydväst. Över dynlandskapet och kustens långa, loja båge söderut. Ända bort till fyren vid Gordons punkt.

Kostade 240 gulden per natt också, men längre än till imorgon tänkte hon ju inte stanna, så det fick det vara värt.

Hon ringde upp Vrommel och talade om var han kunde nå henne. Sedan tog hon en dusch. Beställde en kanna kaffe nerifrån receptionen och gick ut och satte sig på balkongen.

Klockan var två. Solen kom och gick. Eller molnen, rättare sagt, men det blev snart så pass varmt att hon egentligen kunde ha suttit naken. Det fanns ingen insyn, mer än från helikoptrar och måsar. Ändå behöll hon trosor och behå på.

Den vidbrättade halmhatten och solglasögonen. Som om de iakttagande ögonen ändå funnits där.

Nu då? tänkte hon. Vad i helvete ska jag göra nu?

Och paniken kom krypande som en feber om natten.

Skuld?

Varför känner jag skuld? undrade hon.

Oro och skräck och panik, det må vara hänt. Men varför sitter jag och känner mig skyldig mitt i alltihop?

Hon hade ju bara gjort vad hon måste göra. Då som nu.

Gjort det som hon vetat var oundvikligt. Förr eller senare. Ett barn måste få veta sina föräldrars sanning. En sida av den i varje fall. Hade rätt till det, en oavvislig rätt, det fanns inga vägar runt det.

Förr eller senare, som sagt, och artonårsdagen hade varit bestämd sedan länge.

Hon tänkte på Helmut och hans gruffande kvällen före.

På Mikaela och hennes omedelbara reaktioner, som väl ändå varit just de som hon förväntat sig?

Eller hade de inte det? Hade hon kanske egentligen trott att dottern skulle följa sin moders råd och låta hela saken

103

falla? Låta allting ligga där, alldeles orört, som någonting stumt och vissnat och bortglömt? Inte bry sig om att lyfta på locket ens?

Var det så? Hade hon trott att hon inte skulle söka upp honom?

Naturligtvis inte. Mikaela var Mikaela och sin mors dotter. Hon hade handlat precis som hon förstått att hon skulle göra. Som hon själv skulle ha gjort.

Hade hon anklagat henne?

Hade Mikaela anklagat sin mor för att hon inte fått veta tidigare? Eller för att hon fick veta det nu?

Nej i bägge fallen.

Kanske lite för att hon inte fått sig hela historien till livs, men när hon väl fick den skulle hon förstå det också. Tvivelsutan. Och hon måste lämna någonting åt Arnold att berätta. Ge honom en chans att göra det åtminstone.

Helmuts gruffande, då?

Inte värt vatten. Som vanligt.

Så varför denna kvalmiga känsla av skuld?

Hon hade köpt ett paket nödcigarretter och nu gick hon in och letade fram dem ur handväskan. Återvände ut till balkongen, tände en och lutade sig tillbaka i stolen.

Det första blosset fick henne att känna yrsel.

Arnold? tänkte hon.

Skulle jag vara skyldig Arnold något?

Befängt. Hon drog ett bloss till.

Började tänka på honom.

Inte ett enda telefonsamtal.

Inte ett brev, inte en rad, inte ett ord.

Inte från honom till henne, inte från henne till honom.

Om han varit död skulle hon kanske inte vetat om det, slog det henne. Eller fanns det något slags kvarhängande meddelandeplikt? Från Sidonisstiftelsens sida. Hade hon skrivit på några sådana papper? Hade de hennes namn och adress? Hon mindes inte.

Om han flyttat från hemmet skulle Mikaela kanske aldrig fått tag i honom?

Men han hade funnits där. Hon hade ringt igår och kontrollerat saken. Jodå, Mikaela hade varit där och han hade funnits där. Det var som det var.

Suttit i sitt eget tysta helvete, antagligen, under alla dessa år. Sexton stycken. Och väntat. Kanske hade han väntat på henne? På att Mikaela skulle komma? Eller på att hon, hans förlorade hustru, skulle göra det?

Fast troligen inte. Troligen var hans minnen utplånade. Han hade inte varit frisk när hon tog deras dotter och lämnade honom. Det hade aldrig varit tal om att sätta honom i fängelse. Inte såvitt hon förstått det i varje fall.

Galen. Totalt förmörkad. Hade kissat på sig mitt under förhandlingarna till och med, av någon anledning hade hon alltid mints just denna detalj med obarmhärtig skärpa... hur han suttit där på stolen i rättegångssalen och låtit det skvala utan att röra en min... nej, Arnold hade gått över gränsen då för sexton år sedan och det fanns ingen väg tillbaka.

Ingen väg och inga broar. Bara glömska och nya inre landskap. Ju ödsligare, desto bättre förmodligen.

Hon fimpade cigarretten. För många ord, tänkte hon. Det finns för många ord som virvlar inuti mig, de hindrar mig från att tänka klart.

Arnold? Mikaela?

Men under ordvirvlarna simmade bara paniken, det visste hon och plötsligt önskade hon att hon tagit med sig Helmut hit.

Helmut klippan, Helmut urberget.

Han hade erbjudit sig, insisterat på sätt och vis, men hon hade hållit honom stången.

Det var inte honom det gällde. Helmut hade ingen del i

105

detta. Det var en uppgörelse mellan Mikaela och hennes far. Och henne själv kanske.

Uppgörelse? tänkte hon. Vad är det jag säger? Vad menar jag?

Och vad är det som har hänt?

Inte förrän hon rökt sin andra cigarrett halvvägs och märkte att hon lyckats blöta ner den med tårar, gick hon in och ringde.

Han var inte hemma, men till slut kom hon ihåg numret till mobilen och fick fatt i honom.

Förklarade att hon talat med polisen och att de säkert skulle klara upp det här före kvällen.

Men att hon tagit ett rum för natten bara för säkerhets skull. Och för att det skulle ha blivit lite för tröttsamt att behöva köra tillbaka samma dag.

Helmut hade inte mycket att säga med anledning av detta. De avslutade samtalet. Hon gick ut på balkongen igen. Satte sig i stolen och bad till Gud för första gången på femton år.

Hon tvivlade på att han lyssnade.

15

Den 14 juli 1999

Till slut valde hon Münster.

Skälet var enkelt och hon var glad över att hon inte behövde redogöra för det. Inte för Mikael Bau och inte för någon annan heller.

För det var som det var. Kriminalinspektör Moreno hade varit förälskad i kriminalintendent Münster, och det hade varit snubblande nära att de haft en affär.

Nej, inte förälskad, korrigerade hon. Ordet var för starkt. Någonting annat av samma sort, fast... fast av en lägre dignitet, bestämde hon sig för. Betydligt lägre. I alla händelser var tanken på att hon skulle ha kunnat... om nu omständigheterna inte varit som de varit, alltså... kunnat inleda ett förhållande med en man med pedofila böjelser så absurd, så fullständigt orimlig, att den på något sätt vederlade sig själv. Blotta tanken. Hon svepte bort den med stora biologikvasten. Münster var otänkbar i den rollen. Fullständigt otänkbar.

Det var förvisso rätt svårt att föreställa sig att någon annan av hennes kolleger skulle vara en barnknullare, men hon hade inte varit förälskad (ens i den lägsta av digniteter) i någon av dem. Så det innebar i varje fall inte någon motsägelse *per se*.

Som hon hade för sig att det stått i filosofiboken på gymnasiet.

Münster, alltså. Ett bergsäkert kort.

Som tur var frågade han aldrig varför hon vände sig till just honom.

Däremot frågade han en del annat.

Var hon inte riktigt klok? till exempel.

Vad tusan menade hon?

Hur kunde hon sätta tilltro till ett sådant praktarsel som Franz Lampe-Leermann?

Moreno förklarade avmätt att hon inte trodde på Lampe-Leermann mer än hon trodde på ett horoskop i en flicktidning, men att hon ändå ville lämna över ärendet som en ren formalitet eftersom hon hade semester.

Münster accepterade detta, men fortsatte att ha synpunkter en god stund, och hon hörde att han började vackla mer och mer från sitt ursprungliga, chockartade avståndstagande.

Precis som hon själv hade gjort. Precis som Lampe-Leermann, den skitstöveln, hade räknat ut att de skulle göra, antagligen.

– Han har nånting i rockärmen, eller hur?

– Jag vet inte, sa Moreno.

– Han måste väl ha en anledning till att häva ur sig nånting sådant här?

– Man kan tycka det, ja.

– Vad har du själv gjort för bedömning?

– Ingen alls, svarade Moreno. Men jag har sovit lite dåligt.

– Tror jag det, sa Münster. Hur fan angriper man det här?

– Man går inte till Hiller i alla fall.

– Tack för tipset, sa Münster. Har du fler?

– Finns nog bara ett sätt.

– Vilket då?

– Du får tala med Slemburken.

– Va?

– Förlåt. Franz Lampe-Leermann.

– Hm, sa Münster. Var finns han för tillfället?

– Emsbaden, förklarade Moreno. Han sitter där och väntar på dig. Jag föreslår att du tar hand om det själv och håller ordentlig diskretion.

Münster satt tyst i luren några sekunder.

– Jag hör av mig, lovade han sedan. Tack för att du ringde. Ha sköna, lata dagar, så att du är en duktig snut igen i augusti.

– Ska göra mitt bästa, sa inspektör Moreno.

På eftermiddagen tog de färjan ut till öarna. Vandrade en timme i lågvattnet utefter stränderna på Werkeney och fortsatte med en mindre båt till Doczum, den naturskyddade fågelön, där de åt middag på ett av värdshusen vid torget bland tjockmagade och välondulerade turister med hög medelålder och ansiktsfärg.

Det hörde till att göra en ötripp om sommaren, förklarade Mikael Bau, när Moreno börjat kasta skeptiska blickar runtomkring sig. Det hade han gjort varje år så länge han kunde minnas, utom 1988 då han tillbringat ett år som utbytesstudent i Boston.

– Du har varit i Lejnice... eller Port Hagen... varenda sommar i hela ditt liv? frågade Moreno.

– Utom den, ja. Som sagt. Varför frågar du?

Moreno svarade inte.

Nej, tänkte hon. Jag har ju redan bestämt att det inte angår mig.

Inte mig och absolut inte Mikael Bau.

Således dröjde det ända tills de satt på kvällsfärjan tillbaka till Lejnice, innan frågan kom upp. Och det var inte hennes fel nu heller.

– Du har inte sagt ett ord om Slemburken på hela dagen, konstaterade Mikael Bau.

– Korrekt, sa Moreno. Case closed.

Mikael Bau höjde ett ögonbryn.

– Jaså? Hur gick det till?

– Har delegerat det. Har semester.

Hans ögonbryn hängde kvar uppe i pannan. Plötsligt tyckte hon att han såg ut som en skådespelare. En B-skådis i en kalkonrulle som någon glömt att stänga av. Var det förlåten som började rämna äntligen? tänkte hon.

– Vad är det med dig? frågade hon. Du ser fånig ut.

– Det är inte mig det är nånting med, förklarade han och började istället anlägga någon sorts pedagogisk min. Det är dig. Om nu Lampe-Leermann är ett avslutat kapitel, skulle jag vilja veta vad i helvete det är du ligger och ruvar på istället.

– Ruvar? Jag? Vad tusan menar du?

Hon kände hur någonting som måste vara en blandning av uppgivenhet och irritation började skjuta upp inom henne. Och kanske ilska. Över hans förnumstighet, vem trodde han att han talade till?

Han tycktes notera hennes reaktioner och blev sittande tyst en stund. Glodde ut över havet medan han trummade med pek- och långfingrar på knäna. Det var en ovana han hade, hon hade lagt märke till den för länge sedan, men det var först nu hon insåg att det var just det det var. En ovana.

– Ruvar, upprepade han. Var inte löjlig. Antingen börjar du tröttna på mig eller också är det nånting annat. Jag föredrar att inbilla mig att det är det sistnämnda. Jag är ingen idiot.

Med ens var hon böjd att hålla med honom. Mikael Bau var ingen idiot. Claus Badher, som hon kastat bort fem år på, hade varit en idiot, så hon hade en viss erfarenhet. Kunde jämföra och visste vad det handlade om.

Och man måste veta när man lämnar första kapitlet i ett förhållande och är på väg in i andra, det hade hon läst någonstans och lagt på minnet. Förbannat också, tänkte hon. Går det aldrig att slippa ifrån jobbet? Måste det alltid ligga

110

och skava på allting annat?

Omedelbart fick hon svar av en annan röst inom sig.

Det är inte en fråga om ditt jobb, sa den. Det är en fråga om omtanke och medmänsklighet. En försvunnen flicka och en förtvivlad mor.

Mikael Bau fortsatte att trumma. Kvällssolen bröt igenom ett moln; hon slöt ögonen mot de nästan horisontella kvastarna och funderade en stund.

– Det hände en konstig grej på polisstationen, sa hon till slut.

Trummandet upphörde. Sedan brast han i skratt.

– King vid gränspolisen, sa han.

– Vad tusan har King vid gränspolisen med det här att göra?

Han slog ut med händerna.

– Vilar aldrig. Sover aldrig. Varför har kvinnor så sällan någon riktig litterär bildning?

Det tog fem minuter att berätta historien.

Mer var det inte. En gråtande flicka på ett tåg. En okänd pappa på en institution.

En orolig moder på en polisstation.

Någonting som hänt för rätt så länge sedan.

När hon var färdig hade färjan just börjat lägga till, och hon märkte att Mikael Bau fått en lodrät rynka i pannan som han inte brukade ha. Den klädde honom på sätt och vis, men vad den betydde visste hon inte.

Han hade inga kommentarer förrän de gått i land. Och när de äntligen kommit bort från alla de tjockmagade och välondulerade, gick det mesta av koncentrationen åt till att erinra sig var de egentligen hade ställt bilen. Det hade varit klart solljus på morgonen, men nu hängde en fuktig skymning över parkeringsplatsen och tycktes förskjuta perspektivet och förändra förutsättningarna på något egendomligt vis.

– Därborta, sa Moreno och pekade. Jag känner igen den där måsen uppe på kuren.

Mikael Bau nickade och snurrade med bilnycklarna runt pekfingret. Sedan började han erinra sig. Långsamt som en demenspatient en regnig måndag.

– Det måste…, sa han… jo, såvitt jag kan se måste det vara frågan om det. Vad skulle det annars vara?

Moreno väntade.

– Vad tusan var det hon hette? Ta det lugnt, det kommer… Winnie nånting? Ja, Winnie Maas, så var det. Borde vara… ja, vad sa du? Hur länge sedan?

– Sexton år, sa Moreno. Du menar att du känner till det?

– Hm, sa Mikael Bau. Skulle tro det. Har ju bott härute varenda sommar, som sagt… 1983, alltså? Jo, det stämmer nog.

– Hon var två när hon lämnade sin pappa, sa Moreno. Och hon fyllde arton i fredags. Påstod hon åtminstone.

– Winnie Maas, upprepade Mikael Bau och nickade bekräftande. Ja, det var en rätt osmaklig historia. Jag var jämngammal med henne ungefär. Fast jag kände henne inte, det blev liksom aldrig av att man knöt några riktiga kontakter med infödingarna… vi brukade kalla dom så. Mer än någon enstaka förstås. Vi var ett halvdussin kusiner, det var umgänge så det räckte och blev över. Ville man vara ifred var man tvungen att gå på dass eller gräva ner sig i dynerna.

– Vem var Winnie Maas? undrade Moreno otåligt. Jag struntar i dina kusiner, om du ursäktar.

De hittade Mikael Baus gamla Trabant mellan en blänkande silverfärgad Mercedes och en blänkande röd BMW. Som en trött kaja mellan två örnar, tänkte Moreno. Men ännu inte alldeles död. De kröp in i kajan. Mikael Bau startade under viss rökutveckling och de började snirkla sig ut från parkeringen. Det verkade som om han försökte åstadkomma något slags konstpaus innan han svarade.

112

– Winnie Maas var en flicka som blev mördad den där sommaren, förklarade han till slut och tände strålkastarna. Hon hittades död på järnvägsspåret under viadukten... vi åker över den om två minuter, då kan inspektören själv bilda sig en uppfattning.

Han skrattade till men tycktes märka att det skorrade.

– Ursäkta. Jo, hon låg död därnere på spåret och mördaren satt bredvid henne. Det är åtminstone den officiella bilden.

– Den officiella bilden? Du menar att det skulle finns andra bilder?

Han ryckte på axlarna.

– Vem vet? Jag minns att det pratades om både det ena och det andra, men det är kanske inte så konstigt. Tror att det är det enda mordet man haft härute de senaste tretti-fyrti åren... det var visst en smed som slog ihjäl sin hustru med ett järnspett i slutet av femtitalet. Så det är klart att det spekulerades. Det här var någonting annat också... skandalöst på nåt vis. Hela samhället vibrerade av det... ja, du vet väl hur det kan vara?

Moreno nickade.

– Och vem var mördaren?

– Jag minns inte vad han hette. Men det är mycket möjligt att det var Maager. Han var lärare på skolan, hursomhelst, det gjorde förstås inte saken bättre. Hade haft flickan som elev och... ja, tydligen ett förhållande med henne också.

– Verkligen? sa Moreno och betraktade pedofilmolnet, som hastigt och lustigt seglade upp för hennes inre öga igen. Men 16 år? Måste ändå ha varit inom lagens råmärken, tänkte polismannen inom henne. På den tiden.

Om än inte inom moralens, invände kvinnan och människan Ewa Moreno. I någon tid. Lärare och elev, det var för jävligt och det var ingen ny konstellation precis.

113

– Tror hon var gravid också, ja, det var en rätt välkryddad anrättning, när man tänker på det… härframme var det, alltså.

De svängde upp genom en lång kurva och kom upp på viadukten som löpte över järnvägsspåren. Gott och väl tjugo meters fallhöjd, bedömde Moreno. Ovanligt högt, men det fanns väl någon anledning till det också. Mikael Bau saktade farten och pekade.

– Därnere, om jag inte minns fel. Han skall ha knuffat ner henne här uppifrån, alltså… skyddsräcket var inte så högt på den tiden. Jag tror man satte upp det här nya med anledning av just den händelsen, faktiskt.

Han körde tätt in till stängslet och stannade.

– Fast hon kan ju ha hoppat av sig själv också, la han till.

Moreno vevade ner fönstret och tittade ut. Försökte sig på en nykter och saklig analys. Som det såg ut idag skulle det inte vara lätt att hiva ner en kropp på spåret. Åtminstone inte en kropp som var någotsånär levande och motståndskraftig. Staketet var närmare två meter högt.

– Finns ingen minnesplatta i alla fall, konstaterade Mikael Bau. Tack och lov…

Han släppte upp kopplingen och de började rulla vidare. Moreno stängde fönstret och märkte att hon fått gåshud på underarmarna.

– Jag minns inte hur det gick sedan, vad det blev för domslut och så. Rättegången måste ha ägt rum under hösten när vi flyttat ner till Groenhejm igen.

– Men det var han som gjorde det? undrade Moreno. Den här läraren… erkände han, alltså?

Mikael Bau trummade en stund med fingrarna på ratten innan han svarade.

– Jo, nog var det han alltid. Han blev tokig på kuppen. Satt bredvid kroppen när dom hittade den, som sagt. Försökte aldrig komma undan, men man fick nog inte mycket

114

vettigt ur honom… fast vad betyder det här med flickan och mamman egentligen, kan du upplysa mig om det? Det är väl inte så att det hänger ihop?

Moreno svarade inte omedelbart. Försökte hastigt gå igenom alltihop i huvudet en gång till först, men det var svårt att dra någon annan slutsats än den hon redan dragit.

– Jag vet inte, sa hon. På något sätt gör det väl ändå det. Mikaela Lijphart skulle åka och hälsa på sin pappa som hon av någon anledning inte träffat sedan hon var två år gammal. Det hade hänt någonting då, det var så hon formulerade det… *hänt någonting?* Pappan skulle finnas på ett hem utanför Lejnice. Under alla förhållanden verkar det vara den historien det gäller. Känner du till om han hade barn, den här läraren? En liten dotter, till exempel… två år eller däromkring?

– Ingen aning, sa Mikael Bau. Hur tusan skulle jag veta det? Fast jag kommer ihåg att jag läste nånting om rättegången senare… medan den pågick. Det gick visst inte att förhöra honom. Antingen bröt han ihop och grät, eller också satt han bara stum som en gravsten… jag minns det förmodligen för att det var just den formuleringen reportern använde. Stum som en gravsten.

– Det måste ha blivit psyket oavsett domslut, menar du?

– Antagligen. Sidonis, var det så du sa?

Moreno nickade.

– Du känner till det?

– Bara till namnet, erkände Mikael Bau. Alla barn vet väl vad närmast belägna dårhus heter, eller hur?

– Säkert, sa Moreno. Jaha, då har vi det klarlagt, då. Fin historia.

De körde vidare under tystnad en halv minut.

– Ergo, sa Mikael Bau sedan. Och rätta mig om jag har fel… flickan kommer hit för att hälsa på sin pappa mördaren som hon inte har sett sedan hon var två år gammal. Hon

115

träffar honom, samtalar ett par timmar med honom och sedan försvinner hon. Det är det du har suttit och ruvat på hela dagen?

– Inte alltihop, sa Moreno. Det var du som berättade att pappan kunde titulera sig mördare... alldeles nyss. Hur står det till med närminnet?

Mikael Bau svarade inte. Bytte trumrytm och satt tigande en stund igen.

– Vad ska vi göra? frågade han i samma stund som en skylt med *Port Hagen* 6 på passerade förbi Morenos fönster.

Moreno tänkte efter ett ögonblick.

– Vänd, sa hon sedan.

– Va?

– Vänd. Vi måste åka och tala med Vrommel.

– Nu? sa Mikael Bau. Klockan är snart halv tio. Kan vi inte ta det imorgon? Jag är rädd för att han inte heller har läst King vid gränspolisen.

Moreno bet sig i underläppen och funderade.

– Allright, suckade hon. Imorgon.

16

Den 15 juli 1999

Vrommel gjorde tåhävningar.

– Hälsenor och vader, förklarade han. Gäller att hålla fysiken i trim också. Jag trodde inspektören skulle ligga på en handduk nere på stranden en sådan här dag.

– I eftermiddag, sa Moreno. Tänkte bara höra efter om flickan Lijphart har dykt upp.

Polismästaren gjorde tre långsamma hävningar innan han svarade.

– Tyvärr.

– Tyvärr inte?

– Tyvärr inte.

– Kan vi sitta ner ett slag? föreslog Moreno. Jag träffade ju faktiskt flickan på tåget, så kanske...

– Rutinärende, avbröt Vrommel. Ingenting ni behöver bry er om. Om hon inte hörs av idag, skickar vi ut en efterlysning imorgon.

Han fortsatte envetet att höja sig och sänka sig. Efter varje uppgång åstadkom han ett kort gutturalt stönande, och ansiktsfärgen bar vittnesbörd om att han inte fuskade, utan tog i vad tygen höll.

Han är inte tillräknelig, tänkte Moreno och lutade sig mot skrivbordskanten. Ännu en, det är som det är.

– Vad tror ni har hänt? frågade hon.

Vrommel sjönk ner på hälarna och stannade kvar. Drog två djupa andetag och började med huvudvridningar. Från höger till vänster. Vänster till höger. Långsamt och metodiskt.

– Ingenting, sa han.

– Ingenting? sa Moreno. Flickan är ju försvunnen.

– Flickor försvinner, sa Vrommel. Har alltid gjort. Kommer alltid att göra. Kommer tillbaka lite rödare om kinderna.

Vad i helvete? tänkte Moreno men lyckades bita upp munnen till någonting som förhoppningsvis kunde tolkas som ett leende. Låt vara stelt. Låt vara hastigt övergående.

– Ni tror inte det har nånting med den här gamla historien att göra?

– Så ni känner till den?

– Litegrann. Det var ju ganska spektakulärt, tydligen...?

Vrommel svarade inte.

– Det kan ju tänkas att det hänger ihop, menar jag... på något sätt?

– Det tror jag inte.

– Inte? Men vore det ändå inte på sin plats att höra efter med personalen på Sidonishemmet? Hur mötet mellan far och dotter avlöpte... vart hon begav sig sedan, och lite sådana saker?

– Redan åtgärdat.

– Jaså?

Tystnad. Höger, vänster. Utandning, inandning.

– Vegesack var där och intervjuade igår kväll. Vad menar inspektören med att hålla på och peta i det här? Tror hon inte jag vet hur jag ska sköta mitt jobb?

– Ursäkta, sa Moreno. Naturligtvis. Blev lite fäst vid flickan, bara. Träffade henne som hastigt på tåget när jag åkte hit, alltså... det var ni som hade hand om utredningen, då för sexton år sedan?

– Vem annars? sa Vrommel. Hur har ni det med den fysiska träningen för egen del?

Tala om att byta ämne, tänkte Moreno och höll på att le på allvar.

– Tack, alldeles utmärkt, sa hon. Joggar och går på gym.

118

– Gym! fnös Vrommel. Jävla påfund.

Moreno bestämde sig för att inte gå i svaromål.

– Vad hade Vegesack att berätta då? frågade hon istället.

– Noll och intet, sa Vrommel och vred huvudet så långt åt höger att Moreno kunde höra halskotorna knaka.

– Noll och intet?

– Har inte fått hans rapport än, förtydligade Vrommel. Har ledig förmiddag på torsdagarna. Ser till sin gamla mamma eller nånting. Jävla påfund, det också.

Moreno kunde inte avgöra om polismästaren härmed avsåg själva moderskapet eller det faktum att det fanns folk som fortfarande tog ett visst ansvar för sina föräldrar. Hon började också känna att det blev allt svårare att stanna kvar i rummet utan att ge Vrommel en spark mellan benen eller be honom fara och flyga... så hon harklade sig och kom på fötter istället. Tackade för att han varit så tillmötesgående. Så utomordentligt tillmötesgående.

– Ingen orsak, sa Vrommel. Hederskodex. Gå och lägg er i solen nu. Vi vidtar alla åtgärder enligt regementet.

Kyss mig, tänkte Moreno när hon kommit ut i solskenet. Hederskodex! Åtgärder enligt reglementet! Jovisst. Hon tvivlade inte en sekund på att polismästare Vrommel visste på sina fem fingrar hur man agerade i ett sådant här läge.

Med flickor som försvann och kom tillbaka röda om kinderna.

Hon sneddade över torget och tog plats vid ett av Café Darms utebord på motsatta sidan. Beställde cappuccino och färskpressad apelsinjuice och satt fortfarande och funderade över vad hon skulle ta sig för härnäst – Vegesack skulle inte komma till stationen förrän klockan ett, hade hon tagit reda på av fröken Glossmann på expeditionen – när hon plötsligt fick syn på Sigrid Lijphart några bord längre bort.

Hon tvekade ett ögonblick. Tog sedan med sig kopp och

119

glas och frågade om hon fick slå sig ner.

Det fick hon. Sigrid Lijphart såg inte ut att ha sovit särskilt gott under natten, och varför skulle hon ha gjort det? Såg nästan lite rödgråten ut, tyckte Moreno och bet av en impuls att lägga handen på hennes arm.

Hon visste inte riktigt varför hon bet av impulsen, men att förklaringen hörde hemma i hennes polisnatur snarare än i hennes kvinnonatur förefoll rätt uppenbart. De var inte alltid så lätta att härbärgera sida vid sida inom sig, dessa naturer. Hon hade tänkt på det förr. Åtskilliga gånger.

– Hur mår ni? frågade hon försiktigt.

Sigrid Lijphart tog upp en näsduk och snöt sig.

– Inte bra, sa hon.

– Jag förstår det, sa Moreno.

– Gör ni? sa Sigrid Lijphart. Har ni själv barn?

Moreno skakade på huvudet.

– Inte än.

Än? Hon hajade till och undrade varför just en sådan formulering ramlade ur munnen på henne. Konstaterade att det i varje fall inte var fråga om någon polisformulering, snarare någon sorts freudiansk bubblare, så balansen mellan naturerna verkade återställd.

– Jag är så orolig, sa Sigrid Lijphart och skramlade med kaffekoppen mot fatet. Så fruktansvärt, fruktansvärt orolig. Det måste... det måste ha hänt henne någonting. Mikaela skulle aldrig... nej, det har gått så många dagar nu...

Rösten bröt sig. Hon genomfors av en kraftig rysning – som efterdyningen av en gråtattack, tänkte Moreno – rätade på ryggen och försökte samla ihop sig.

– Förlåt mig. Det är så svårt bara.

– Jag förstår det, upprepade Moreno. Är det så att jag kan göra någonting för er, ställer jag gärna upp.

Sigrid Lijphart tittade förvånat på henne.

– Ni är... är ni polis här i Lejnice, alltså?

Moreno log hastigt.

– Nej, Maardam. Jag är här på semester. Hade ett ärende hos polismästaren, bara.

– Aha.

Det blev tyst ett ögonblick och Moreno hann fråga sig vad detta *aha* egentligen betydde. Om hon tolkade det rätt, verkade det åtminstone innehålla en viss uppskattning för att hon inte tillhörde Vrommels ordinarie personalstyrka.

En nog så förståelig inställning i så fall.

– Har ni försökt göra någonting på egen hand? frågade hon.

Sigrid Lijphart skakade på huvudet.

– Nej. Skall träffa Vrommel och den här aspiranten klockan ett... nej, det känns inte som om jag kan gå runt och prata med folk i den här stan. Inte efter det som hände, jag har liksom vänt alltihop ryggen... lämnat det bakom mig. Jag skulle helt enkelt inte klara av att se det i ansiktet en gång till.

– Ni vet inte var Mikaela planerade att övernatta, till exempel?

Sigrid Lijphart såg osäker ut.

– Har ingen aning, sa hon. Det var ju som det var när hon gav sig iväg. Naturligtvis... naturligtvis var det en sorts bestraffning från hennes sida också, jag tolkar det så i varje fall. Mot mig för att jag inte berättat tidigare... mot Helmut också, kanske. Det är min man, Mikaelas styvpappa... något slags demonstration, menar jag. Hon förklarade bara att hon tänkte åka hit och träffa honom, sedan for hon. Men jag vet att hon inte skulle hålla sig borta på det här viset. Alla känner säkert inte sina barn, men jag gör det.

– Och det skulle inte kunna vara en sorts demonstration, det här också? Att låta er vara riktigt oroliga en tid?

– Nej. Sigrid Lijphart skakade energiskt på huvudet. Absolut inte. Jag var förstås beredd på att hon skulle stanna

121

borta en dag och kanske en natt, men inte så här. Det är...
ja, det är ju snart en vecka. Herregud, varför gör han ingen-
ting, den där förbannade polismästaren?

Moreno hade ingen kommentar till denna undran, så hon
teg en stund och försökte se välvilligt neutral ut.

– Och ni har ingen lust att åka och tala med er före detta
make? frågade hon sedan.

Sigrid Lijphart ryckte till som om hon bränt sig.

– Med Arnold? Tala med Arnold? Nej, jag förstår inte vad
det skulle tjäna till.

– Ni skulle kunna få reda på vad de pratade om, till exem-
pel, påpekade Moreno. Mikaela och han.

Sigrid Lijphart svarade först inte. Drog ner mungiporna
och såg ut att sitta och väga skillnaderna mellan pest och
kolera.

– Nej, bestämde hon sig. Vad det än är som har hänt, så
tror jag inte han har haft någonting med det att skaffa. Dess-
utom har ju den där polisaspiranten varit och frågat ut ho-
nom, så det finns nog ingen anledning.

– Vad var det som hände egentligen?

– Vad menar ni?

– Då för sexton år sedan. Vad var det?

Sigrid Lijphart såg uppriktigt förvånad ut.

– Det vet ni nog.

– Inte mer än vad som antyddes på polisstationen, ljög
Moreno.

– Ni är inte härifrån?

– Maardam, som sagt.

Sigrid Lijphart grävde fram en cigarrett ur handväskan.
Stoppade den i munnen och tände den med så klumpiga
rörelser att Moreno förstod att hon knappast kunde vara
någon vanerökare.

– Han hade ihop det med en sextonåring, sa hon efter det
första blosset. En skolelev.

Moreno väntade.

– Han gjorde henne med barn och sedan dödade han henne. Min man. Jag talar om den människa som jag var gift med och som är far till Mikaela. Lägg märke till det.

– Fruktansvärt, sa Moreno. Det måste ha varit oerhört traumatiskt för er.

Sigrid Lijphart betraktade henne värderande under några sekunder.

– Fanns bara en sak att göra, sa hon sedan. Stänga dörren och börja om. Det var vad jag gjorde, jag förstod att jag måste skaffa mig ett nytt liv... både för mig och min dotter. Om vi inte skulle gå under. Det finns saker som inte går att bearbeta. Som man bara måste lämna. Jag hoppas ni förstår vad jag talar om?

Moreno nickade vagt. Funderade på om hon gjorde det. Förstod. Om hon höll med den här hårt prövade kvinnan om att vissa saker inte kunde – inte borde – tas itu med. Begripas eller förlåtas. Bara glömmas.

Kanske, tänkte hon. Men kanske inte. Man skulle nog ha omständigheterna klara för sig innan man bestämde sig åtminstone. Alla omständigheter.

– Varför berättade ni för er dotter? frågade hon.

– Därför att jag måste, svarade Sigrid Lijphart omedelbart. Trots allt har jag vetat att jag en dag skulle bli tvungen. Alltid vetat. Det gick inte att komma runt, så jag bestämde mig för just den här tidpunkten. Artonårsdagen. Det blir lättare om man fixerar sådana här besvärligheter i tiden... jag vet inte om ni också har tänkt på det.

Moreno var inte säker på att hon såg logiken i detta, men det syntes tydligt att Sigrid Lijphart trodde på vad hon sa.

– Den här flickan? försökte Moreno. Hon som...

– En liten hora, avbröt Sigrid Lijphart lika tvärsäkert. Det finns dom som nästan föds till det, jag är inte fördomsfull, bara realist. Arnold var inte den första hon var i säng med,

123

det är ett som är säkert. Nej, jag vill inte prata om det, ni får ursäkta.

– Vad hette hon? frågade Moreno.

– Winnie, sa Sigrid Lijphart och krökte läpparna i avsmak. Winnie Maas. Han blev galen av det, min man, det känner ni väl till i alla fall? Med en gång galen.

– Jag förstod det när ni talade med Vrommel, erkände Moreno och kastade en blick på klockan. Ojdå, jag tror jag är försenad. Förlåt om jag trängt mig på, men skulle det vara någonting som ni tror jag kan hjälpa till med, kan ni alltid höra av er… jag har mobiltelefon. Jag är verkligen ledsen för er skull och jag hoppas att Mikaela snart kommer tillrätta.

Hon räckte över sitt kort och Sigrid Lijphart betraktade det en stund innan hon stoppade ner det i handväskan.

– Tack, sa hon. Jag åker hem imorgon i alla händelser. Inte mer än två nätter i den här stan, det klarar jag inte… jag uppskattar att ni bryr er, det har varit skönt att tala med er.

– Ingen orsak, försäkrade Moreno och reste sig. Nej, jag måste rusa. Min fästman sitter och väntar, tror jag.

Fästmannen (älskaren? pojkvännen? hannen?) satt inte och väntade i Donnerspark som avtalat. Han låg på rygg under en hästkastanj istället, med huvudet mot en rot, och försökte äta glass utan att spilla i ansiktet.

– Du är sen, påpekade han när Moreno sjunkit ner bredvid honom. Men det gör ingenting. Det är kvinnans första privilegium och jag åtrår dig lika starkt ändå.

– Bra, sa Moreno. Du är förmodligen en smula åtråvärd i vissa ögon, du också. Synd att du råkat ut för en så hårdkokt typ som mig. Men ge inte upp. Hur har det gått?

Mikael Bau kom upp i halvsittande mot trädstammen. Gav henne ridderligt den sista tolftedelen av glassen och torkade av händerna i gräset.

– Inte så illa, sa han. Inte om man betänker att man är

124

amatör i dom här konstarterna i varje fall. Har tagit reda på fru Maas adress... hon bor kvar i stan. I en lägenhet på Goopsweg. Mitt i centrum i stort sett. Och så är övernattningsfrågan utredd.

– Övernattningsfrågan? sa Moreno. Du menar att Mikaela Lijphart bodde över här trots allt?

– Ja. Vandrarhemmet som vi trodde. Ute vid Missenraade. Fast bara lördag natt, tyvärr. Tog sin ryggsäck och åkte med bussen in till stan vid tiotiden i söndags förmiddag... där upphör spåren för tillfället. Jag talade med en av tjejerna i receptionen på vandrarhemmet. Hon mindes henne mycket väl, påstod hon, men hade ingen aning om vart hon tänkte ta vägen. Dom har rätt fullbelagt därute över sommaren... fast hon hade ändå för sig att Mikaela åkte en tur in till Lejnice redan på lördagskvällen också. Och kom tillbaka, alltså... ja, jag vet inte vart det här leder egentligen. Ingenstans, antar jag?

– Det vet man aldrig, sa Moreno och suckade. Det är det som är problemet. Och charmen, kanske... rätt så bister charm förstås, men det är så det brukar se ut. En massa spretiga ledtrådar som divergerar rakt ut i mörkret... det är nog ett citat från *kommissarien* det också, är jag rädd... och så är det plötsligt någonting som hakar i någonting annat och sedan kan det gå hur fort som helst, praktiskt taget... hm, vad sitter jag och dillar om det här för? Måste vara värmen.

Mikael Bau betraktade henne intresserat.

– Du tycker om det, sa han. Har ingenting med värme att göra... du behöver inte skämmas för att du gillar ditt jobb.

– Gillar och gillar, sa Moreno. Man måste försöka se saker och ting ur en uthärdlig synvinkel, bara. Eller hur? Det är väl inte rakt igenom idylliskt inom socialsvängen heller?

Mikael Bau kliade sig i sin skäggstubb som var inne på tredje eller fjärde dygnet.

– Man måste vara optimist fast man egentligen är pessimist? sa han. Ja, det är nog ingen dum princip. Vet du vilka dom största humoristerna är, förresten? Dödgrävarna. Dödgrävarna och obducenterna. Det måste ju bero på nånting. Nå, vill du fortsätta leka privatsnut hela semestern eller ska vi åka och lägga oss på stranden en stund?

– Stranden, sa Moreno. Ett par timmar åtminstone. Skulle vilja byta några ord med Vegesack innan jag ger upp, bara, men det är ingen brådska. Fast kanske har han rätt, Vrommel, när allt kommer omkring. Kanske har hon bara stuckit. Vi får väl se när dom efterlyser henne imorgon. Det är inte så lätt att hålla sig undan som många tror.

På väg ut till havet dök en annan frågeställning upp i huvudet på henne.

Apropå det där med att skaffa barn. Och med största säkerhet apropå talet om optimismen kontra pessimismen.

Var det inte bättre att aldrig ha några – att aldrig ha skaffat sig några barn, alltså – än att behöva stå ut med att de försvann en vacker dag?

Eller hamnade på ett järnvägsspår under en viadukt?

Ännu en fråga utan svar och hon tog inte upp den med Mikael Bau.

17

– Kaffe? sa Vrommel.

– Nej tack, sa Sigrid Lijphart. Har just druckit.

Aspirant Vegesack hade på tungan att säga att det vore gott med en kopp, men besinnade sig.

– Nå? undrade Vrommel och satte sig bakom skrivbordet. Arnold Maager? Hur har det gått?

Vegesack harklade sig och bläddrade hastigt i anteckningsblocket.

– Gav inte så mycket, erkände han. Rätt så... sluten typ, herr Maager.

– Sluten? sa Vrommel.

– Inåtvänd, om man säger..., försökte Vegesack. Ja, han är ju sjuk förstås, det var inte lätt att få nånting ur honom.

– Talade du om att Mikaela försvunnit? frågade Sigrid Lijphart.

Hennes röst påminde om en fiolsträng, tyckte Vegesack.

– Jovisst, nickade han. Nästan omedelbart... kanske borde jag ha hållit inne med det en stund. Han blev liksom förstummad när jag sa det.

– Förstummad? sa Vrommel.

– Väldigt tyst i alla fall, modulerade Vegesack. Jag försökte ta reda på vad de hade talat om medan hon besökte honom i lördags, men han satt bara och skakade på huvudet. Till slut började han gråta.

– Gråta? sa Vrommel.

Måste den idioten sitta och upprepa ett ord ur varenda mening jag säger? tänkte Vegesack, men besinnade sig ännu en gång. Istället kastade han en blick på kvinnan vid sin sida. Fru Lijphart satt rakryggad som en eldgaffel med händerna i knät och verkade frånvarande på något sätt. Nästan som om hon vore drogad.

Egendomliga typer man omger sig med, tänkte Vegesack. Arnold Maager. Polismästare Vrommel. Sigrid Lijphart. Som något slags karikatyrer nästan. Seriefigurer.

Eller var folk sådana här allihop, bara man skärskådade dem lite närmare? Kunde vara värt att fundera över med tanke på boken, kanske. Psykologisk realism, som det hette. Han vände blad i blocket.

– Jag pratade lite med en vårdare och en läkare också, sa han. Dom sa att det var fråga om ett ganska typiskt beteende från Maagers sida. Konfliktstörd kallade dom det. Det betyder att man viker undan för alla obehagligheter och sluter sig inom sig själv istället för att konfrontera...

– Tack, sa Vrommel. Vi förstår vad det betyder. Du träffade ingen som hade talat med flickan när hon var där?

– En, sa Vegesack. En vårdare som hette Proszka. Han hade tagit emot henne och visat vägen, bara. Såg inte när hon lämnade Sidonis, tyvärr. Ja, jag är rädd för att vi inte är särskilt hjälpta av det här... när det gäller Mikaelas försvinnande, alltså.

Sigrid Lijphart drog en tung suck och sjönk ihop en smula.

– Det har hänt någonting, sa hon. Jag vet att hon råkat ut för någonting. Ni måste... *måste* göra något.

Vrommel lutade sig tillbaka i skrivbordsstolen och försökte rynka pannan.

– Allright, sa han. Vi efterlyser. Jag är inte lika säker som ni på att hon inte bara håller sig undan av egen fri vilja, men låt gå. Radio, teve, tidningar... den vanliga kören. Vegesack, du tar hand om det.

– Borde vi inte kolla med hennes bekanta? undrade Vegesack.

– Bekanta? undrade Vrommel.

– Ja, väninnor… eller pojkvänner. Det kan ju trots allt hända att hon bestämt sig för att ligga lite lågt och meddelat någon som hon känner. Någon annan än sin mor, vill säga.

– Tror jag inte, sa Sigrid Lijphart.

Vegesack slog igen sitt anteckningsblock.

– Kanske inte, men vi kunde väl ändå kontrollera saken?

– Självklart, avgjorde Vrommel. Fru Lijphart, ni får sätta er med aspirant Vegesack och gå igenom tänkbara namn. Ingen möda får lämnas obrukad från och med nu. Fullt pådrag.

Gode gud, tänkte Vegesack.

– Jaha? sa han.

– Sedan ringer du upp dom som verkar sannolikast. Har fru Lijphart någonting att invända?

Han strök över sin diminutiva mustasch och blängde på Sigrid Lijphart. Hon mötte inte hans blick. Betraktade istället sina händer, som fortfarande låg knutna i knät. Det dröjde ett par sekunder innan hon svarade.

– Nej då, sa hon. Ingenting alls. Varför skulle jag ha något att invända?

Medan Ewa Moreno promenerade den korta sträckan från Grote Marckt, där hon blivit avsläppt av Mikael Bau, ner till Goopsweg, funderade hon på varför i hela fridens namn hon inte bara gav tusan i det här.

Varför hon vägrade släppa ifrån sig Mikaela Lijpharts försvinnande.

Eller förmenta försvinnande. För sannolikheten att flickan faktiskt bara passade på att hålla sig undan några dagar (kanske i kraft av sin nyvunna artonårsmyndighet) och härigenom väcka föräldrarnas (Arnold Maagers också?) skuldkänslor… ja, den sannolikheten var väl trots allt ganska stor?

129

Eller var den inte?

Hade Mikaela Lijphart råkat ut för någonting? – för att använda moderns eufemism. *Råkat ut för?*

Vad i så fall?

Och den här gamla historien? Hennes far – läraren Arnold Maager – som har en affär med en av sina elever. Gör henne med barn. Dödar henne. Blir tokig på kuppen.

Var det så det hade gått till? Så enkelt?

Det var naturligtvis en fruktansvärd historia, men det verkade ändå alltför kliniskt på något vis, tyckte Moreno. Kliniskt och färdigförpackat. In med karln på hospitalet, bort med flickan. Locket på i sexton år och så... ja, vad då?

Ändå var det inte nyfikenheten som drev henne, det visste hon. Det fanns en kittling i själva historien, det var Ewa Moreno den första att erkänna, men där fanns andra bevekelsegrunder också.

Andra skäl som gjorde att hon inte ville släppa tråden. Att hon inte bara kunde strunta i alltihop.

Etiska? Ja, faktiskt. Det är bara under semestern man har tid att vara moralisk, hade någon sagt någon gång, hon mindes inte vem. Reinhart eller Van Veeteren, antagligen... nej, knappast *kommissarien*, förresten – om det fanns någon som aldrig gjort avkall på just den moraliska aspekten, så var det väl han. Inte ens i de mest lättköpta av lägen. Var det därför han slutat i förtid? Var det därför han fått nog? undrade hon plötsligt.

Hursomhelst låg det en del i tanken. Den om ledigheten och etiken. För när vi rusar runt i våra vanliga ekorrhjul, tänkte Moreno, hastar vi gladeligen förbi hur många blinda tiggare (eller vettskrämda barn eller blåslagna kvinnor) som helst. Men om vi möter en av dem medan vi långsamt spankulerar utefter en havsstrand... ja, då blir läget ett annat.

Moral kräver tid.

130

Och nu hade hon tid. Tid att minnas den gråtande flickan på tåget. Tid att fundera över såväl henne som hennes historia och oroliga mamma.

Och läraren Maager.

Tid att ta en omväg och en extra timme en solig förmiddag som den här – medan Mikael Bau åkt för att ackordera med hantverkare om något som borde åtgärdas borta på Tschandala... takrännorna var det visst?

Hon vek in på Goopsweg och började leta efter rätt nummer. 26... där var det. En hyresfastighet i tre våningar. Tråkigt sjuttital i grått tegel och fuktfläckad betong, men det måste förstås finnas sådant också i denna trevna, lätt skamfilade idyll, tänkte hon.

Journalist, påminde hon sig sedan. Måste komma ihåg att bete mig som en journalist. Vara vänligt förekommande och anteckna flitigt. Någon bättre täckmantel för att vilja prata med en kvinna om hennes mördade dotter hade hon inte lyckats uppfinna.

Och någon sorts ackreditering från polismästare Vrommel ville hon inte ha. Inte än så länge i varje fall.

Hon korsade gatan. Tog sig in på gården och hittade rätt port utan besvär. Trapporna upp till tredje våningen.

Stod och samlade sig under en halv minut utanför dörren innan hon tryckte på ringklockan.

Ingen reaktion.

Hon väntade en stund och tryckte igen. Lutade försiktigt örat mot dörren och lyssnade.

Inte ett ljud därinifrån. Tyst som i graven.

Då så, tänkte kriminalinspektör Ewa Moreno. Har gjort ett ärligt försök i alla fall.

Men när hon kom ut i solskenet igen, kändes det ändå som om det fanns en bit kvar upp till den moraliska ribban. Som om hon ännu inte hade rätt att släppa flickan Lijphart ifrån sig. Inte full rätt och inte riktigt än.

131

Om alla medborgare hade samma ansvarskänsla som jag, konstaterade hon och höll på att snubbla över en svart katt som kom kilande ut ur ett hål i ett plank, vilken vacker värld skulle vi då inte leva i?

Sedan brast hon i skratt så att katten vände om och förskräckt försvann in genom sitt plank igen.

Sigrid Lijphart hann precis med ett tåg som avgick från stationen i Lejnice klockan 17.03. Det satte sig i rörelse i samma stund som hon sjönk ner på en fönsterplats i den halvtomma vagnen, och nästan omedelbart överfölls hon av en känsla av att ha övergivit sin dotter.

Hon tände en cigarrett för att motverka samvetsattacken. Såg sig försiktigt om innan hon tömde i sig de sista dropparna från fickflaskan som hon förvarade i handväskan.

Det hjälpte föga. Varken nikotinet eller spriten. När tåget fått upp farten ordentligt förstod hon att det varit ett misstag att ge sig iväg. Att återvända hem på det här viset utan Mikaela.

Hur kunde hon lägga sitt öde – och sin dotters öde – i polismästare Vrommels händer? frågade hon sig. Fanns det överhuvudtaget någonting som talade för att han skulle klara upp det? Vrommel! Hon mindes att hon betraktat honom som en sällsynt opolerad knöl redan för sexton år sedan, och det fanns ingenting som tydde på att han förädlats särskilt mycket sedan dess. Ingenting som hon lagt märke till under de här dagarna i Lejnice i alla fall.

Och nu skulle han ta reda på vad som hänt med Mikaela. Kommissarie Vrommel! Hur kunde hon – som mor och som tänkande kvinna – låta detta ske? Lämna ansvaret till en sådan ärkekretin!

Hon fimpade cigarretten och såg ut över det soldränkta polderlandskapet. Kanaler. Svartvitbrokiga betande kreatur. Ett kluster av låga stenhus med ett kyrktorn stickande upp

132

som en antenn eller ett tvehågset kontaktförsök med den enorma himlen.

Vad sitter jag och yrar om? tänkte hon plötsligt. Vad glor jag på? Spelar väl ingen roll om det är Vrommel eller någon annan. Det är ju Mikaela det gäller. Var i hela friden håller hon hus? Vad är det som har hänt? Arnold... tänk om Arnold vet någonting när allt kommer omkring?

Och ännu en gång satte denna oförklarliga skuldkänsla klorna i henne. Oförklarlig och irriterande som ett skavsår i själen. Varför? Varför skulle hon – Sigrid Lijphart, f.d. Sigrid Maager – ha någonting att förebrå sig? I själva verket hade hon ju gjort mer än vad någon kunde begära av henne... betydligt mer. Hade berättat om Arnold för Mikaela, trots att det skulle ha varit mycket enklare att tiga. Hon kunde lika väl ha valt att bara hålla tyst om hela saken. Nu och för alltid; det var den linjen Helmut velat följa – han hade inte sagt det rent ut förstås, men å andra sidan var Helmut inte mycket för att säga saker rent ut.

Tiga och låta allt gammalt ligga begravt. Så kunde hon ha gjort. Ingen kunde kräva mer än just detta av henne, och ingen hade krävt det heller.

Varför således? Varför i helvete hade hon inte tagit den genaste vägen för en gångs skull? Varför ständigt detta oresonliga och omutliga ärlighetskrav?

Men knappt hade hon formulerat dessa frågor, förrän hans röst dök upp ur det förgångna.

Bevekelsegrunder, sa den. *Du förfalskar dina bevekelsegrunder.*

Hon mindes inte i vilket sammanhang han sagt det, men det spelade ingen roll. Hon förstod ändå inte vad han menade.

Inte då, och inte nu, kanske tjugo år efteråt. Konstigt att hon mindes det. Konstigt att det dök upp. Bevekelsegrunder?

Hon suckade och tände en ny cigarrett. Knycklade ihop paketet och slängde det i papperskorgen, trots att det fanns fyra eller fem cigarretter kvar i det.

Får vara nog nu, tänkte hon. Vill inte komma hem till Helmut och stinka tobak också. Måste hålla stilen.

Men sedan var det som förgjort. Den där frågan som hon inte ens vågade formulera tyst och djupt nere på sitt medvetandes botten, den fortsatte att driva omkring alldeles ordlöst inuti henne och jaga alla andra tankar på flykten.

Den där frågan.

18

Den 16 juli 1999

– Du tror hon är död?

Ewa Moreno svarade först inte. Klev ur bilen. Gick runt
till hans sida och tänkte ge honom en kyss på kinden, men
fann det av någon anledning opassande och lät bli. La han-
den på hans arm istället.

– Jag vet inte, sa hon. Gud give att hon inte är det, men
jag har faktiskt ingen aning. Måste fortsätta en stund till ba-
ra. Behöver lite mera klarhet innan jag kan släppa det, du får
ursäkta.

Mikael Bau nickade.

– Ta det försiktigt med rektorn, påminde han. Han är
över åtti, glöm inte det. En timme, ska vi säga så?

– Plus minus en halv, sa Moreno. Sätt dig på hamncaféet
så slipper du bli irriterad i onödan.

Hon väntade tills han kört iväg, sedan öppnade hon den
vitmålade grinden och började gå utefter stenplattorna upp
mot huset. Det såg stort och välbärgat ut. En bastant två-
våningsvilla i gulvit pommersten; balkonger uppe, terrasser
nere och generösa panoramafönster ut mot havet. Måste
vara värt en miljon, tänkte Moreno. I synnerhet med tanke
på läget och trädgården. Den stora gräsmattan var nyklippt,
rabatter, buskar och fruktträd vältuktade, och den stora
gruppen utemöbler under gulröda parasoll kunde ha levere-
rats från snickaren för två timmar sedan.

Rektor Salnecki själv satt i en av dessa bekväma fåtöljer
och verkade ha betydligt mera tid på nacken.

Vita byxor, vit skjorta, vit bomullskofta. Sportig gul keps och blå fritidsskor. Det hjälpte inte. Han såg äldre ut än de knotiga äppelträden. Kan inte ha lång tid kvar, insåg Moreno. Är nog hans sista sommar. Hoppas huvudet är klart.

Det var det.

Osedvanligt klart, det kunde hon konstatera efter bara några ögonblick. Bara några repliker. En yngre, ljushårig och solbränd kvinna kom ut med en bricka med karaff och glas. En skål brödpinnar.

– Rött och vitt, förklarade rektor Salnecki och hällde upp. Livet och döden, gestaltat av vinbär och Riesling. Jag behöver väl inte påpeka att vitt är dödens färg i ganska många kulturer. Skål och välkommen.

– Skål, sa Moreno. Tack för att ni tar emot mig.

– Min systerdotterdotter... Han nickade i riktning mot kvinnan som just försvann om hörnet. Ser till mig. Skriver på en avhandling om Klimkegruppen och använder mitt bibliotek. Sylvia, trevlig flicka, god som guld... min hustru gick bort för några år sedan, jag behöver någon som tar hand om mig... men jag tror ni hade ett ärende?

Ewa Moreno ställde ner sitt glas på bordet och lutade sig tillbaka.

– Maager, sa hon. Arnold Maager. Ni var fortfarande rektor på Voellerskolan när det hände, eller hur?

– Jag misstänkte det, sa Salnecki.

– Misstänkte? Vad menar ni?

– Att det var den saken ni ville tala om. Ser ni, jag har arbetat hela mitt liv inom skolan, det har säkert funnits både en och två oegentligheter, men om en semestrande kriminalinspektör kommer och ber om ett samtal, så kan jag bara dra en slutsats. Det är ingen vacker historia, Maagerfallet.

– Jag har förstått det, sa Moreno.

136

– Varför vill ni dra upp det igen? Är det inte bättre att låta saker och ting vila i frid?

– Kanske det, sa Moreno. Men nu är det vissa omständigheter som kommit i dagen.

Salnecki skrattade till.

– Kommit i dagen? Jo, jag tackar. Inspektören uttrycker sig mer som en advokat, om ni ursäktar att jag säger det. Men för all del, jag förstår att diskretion kan vara en dygd, och min naturliga nyfikenhet har avtagit med åren... jag vet inte om man skall glädjas åt det eller sörja... överhuvudtaget pratar jag för mycket. Vad är det ni vill veta?

Moreno höll tillbaka ett leende.

– Vad som hände, sa hon. Vad ni hade för uppfattning om Maager, och så vidare.

– Ni är inte insatt i historien?

– Ytterst lite, erkände Moreno.

Rektor Salnecki tömde sitt glas och satte tillbaka det på bordet med eftertryck.

– En tragedi, sa han. Rätt och slätt. Och en sådan förbannat banal historia på samma gång. Maager var en bra lärare. Omtyckt av både kolleger och elever. Ung och framåt... och så hoppar han i säng med den där lilla snärtan. Obegripligt. Man måste kunna hantera pubertetsflickor med hormoner, det är bland det första en manlig lärare får lära sig att ta itu med.

– Han hoppade inte bara i säng, påpekade Moreno. Om jag förstått saken rätt.

Salnecki skakade på huvudet och såg dyster ut med ens.

– Nej. Men det var det som ledde till det andra. På sätt och vis en sedelärande historia... man får alltid betala ett pris.

Moreno höjde ögonbrynen.

– Menar ni att det var Maager som betalade priset? Man kan ju tycka att flickan fick sota en del också...

137

– Givetvis, skyndade sig Salnecki att korrigera. Givetvis. Det är ju det som gör det till en tragedi. Alla får betala för en stunds obetänksamhet. Vissa med sitt liv, vissa med sitt förstånd... man får en känsla av att gudarna överdriver retributionen ibland.

Moreno funderade en stund. Hennes värd tog av sig kepsen, plockade upp en kam ur bakfickan och drog den några gånger genom sitt tunna, vita hår.

– Hur reagerade folk? frågade Moreno. Det måste ha varit ganska upprörda känslor?

– Hysteri, suckade Salnecki och satte sin huvudbonad på plats. Folk var som galna, det fanns dom som ville lyncha honom, jag fick samtal om nätterna. På sätt och vis var det tur att det inträffade under sommarlovet, vi skulle säkert ha fått stänga skolan annars. Det var mitt sista år, för övrigt. Slutade i december. Önskar jag hade gått i juni istället... fast å andra sidan vore det inte roligt för en ny rektor att börja sin bana med en sådan här skandal.

– Deras förhållande? frågade Moreno. Jag menar Maagers och den här flickans... hade det pågått länge? Var det känt bland eleverna, till exempel?

– Förhållande! fnös Salnecki. Inte var det något förhållande. Flickan la sig ut för honom en enda gång och så hamnade de i samma säng. Skulle tro att de var berusade bägge två. Han hade ju familj, Maager... hustru och en liten dotter.

– Jag känner till det, sa Moreno. Hur gick det för Maager efteråt? Har ni haft någon kontakt med honom?

Salnecki såg dyster ut igen. En smula skuldmedveten antagligen, bedömde Moreno. Som om han skulle ha kunnat ingripa och förhindra olyckan på något sätt. Han lutade sig framåt och fyllde på i glasen från tillbringaren.

– Nej, sa han. Ingenting. Han blev tokig. Sitter på ett hem här i närheten. Några kolleger brukade åka och hälsa på honom de första åren. Fick aldrig ett ord ur honom... nej, det knäckte honom för livet, det här.

– Hur gick det till när de... träffades, Maager och flickan Maas? Det var bara en gång, sa ni?

Salnecki ryckte på axlarna.

– Såvitt jag vet. Det var efter ett diskotek för ungdomarna på skolan. Maager och några andra lärare hade arbetat som vakter. Efteråt gick de hem till en slöjdlärare – en ungkarl – drack lite och satt och pratade. Det var en vecka kvar av terminen, bara... ja, så dök det upp ett gäng elever fram på småtimmarna. Så här får det naturligtvis inte gå till, men de blev inbjudna och så blev det som det blev. Maager hoppade i säng med Winnie Maas, och...

– ... hon blev med barn och han dödade henne, fyllde Moreno i. Sex-sju veckor senare?

– I stora drag, ja, sa Salnecki. Jäkla historia, som sagt. Men skål.

De drack. Moreno bestämde sig för att byta spår.

– Den här flickan, Winnie Maas, hon var en smula... brådmogen, stämmer det?

Salnecki harklade sig och letade i ordförrådet.

– De mortuis nihil nisi bene, sa han. Låt oss kalla det brådmogen.

– Varför dödade han henne?

Salnecki drog i en örsnibb och såg betänksam ut.

– Tappade kontrollen, skulle jag tro. Det var nog faktiskt så enkelt. Flickan ville antagligen inte gå med på att göra abort. Ville föda barnet... kanske ville hon ha en massa pengar för att hålla tyst. Eller också tvinga honom att erkänna faderskapet... ja, jag gissar att det var ungefär dom villkoren. Hon ringde till honom den där natten när det hände. De träffades uppe på järnvägsviadukten och så tappade han koncepterna. Blev galen på kuppen, som sagt. Om han blev det innan han knuffade ner henne eller efteråt kan diskuteras... och det diskuterades också. Det var något slags spring-

139

ande punkt under rättegången mot honom. Med tanke på ansvar och tillräknelighet... om han visste vad han gjorde vid själva dådet eller inte. Tja, det är en bräcklig tingest, den här maskinen...

Han log hastigt och knackade med två fingrar på sin högra tinning. Moreno drog på munnen.

– ... fast just den här har hållit i åttiett år, la han till med ett ödmjukt leende.

– Flickans familj? frågade Moreno.

– Hrrm ja, muttrade Salnecki. Ensamstående mamma. Inga syskon. Tog det väldigt illa, mamman. Var med i lynchmobben, får man nog säga. Gick ner sig efteråt. Men hon bor kvar här i stan, jag ser henne då och då... stackars kvinna, har liksom ingen kraft. Men nu är det min tur att fråga om det finns någon rättvisa kvar i världen. Vad är det ni är ute efter egentligen? Det måste finnas ett skäl till att ni intresserar er för de här gamla olustigheterna?

Moreno tvekade. Hon hade naturligtvis varit beredd på frågan. Hade ett par mer eller mindre trovärdiga svar färdigformulerade också, men av någon anledning kändes det inte särskilt tilltalande att komma med halvsanningar och undanflykter inför denne frispråkige gamle skolfux. Inte tilltalande och absolut inte rätt.

Apropå det där med etiken.

Hon funderade några sekunder medan hon drack av det röda och det vita. Livet och döden. Sedan berättade hon precis som det var.

– Vid alla gamla gudar! utbrast rektor Salnecki när hon var klar. Vad tusan betyder det här?

– Det är just det jag försöker ta reda på, sa Moreno.

Medan Moreno talade med rektor Salnecki hade Mikael Bau proviterat på marknaden, vilken hade sitt säte på Grote Marckt varje lördag sedan urminnes tider. Redan på morgonen hade de bägge två – i synnerhet Moreno – uttryckt en viss tvehågsenhet visavi badfrågan, och när en förväntad och omtalad kallfront på eftermiddagen började dra in från sydväst, kändes det närmast som en lättnad... Istället för att ligga obligatoriskt utsträckta under den obarmhärtiga solen kunde de med gott samvete ägna tid och uppmärksamhet åt en ratatouille med curry, indisk kummin och tjock grädde, en anrättning som de sedermera avåt ute på glasverandan med regnet smattrande mot rutor och plåttak.

Italienskt rött därtill. Malevoliost med päronskivor till efterrätt. Samt ett glas gammalt portvin ur en dammig butelj utan etikett; Mikael Bau påstod att den härrörde från ett lager som funnits i huset redan när det kom i hans släkts ägo på tjugotalet. Moreno visste inte vad hon skulle tro. Gott var det i varje fall. Som en söt, djupfryst eld.

Så småningom hamnade de i varsin gungstol framför brasan och Montezuma gav henne ett halvt erkännande genom att komma och lägga sig i hennes knä. Medan hon satt där och smälte maten och kliade den slöa honan mellan öronen passade Mikael Bau på att ta tjugofyra fotografier av dem.

– Vackert, menade han. Så förbannat vackert. Elden, kvinnan och katten.

Hon var för mätt för att orka protestera.

– Du ser henne som ditt eget barn, gör du inte? sa han när han ställt undan kameran.

– Vem? Montezuma?

– Mikaela Lijphart. Du tar en moders ansvar för henne... för att du inte har några egna barn.

– Tolvskillingspsykologi, sa Moreno.

Har han rätt? tänkte hon. Vad fan drar han upp det här för?

– Tolvskillingar äro också penningar, konstaterade Mikael Bau. Vad är det du inbillar dig egentligen? Att det finns en hund begraven i den här gamla skandalen?

141

– Vad tror du själv? kontrade Ewa Moreno och noterade stråket av irritationen i sin egen röst. Håll med om att det är en smula egendomligt att den här flickan går och försvinner i ett sådant här ögonblick. Efter att hon just besökt sin vansinniga pappa för första gången. Efter att hon äntligen fått reda på varför hon tvingats växa upp utan honom...

– Medgives, sa Mikael Bau efter en stunds tystnad. Trodde du hade nog av sådana här historier till vardags, bara.

– Du menar att jag borde strunta i alltihop?

Plötsligt såg han arg ut. Käkarna sammanbitna och malande, det var nog första gången.

– Skitprat, sa han. Jag tycker du gör alldeles rätt. Du behöver inte försvara dig, men det är mer utvecklande om man inte har precis samma åsikter hela tiden.

Vad fan menar han? tänkte Moreno och gav Montezuma en klapp så hon damp i golvet.

– Hör på nu, sa hon. Jag är inte speciellt mottaglig för psykologiserande runt mina motiv för tillfället. Min mens kommer imorgon eller i övermorgon, så vi kan ju alltid skylla på den. Hursomhelst kan jag inte bara släppa den här stackars flickan ur tankarna... och finns det i tankarna är det lika bra att handla en smula också. Om du inte står ut med det, så får du säga ifrån. Men inga halvkvädna visor, tack.

Nu spricker det, tänkte hon. Lika bra att packa och ta in på hotell inatt.

Men han såg bara ledsen ut.

– Helvete också, sa han. Vad snackar du om? Tömmer menstruationen hjärnan först? Jag säger ju att jag tycker du gör rätt. Om du är tveksam, sluta upp med att projicera ditt motstånd på mig... för det är precis det du håller på med. Nu fortsätter vi. Vad gjorde Mikaela Lijphart efter att hon besökt sin far uppe på Sidonis?

– Tog in på vandrarhemmet, sa Moreno.

Skönt att slippa packa, tänkte hon.

142

– Sedan då?

– Åkte till Lejnice och tillbaka med bussen. På lördags-
kvällen.

– Varför då?

– Vet inte. Sedan åkte hon en gång till på söndagen. In till
stan, vill säga... därefter är hon borta.

Mikael Bau nickade.

– Hur gick det med efterlysningen?

– Har gått ut idag, sa Moreno. Om någon sett henne kan
dom veta det hos polisen nu... fast Vegesack lovade att
ringa.

Mikael Bau såg på klockan.

– Varför ringer vi inte själva och frågar?

– Jag vet inte, sa Moreno. Jag har ätit för mycket.

Det tog en stund att få polismästare Vrommel på tråden,
eftersom han befann sig i duschen efter en åtta kilometer
lång joggingtur.

Dessa uppgifter fanns intalade på hans telefonsvarare och
efter dryga tjugo minuter ringde han upp. Nytvagad och
fräsch, fick man väl anta. Och stretchad. Moreno gick rakt
på sak och frågade om efterlysningen av Mikaela Lijphart
fått någon effekt.

– Negativt, sa Vrommel.

– Ingenting? undrade Moreno.

– Som jag sa, sa Vrommel. Negativt.

– Har ingen alls sett henne under söndagen?

– Ingen som gett sig till känna, förklarade polismästaren.
Hemma hos mig är det lördagskväll. Har inspektören inget
vettigare att syssla med under semestern?

– Massor, sa Moreno och lade på.

Fyrtifem minuter och ett och ett halvt glas portvin senare
slog hon numret till aspirant Vegesack.

143

– Förlåt att jag ringer så sent, började hon.

– Ingen fara, försäkrade Vegesack. Min flickvän kommer med ett plan till Emsbaden klockan halv tre i natt. Jag ska möta henne och måste hålla mig vaken till dess.

– Utmärkt, sa Moreno. Vi kom just hem, jag och min... pojkvän. Jag är lite nyfiken på hur det gick med efterlysningen. Av Mikaela Lijphart, alltså?

– Jag förstår, sa Vegesack. Nej, det blev visst inget napp... inte idag i varje fall.

– Ingenting?

– Nja, sa Vegesack. Det var en kvinna som dök upp på stationen på eftermiddagen. Hon kom med anledning av efterlysningen, påstod hon, men hon hade inget att bidra med, visade det sig.

Moreno funderade.

– Och ingenting annat?

– Nej, sa Vegesack. Tyvärr. Men det är ju en dag imorgon också.

– Förhoppningsvis, sa Moreno. Jag tänkte faktiskt be dig om en tjänst också.

– Verkligen? sa Vegesack. Vad då för nånting?

– Hrrm, sa Moreno. Skulle vilja kika på några förhörsutskrifter från Maagerfallet, bara. Det har ni väl bevarat?

– Det skulle jag tro, tvekade Vegesack. Finns några hyllmeter med pärmar, det står väl i någon av dem... det är bara att du tittar in.

Moreno väntade i tre sekunder.

– En sak till.

– Ja?

– Kunde vi sköta det utan att blanda in polismästaren? Han verkar inte så förtjust i att jag intresserar mig för det här.

– Självklart, lovade Vegesack och hon hörde på tonfallet att om det fanns någonting i världen som inte bekymrade

144

honom ett vitten, så var det att gå bakom ryggen på sin chef. Det var inte utan att hon förstod honom.

Eftersom det dessutom var söndag imorgon (påpekade aspiranten), var sannolikheten för att polismästaren skulle dyka upp på stationen mindre än en på tiotusen.

Så det gick alldeles utmärkt om inspektör Moreno tittade in. Någon gång mellan elva och tolv förslagsvis, då Vegesack själv hade vissa åligganden att sköta.

– Så tidigt? undrade Moreno. Hinner du verkligen sova tillräckligt om du ska hämta din flickvän halv tre inatt?

– Vi hade inte tänkt sova, sa Vegesack.

Ewa Moreno log. Tackade och lade på.

Då så, tänkte hon. Ett schackdrag i blindo. Men ändå ett schackdrag.

Det var ännu ett citat, det visste hon. Hur funderade ett ögonblick på vad det egentligen tydde på, detta att färdigbakade fraser och formuleringar allt oftare infann sig som uttryck för hennes tankemödor.

Det tyder inte på någonting, bestämde hon sig för.

19

– Jag måste, sa Sigrid Lijphart.

Helmut vek ihop tidningen.

– Jag kan inte handla på annat sätt än så här och jag kan inte berätta mer för dig. Du måste förstå mig.

Han tog av sig glasögonen. Vek omständligt ihop dem och stoppade ner dem i fodralet.

– Efteråt ska jag förklara alltihop. Om någon ringer, säg att jag är på tillfälligt besök hos en väninna, bara. Och att jag hör av mig.

– Vem?

– Va?

– Vem av dina väninnor är det som ska få äran att låtsas-besökas?

Den misslynta ironin i hans röst var ovanligt tydlig. Hon såg att han var lite rödflammig på halsen också, som han bara brukade vara framför teven när hans favoritfotbollslag höll på att förlora en viktig match. Eller när Soerensen nere i charkuteributiken sagt någonting särdeles befängt.

Undra på det, tänkte hon. Undra på att han var arg. Hon hade lämnat honom utanför i allt det här; kanske hade det varit ett misstag från början, men det var för sent att göra någonting åt det nu. Alldeles för sent.

Och alldeles fel tid att stå och vela och tycka synd om honom. Det fick repareras vad som repareras kunde när den dagen kom. Efteråt. Om han nu verkligen var en klippa, fick han väl se till att leva upp till det också.

146

– Jag är ledsen, sa hon. Jag behandlar dig ojuste, men jag har inget val. Försök förstå om du kan. Lita på mig.

Han såg på henne med stenblicken nu. Med ögon som var hårda utan att vara elaka. Bara oförtrutet bergfasta; och tomma på något vis, så att man egentligen kunde undra om de uttryckte någonting alls...

– Lita på mig, upprepade hon. Jag åker nu. Jag ringer.

Han svarade inte, men hon tvekade ändå ett ögonblick till.

– Vill du säga någonting?

Han sköt undan tidningen. Satte upp armbågarna på bordet och lutade huvudet i händerna. Höll kvar stenblicken.

– Hitta henne, sa han. Jag vill att du hämtar hem henne.

Hon strök honom över kinden och lämnade honom.

Den första timmen i bilen var nästan som en mardröm. Det var skymning och regn, trafiken tät och ryckig. Hon var en dålig bilförare under normala omständigheter, det var hon själv den första att skriva under på, och en sådan här kväll var det sju resor värre än vanligt.

Får inte krocka, tänkte hon och kramade om ratten så att knogarna vitnade. Inte det också. Det får inte hända någonting, måste se till att klara av det här.

Sedan brast det plötsligt. Tårarna kom vällande som upp ur en het källa och hon blev tvungen att köra ut till vägkanten och stanna. Det var en riskabel manöver förstås, men det hade varit ännu riskablare att fortsätta. Hon satte på varningsblinkersen och började hulka ordentligt. Lika bra att låta det rinna ut, tänkte hon.

Det tog en god stund och hon var inte säker på att hon mådde så värst mycket bättre när hon startade på nytt.

För andra gången på bara några dagar bad hon till Gud, och för andra gången tvivlade hon starkt på att det fanns någon som lyssnade. När hon äntligen kom ut på motor-

147

vägen i höjd med Loewingen gjorde hon en deal istället.

Om vi kommer fram helskinnade, ska jag tacka dig på mina bara knän.

Hör du det, Gud? Jag lovar.

Han stod och väntade i vägskälet som överenskommet var. När hon fick syn på honom i det samfällda ljuset från gatlyktan och bilens strålkastare, drabbades hon av ett ögonblicks yrsel.

Vad är det som händer? tänkte hon.

Drömmer jag?

Varför känns det som om jag faller rakt ner i en tom rymd?

Sedan bet hon sig i läppen, saktade in och blinkade med helljuset åt honom.

Under den första halvtimmen sa han inte ett ord.

Det gjorde inte hon heller. De satt bredvid varandra i framsätet som två främlingar som vet med sig att de inte har någonting att säga varandra. Inte ens ett gemensamt språk att uttrycka banala artighetsfraser på.

Kanske var det lika bra. Hon hade inte funderat på om de skulle ha någonting att tala om, men när hon nu började tänka på det kändes det snart som en omöjlighet. Efter alla dessa år fanns det inget att tillägga.

Tiden hade gjort varken till eller ifrån. Det var som det var.

Som det blivit den där natten i juli för sexton år sedan. Orubbligt och fastlagt en gång för alla.

Vi älskade nästan aldrig efter att vår dotter kommit till världen, tänkte hon plötsligt. Jag ville inte, tror inte jag ville ha honom en enda gång. Egendomligt.

Fast livet var egendomligt. Ibland som en vind genom en björkskog om våren, ibland som ett oväder. Ibland ett sjukt

148

och utmagrat djur som bara ville dra sig undan och dö ifred... konstiga tankar, hon kände inte igen dem. Som om de alstrades av honom på något vis... han som nu satt här så nära henne igen, som hon uteslutit ur sitt liv för så länge sedan och som inte hade någon väg tillbaka.

Inte på några villkor. Och när hon sneglade mot den tunna ihopkurade gestalten på passagerarplatsen ångrade hon att hon inte sagt åt honom att sätta sig i baksätet istället. Hans ynklighet hade växt samman med honom, slog det henne. Gått inifrån och ut så att han verkligen bar syn för sägen numera. Man såg på honom vad han var för en typ, hon önskade att det varit lika tydligt förr i tiden.

Så hade det kanske inte behövt gå som det gick.

Fast om hon begripit vem han var med en gång, så hade hon förstås aldrig givit sig i lag med honom. Och hade hon inte givit sig i lag med honom, skulle Mikaela inte ha blivit till. Den livsknuten kunde hon aldrig lösa upp, det visste hon. Mikaela bar hans blod i sig och det enda erkännande hon till nöds kunde ge honom var väl just detta. Utan honom skulle hennes dotter inte ha funnits, och bilden av vinden och det sjuka djuret föll in i hennes medvetande igen... bara för att följas av några ord han sagt en gång.

Jag tycker om tystnaden mellan oss.

Just så hade han sagt. *Tystnaden mellan dem?* Den hade varit god, hade han påstått. Hon hade varit den första flicka han kunnat tiga tillsammans med.

Herregud, tänkte hon. Han sitter väl inte och inbillar sig att det finns något slags godhet i den här jävla stumheten också?

Men hon frågade inte. Ökade farten en smula bara, regnet hade tunnat ut och skulle snart upphöra.

Strax efter Saaren körde hon in på en bensinstation och tankade, och det var just som hon satt sig bakom ratten igen och spänt fast säkerhetsbältet som han yttrade sig för första gången.

– Vart är vi på väg? frågade han.

Hans röst påminde om ett höstlöv som faller till marken. Hon svarade inte.

20

*Förhör med Paula Ruth Emmerich den 29.7.1983. Plats:
Lejnice polisstation. Förhörsledare: 1 polisinspektör Wa-
levski. Närvarande: Soc.ass Bluume. Förhörsutskrift: 1
polisinspektör Walevski. Att: Kommissarie Vrommel, po-
lismästare, Soc.ass. Bluume.*

Walevski: Du heter Paula Emmerich?

Emmerich: Ja.

W: Född den 22 maj 1967 här i Lejnice?

E: Ja.

W: Fram till den 17 juni år gick du i Voellerskolan här
i Lejnice?

E: Ja.

W: Du har gått i samma klass som en flicka vid namn
Winnie Ludmilla Maas i sex år. Stämmer det?

E: Ja.

W: Vill du påstå att du kände Winnie Maas väl?

E: Ja. Fast vi var inte lika bra kompisar som förr.

W: Men ni umgicks litegrann?

E: Ja.

W: Du känner till vad som hänt med Winnie och var-
för vi vill prata med dig?

E: Ja.

W: På vilket sätt är du bekant med Arnold Maager?

E: Han var vår lärare i samhällskunskap och historia.

W: På Voellerskolan?

E: Ja.

W: Hur länge hade du honom som lärare?

E: Två år. Åttan och nian.

W: Vad tyckte du om honom som lärare?

E: Sådär. Ganska bra, tror jag.

W: Kan du beskriva honom lite noggrannare?

E: /Inget svar/

W: Var han omtyckt av de andra eleverna i klassen?

E: Ja. Han var bra. Snygg.

W: Snygg?

E: För att vara lärare.

W: Jag förstår. Vet du om Winnie Maas tyckte likadant som du? Att Arnold Maager var en bra lärare. Och snygg?

E: Ja, det tyckte hon.

W: Är du säker? Jag talar nu om tiden före diskot.

E: Hon gillade honom.

W: Pratade ni om det?

E: Kanske. Jag minns inte.

W: Men hon sa aldrig att hon var förälskad i honom, till exempel?

E: Nej. Inte till mig i alla fall.

W: Fanns det några andra i klassen som kände Winnie bättre än du?

E: Jag tror inte det. Nej.

W: Så om Winnie ville anförtro sig åt någon, så skulle hon ha valt dig?

E: Ja. Fast på sistone var hon mera för sig själv.

W: Hur menar du?

E: Hon snackade inte så mycket, liksom.

W: Jag förstår. Vet du om hon hade någon pojkvän?

E: Inte nu. Inte då i maj-juni, menar jag. Jag tror inte det åtminstone.

W: Men hon hade haft någon tidigare?

152

E: Javisst.

W: Flera?

E: Ett par stycken, men inte i slutet av nian.

W: Kan du berätta om det här diskot den 10 juni?

E: Vad är det ni vill veta?

W: Hur det var. Vilka du var tillsammans med. Om du hade koll på Winnie.

E: Det var som vanligt.

W: Som vanligt?

E: Vi drack litegrann nere på stranden först.

W: Vilka är "vi"?

E: Några stycken ur klassen. Och ur andra klasser.

W: Hur många?

E: Femton stycken kanske.

W: Var Winnie Maas med?

E: Ja.

W: Och sedan?

E: Vi drog till diskot vid halv tio ungefär.

W: Ja?

E: Dansade och snackade och sådär.

W: Lade du märke till Winnie under kvällen?

E: Ja.

W: Kan du berätta?

E: Hon var lite full. Dansade rätt mycket, det brukade hon göra. Hon dansade tryckare med Maager.

W: Du säger att Winnie Maas dansade tryckare med Arnold Maager, hennes lärare i samhällskunskap och historia?

E: Ja. Jag trodde det var mera på skoj. Några av de andra tjejerna dansade med de andra lärarna också.

W: Hur många danser?

E: Winnie eller de andra?

W: Winnie.

E: Jag vet inte. Rätt många.

153

W: Med andra lärare också?

E: Jag vet inte. Tror bara det var med honom.

W: Pratade ni om det här? Du och dina kompisar.

E: Minns inte riktigt. Jo, kanske.

W: Ni tyckte det var konstigt att Winnie Maas dansade så mycket med en lärare?

E: Minns inte.

W: Varför minns du inte?

E: Vet inte. Var lite full. Kommer inte ihåg så noga.

W: Om vi övergår till vad som hände senare på kvällen, kan du berätta lite om det?

E: Vi drog ner på stranden igen när diskot var slut.

W: Vi?

E: Ett gäng. Åtta-tio stycken.

W: Var Winnie Maas med?

E: Ja.

W: Vad gjorde ni?

E: Ingenting särskilt.

W: Ingenting särskilt?

E: Nej.

W: Någonting måste ni väl ha gjort?

E: Kanske det.

W: Vad då, till exempel?

E: Vad fan vill du att jag ska svara? Drack, rökte och hånglade?

W: Var det vad ni gjorde?

E: Kanske det. Snackade också. En kille badade naken.

W: Verkligen? Pratade du någonting med Winnie?

E: Tror inte det. Inte speciellt. Fan alla var ju med alla.

W: Ni talade inte om att hon dansat så mycket med Arnold Maager?

E: Jo, kanske.

154

W: Kommer du ihåg någonting som hon sa?

E: Ja. En grej.

W: Vad då?

E: Hon sa att hon var kåt på Maager.

W: Kåt på Maager? Du är säker på det här? Att Winnie Maas sa så.

E: Ja.

W: Trodde du på henne?

E: Varför skulle jag inte göra det? Hon fick väl vara kåt på vem hon ville.

W: Allright. Vad gjorde ni efter att ni varit på stranden?

E: Vi drog upp på stan igen.

W: Winnie Maas också?

E: Ja, för fan.

W: Fortsätt.

E: Någon hade hört att de satt hemma hos Gollum och festade.

W: Vem är Gollum?

E: Slöjdläraren. Han heter Gollumsen egentligen.

W: Vilka var det som skulle sitta där och festa?

E: De som vaktat på diskot.

W: Lärarna.

E: Ja.

W: Däribland Maager?

E: Ja, däribland Maager.

W: Och ni visste om att de här lärarna fanns hemma hos Gollumsen?

E: Ja.

W: Hur?

E: Vet inte. Någon hade hört det.

W: Någon?

E: Jag vet inte för fan.

W: Var det Winnie Maas som visste det?

E: Kanske.

W: Men det kan ha varit någon annan?

E: /Inget svar/

W: Nåja. Berätta om vad som hände när ni kom hem till Gollumsen.

E: De satt och sjöng. Var rätt packade. Sextitalslåtar. Vi ringde på och blev insläppta.

W: Hur många lärare var det?

E: Fyra.

W: Fyra?

E: Ja. Gollum och Maager och två till.

W: Vilka var de andra?

E: En heter Nielsen. Och så Cruickshank.

W: Och hur många var ni elever?

E: Sju stycken. Fast två stycken drog sedan.

W: Men du och Winne var kvar?

E: Ja.

W: Vilka var de andra tre?

E: Tim van Rippe och Christopher Duijkert. Och Vera Sauger.

W: Fem elever och fyra lärare, alltså. Vad var klockan när ni kom dit ungefär?

E: Två-halv tre sådär.

W: Och vad gjorde ni hos Gollumsen?

E: Drack lite och sjöng. Nielsen spelade gitarr.

W: Fortsätt. Vad hände mellan Arnold Maager och Winnie Maas?

E: De satt och hånglade en stund. Sedan försvann de in i sovrummet.

W: Och vad gjorde ni andra?

E: Vi andra?

W: Ja. Vad gjorde ni andra när Winnie Maas och Arnold Maager gått in i sovrummet?

E: Vi satt kvar och sjöng och snackade.

156

W: Hur länge?

E: Vet inte. En timme kanske.

W: Och sedan lämnade ni lägenheten?

E: Ja.

W: Var Winnie och Maager fortfarande kvar i sovrummet när ni gick?

E: Ja. Om de inte hoppat ut genom fönstret och det tror jag inte.

W: Varför tror du inte det?

E: Därför att det var på tredje våningen.

W: Jag förstår. Nå, fick du reda på vad de gjorde i sovrummet?

E: Ja.

W: Hur då? Och när?

E: Vi hörde vad de gjorde.

W: Jaså?

E: De knullade så hela huset skakade.

Moreno sköt undan papperen. Såg på klockan. Kvart i ett. Det var det tredje förhöret hon läst och bilden började bli rätt klar.

Deprimerande klar, tänkte hon.

... *så hela huset skakade!*

Vilken skitstövel, tänkte hon. Undra på att han gick och gömde sig på hospitalet. Undra på att han blev galen.

Hustru och en tvåårig dotter.

Var det det här Mikaela fick reda på på Sidonishemmet?

Var det så här hans hustru såg det framför sig?

Nej, det var inte svårt att förstå flykten in i galenskapen. Sannerligen inte. Knulla en sextonårig flicka inför fem vittnen, mer eller mindre. Så hela huset skakade... fy fan!

Och sedan döda henne när hon hade mage att bli gravid.

Kriminalinspektör Ewa Moreno lutade huvudet i händerna och tittade ut mot det söndagstomma torget. Kallfronten

157

låg kvar, men regnet hade upphört under morgontimmarna.

Drifter? tänkte hon.

Kön och lite hjärta. Hjärnan på drift i en jolle i ett snöre. Intoxikerad för säkerhets skull.

Parallellen mellan Maagerfallet och hennes egen deflorering hade föresvävat henne under några dagar, och nu såg hon scenen tydligare för sitt inre öga än på många år.

Det där trånga hotellrummet vid Piazza di Popolo i Rom. Den eviga staden. Den eviga kärleken.

Hon. En sjuttonårig gymnasist. Ett år äldre än Winnie Maas, bara – och inte mer än ett år efter i tid heller, insåg hon förfärat. 1984. Skolresa med språkklasserna. Försommar. Livsaptit.

Han. Trettisexårig latinlärare.

Stark. Lärd. Sofistikerad.

Världsvan med hårigt bröst och varma händer. De hade inte älskat så att hotellet skakade, men en hel del ändå, och de hade klarat av det utan vittnen. Han lovade att skilja sig från sin hustru för hennes skull och hon trodde honom.

Trodde så mycket på honom att hon till slut ringde upp sagda hustru och diskuterade saken med henne.

Efteråt: Hans feghet. Hans monumentala ynkedom.

Det var första gången hon stötte på någonting så förödmjukande vekt, och när hon träffade frun flera år senare hade de haft ett riktigt givande samtal kvinnor emellan. Hon hade lämnat sin latinlektor och såvitt hon visste var han fortfarande sysselsatt med att förföra gymnasissor i charmiga trånga rum i Rom.

Men varma händer, hårigt bröst och espri.

Nu var det dock inte denna fähund det gällde. Inte honom och inte Ewa Moreno heller.

Det gällde en död flicka vid namn Winnie Maas. Och en levande (förhoppningsvis) flicka vid namn Mikaela Lijphart.

Och den senares far Arnold Maager.

Han hade haft sexton år på sig att förbereda sin historia inför mötet med dottern. Sexton år ensam med sina tankar och sin ånger, antagligen.

Skulle inte ha räckt med sextonhundra, tänkte Moreno. Tid läker många sår, men inte skammens. Hon mindes en diktrad någonstans ifrån.

Ty skammens rosor glöder genom evigheten

Hon satte tillbaka pärmarna i hyllan. Gluttade försiktigt på dörren in till aspirant Vegesacks rum och konstaterade att han fortfarande satt och sov i sin snurrstol. Huvudet till-bakalutat och munnen öppen.

Hon hade tänkt byta ett par ord med honom angående hans samtal med Maager uppe på Sidonishemmet, men be-slöt att låta bli.

Det var ett rent humanitärt övervägande. Om nu han och fästmön inte tänkte sova kommande natt heller.

Istället lämnade hon Lejnice polisstation, sneddade tvärs över torget bort till konfektyrbutiken Vlammerick's för att inhandla en försoningsgåva till sin pojkvän (fästman? karl? älskare?)

Och i någon mån för att balansera sin egen premenstruel-la blodsockersvacka.

21

Den 19 juli 1999

Samtalet kom just som hon parkerat i skuggan under en alm, och hon svarade först efter en viss inre överläggning.

– Tänkte att du kanske ville veta, sa Münster.

Under en blank sekund hade hon ingen aning om vad han syftade på.

– Veta?

– Lampe-Leermann. Pedofilfrågan.

– Jaha? sa Moreno.

– Jag har hittat journalisten.

Hur är det möjligt? tänkte Ewa Moreno. Jag har nästan lyckats glömma bort Slemburken på bara några dagar.

– Så det fanns en journalist i alla fall?

– Det verkar så, sa Münster och lät dystrare än hon mindes att hon någonsin hade hört honom.

– Fortsätt, bad hon.

Münster harklade sig.

– Jag sitter i klistret, förklarade han. Det är en lite skruvad historia, det här... som det heter.

– Varför sitter du i klistret?

– Inte i klistret kanske, men det är så förbannat prekärt. Lampe-Leermann gick i och för sig ganska problemfritt. Han släppte ur sig namnet mot garanti om en plats på Saalsbachfängelset. Jag tror han har fiender på ett par andra ställen och känner sig hotad. Hursomhelst gav han mig namnet på den här reportern utan mankemang.

– Varför säger du inte vad han heter?

160

– Jag vet inte, sa Münster.

– Vet du inte vad han heter, eller vet du inte varför du inte vill avslöja hans namn?

– Jag vet vad han heter, sa Münster

– Har du pratat med honom?

– Ja.

– Och?

Plötsligt kände hon den där handen krama om strupen igen. *Pedofil? En av hennes kolleger...?* Hon började rabbla deras namn invärtes... *Rooth, Jung, deBries...* Som något slags besvärjande mantra eller vad det kunde vara frågan om... *Krause, Bollmert...*

– Han vidgår att han pratat bredvid munnen med Lampe-Leermann, sa Münster. I fyllan och villan, förstås. Han har ett namn hos oss, säger han. Har bildbevis och har fått tiotusen för att hålla tyst... precis som Lampe-Leermann sa med andra ord.

– Satan, sa Moreno.

– Just det, sa Münster. Och så finns det ett trevligt krux till.

– Vad då?

– Han vill ha tiotusen till för att kläcka ur sig namnet.

– Va? Vad i...?

– Tyckte jag också, sa Münster. Först. Men det finns en sorts svart logik i det. Om han nu tagit emot tiotusen för att tiga, vore det ganska omoraliskt att snacka alldeles gratis... oetiskt, som han uttrycker det.

– Men för tiotusen till...?

– ... kommer saken i ett annat läge. Har du förstått positionerna?

Moreno funderade en stund.

– Jo, sa hon. Jag har väl det. Vilken skitstövel.

– Utan tvekan, sa Münster. Vad tycker du jag ska göra, då? Gå in till Hiller och be om tiotusen gulden in blanco?

161

Moreno svarade inte.

– Vad är det för väder ute vid kusten? frågade Münster.

– Omväxlande. Idag är det sol igen. Har du någon plan?

– Inte än, sa Münster. Men jag måste väl hitta på en. Tänkte bara jag skulle informera dig först.

– Tack, sa Moreno.

Det blev tyst i luren några sekunder.

– Det kan inte... du bedömer det inte som att han bluffar? frågade hon. Den här förbannade murveln.

– Jovisst, sa Münster. Det gör han säkert.

– Finns ingenting så otrevligt som falska anklagelser.

– Ingenting, sa Münster. Skulle vara äkta, då. Jag hör av mig.

– Gör det, sa Moreno.

En svart hund stod bunden utanför en koja och skällde på henne medan hon letade sig fram till expeditionen. Djupa, dovt ekande skall som ur en brunn; en närmast surrealistisk kontrast till den välvårdade parken och de blekgula byggnaderna, tyckte Moreno.

Men en hyfsad sinnebild för hennes egna svarta tankar. Kerberos rentav? En påminnelse om avgrunden och den väg vi alla skall vandra? Hon undrade varför man inte gjorde sig av med djuret eller släppte det löst; kunde knappast vara något uppmuntrande ackompanjemang för de stackars brustna och vilsna själar som vistades häruppe i alla fall.

Hon hittade rätt och presenterade sig för en rödhårig och vitrockad kvinna bakom en glasdisk. Förklarade sitt ärende.

– Arnold Maager, ja, sa kvinnan och log nervöst. Jag tror det är bäst om ni talar med fru Walker.

– Fru Walker?

– Det är klinikchefen. Ett ögonblick.

Hon tryckte på fyra knappar på interntelefonen.

– Varför måste jag tala med klinikchefen? Det gäller ju

162

bara ett enkelt besök till herr Maager.

Den rödhåriga rodnade.

– Ett ögonblick.

Hon tog tre steg bort från disken och vände ryggen åt Moreno. Talade med dämpad röst in i telefonluren. Återvände till Moreno med dämpad rodnad.

– Det går bra att träffa fru Walker med en gång. Tredje dörren till höger därborta.

Hon pekade in i en kort korridor.

– Tack, sa Moreno och begav sig i den anvisade riktningen.

Klinikchef Walker var en mörk liten kvinna i sextiårsåldern. Hon satt bakom ett gigantiskt skrivbord. Verkade lätt malplacerad, tyckte Moreno. Som en duva på långsidan av en fotbollsplan ungefär. Hon steg upp, gick runt halva planen och hälsade när Moreno stängt dörren bakom sig. Tycktes ha något fel på ena benet också. Stödde sig på en mörkbrun käpp; möjligen var det just detta lilla handikapp som fick henne att göra sig besväret att stiga upp. Ett slags markering.

Detta i förening med en påtaglig oro. En överdriven vilja att vara till lags, som låg i öppen dager och som Moreno hade svårt att begripa. Hon hade ringt och aviserat sin ankomst, men bara talat med en telefonsvarare. Hade visserligen presenterat sig som kriminalinspektör, men att institutet skulle ha så orent mjöl i påsen som den här kvinnan signalerade verkade rätt osannolikt.

Förklaringen kom tämligen omgående.

– Varsågod och sitt, sa fru Walker. Jag tror vi har ett litet problem.

– Jaså? sa Moreno och förblev stående. Jag ville bara träffa Arnold Maager för ett kort samtal. Vad är det för problem?

– Han är inte här, sa fru Walker.

– Förlåt?

163

– Arnold Maager befinner sig inte här på stiftelsen. Han har givit sig iväg.

Givit sig iväg? tänkte Moreno. Arnold Maager? Är hon inte klok?

– Vad menar ni? sa hon. Vart har han åkt?

– Vi vet inte. Han har varit borta sedan i lördags eftermiddag... jag beklagar verkligen att ni fått åka hit i onödan. Men eftersom ni inte lämnade något nummer där vi kunde nå er, så...

– Hur försvann han? avbröt Moreno.

Fru Walker gick och satte sig bakom skrivbordet.

– Vi vet inte exakt när. Och inte hur. Under eftermiddagen hursomhelst, han brukar promenera i parken... vi saknade honom till middagen. I lördags, alltså.

– Och han har inte meddelat vart han skulle?

– Nej.

– Har herr Maager hållit sig borta på det här sättet tidigare?

– Nej, sa fru Walker med trött röst. Aldrig. Vissa patienter åker bort ibland... eller hem, snarare... men Maager har aldrig gjort några resor någonstans under de år han bott här.

– Sexton år? sa Moreno.

– I stort sett, bekräftade fru Walker. Vi är hemskt ledsna och har haft ett möte idag på morgonen för att diskutera hur vi skall gå vidare med det här.

– Har ni rapporterat att han är försvunnen?

– Javisst, försäkrade fru Walker.

– När?

Klinikchefen betraktade sina knäppta händer.

– För två timmar sedan.

Utmärkt, tänkte Moreno och bet ihop käkarna för att inte någonting överilat skulle slippa ut. Sannerligen utmärkt! Man låter en depressiv mentalpatient vara på rymmen i två dygn, sedan ordnar man ett sammanträde och beslutar sig

164

för att kontakta myndigheterna. Kanske dags att se över rutinerna, som det brukade heta i ansvarigas munnar i sådana här lägen.

– En annan polisman var här och samtalade med Maager i förra veckan. Känner ni till det?

Fru Walker nickade.

– Jag vet. I onsdags. Och han hade besök av sin dotter några dagar dessförinnan. Kan det ha något samband, tror ni? Han brukar verkligen inte vara så omsvärmad.

Moreno ignorerade spekulationerna.

– Ni säger att Maager gav sig iväg i lördags eftermiddag?

– Ja. Han åt lunch som vanligt vid halvettiden... så någon gång efter den tidpunkten, alltså.

– Har ni talat med all personal?

– Patienterna också. Ingen har sett honom efter klockan två.

– Och ingen har sett honom ta sig härifrån?

– Nej.

Moreno funderade ett ögonblick.

– Vad tog han med sig?

– Förlåt?

– Kläder? Väska? Eller åkte han tomhänt?

Fru Walker hade uppenbarligen inte tänkt på denna aspekt ännu, men gjorde det nu och hastade runt skrivbordet igen.

– Vi kontrollerar saken omedelbart. Det finns förtecknat vad de intagna har på sina rum... det mesta i alla fall. Följ mig!

– Allright, suckade Moreno.

En halvtimme senare var det mesta klarlagt. Av allt att döma hade Arnold Maager inte givit sig av alldeles brådstörtat. När vårdare och biträden slagit sina kloka huvuden ihop, var man ense om att det saknades såväl en mindre shopping-

165

väska som ett par ombyten kläder från hans garderob. Skjortor, kalsonger och strumpor i varje fall.

Några andra tecken som kunde tyda på det ena eller det andra stod dock inte att finna, varken i Maagers rum eller någon annanstans, så Moreno bad att få tacka för sig och återvände ut till bilen.

Måste tala med Vegesack omedelbart, tänkte hon. Måste få reda på vad han kläckte ur sig när han pratade med honom.

Maager själv hade inte varit särskilt meddelsam under deras möte, det hade Vegesack klargjort med eftertryck. Så mycket större risk då, antog Moreno, att aspiranten själv låtit undslippa sig lite för mycket.

Rörande Mikaela Lijphart till exempel. Att hon var en smula försvunnen till exempel.

Hon sjönk ner bakom ratten. Vevade ner sidofönstret och vred om nyckeln.

Dött.

Inte ett ljud från startmotorn.

Hon vred om igen. Och igen.

Inte så mycket som en suck.

Det är inte sant, tänkte hon. Kan inte vara sant. Inte just nu.

Hur i helvete? tänkte hon sedan. Hur i helvete kan man välja att köra omkring i en gammal öststatsbil ett helt decennium efter murens fall? En förbannad gammal plåtburk som borde vistas på museum!

– Kära fästman, väste hon medan hon grävde efter mobiltelefonen i väskan. Nu ligger du illa till. Jävligt illa!

Det var den 19 juli och solen vällde ner från en allt klarare himmel. Kriminalinspektör Ewas Morenos semester hade just gått in på sin andra vecka. Hon befann sig på en parkeringsplats utanför ett ensligt beläget mentalsjukhus två kilometer från havet, hade sin första mensdag och Mikael Baus

166

förbannade Trabant vägrade att starta.

Den första fria kvinnan i världshistorien? Var det så hon bestämt sin position i livets koordinatsystem för några dagar sedan?

Pytt.

22

– Jorden är rund, sa Henning Keeswarden, sex år och fem månader.

– Himla rund, sa Fingal Wielki, blott fyra år och nio månader men en ivrig tillskyndare av allt som verkade nytt och modernt. I synnerhet om det var hans dyrkansvärde kusin som presenterade det.

– Det finns människor på andra sidan, utvecklade unge Keeswarden. Fattar du?

Fingal Wielki nickade ihärdigt. Klart han fattade.

– Om vi gräver ett djupt, djupt hål rakt ner i marken så kommer vi ut på andra sidan.

– På andra sidan, bekräftade Fingal.

– Man måste gräva jävla djupt, men sen är det bara att klättra ner och komma upp ur hålet på andra sidan. Hos kineserna.

– Kineserna, sa Fingal. Han var lite osäker på vilka dessa egentligen var, men ville inte låtsas om det. Man måste gräva jävla helvete djupt! förklarade han istället.

– Nu börjar vi, sa Henning Keeswarden. Vi har hela dan på oss. Jag grävde ett hål en annan gång som närapå gick genom hela jorden. Jag var nästan framme men sen var jag tvungen att gå in och käka. Jag hörde hur dom pratade där-nere.

– Pratade?

Fingal kunde inte hålla tillbaka sin förvåning.

– Kineserna. Så nära var jag. Jag la örat intill botten på

gropen och då hörde jag tydligt att dom pratade. Fast jag förstod inte vad dom sa, dom pratar på ett annat språk, kineserna. Ska vi gräva ett hål som går ända fram nu?

– Klart vi ska, sa Fingal Wielki.

Kusinerna grävde. Fingals spade var röd och ganska mycket nyare än Hennings, som var blå och lite skamfilad. Kanske hade den blivit det under den förra kinagrävningen, det fick man ju förstå. Men en röd spade gräver alltid fortare än en blå.

Fortfarande var det bara förmiddag. De hade just kommit till stranden i sällskap med sina mammor, vilka var systrar och för tillfället sysselsatta med att ligga på rygg och få lite färg på tuttarna, eftersom det var en sådan strand.

Det gick ganska lätt att gräva. Åtminstone till att börja med. Rätt snart började dock den redan uppgrävda sanden att rinna tillbaka ner i gropen. Henning sa att de måste göra gropen lite större upptill.

Det var rätt tråkigt att behöva gräva på bredden när man egentligen bara skulle rakt ner till kineserna, men ville man komma fram fick man förstås vara beredd på lite förtretligheter. Och beredd att hugga i.

Så Henning högg i och det gjorde Fingal också.

– Håll käften så ska jag lyssna om jag hör nånting! sa Henning när hålet var så djupt att bara axlarna och huvudet stack upp om man stod rak nere på botten. Åtminstone på Fingal som var en decimeter kortare än sin kusin.

– Sch! sa Fingal åt sig själv, och höll ett pekfinger över läpparna medan Henning tryckte örat mot den våta sanden.

– Hördes det nåt? undrade han när Henning rätat på sig och stod och torkade sand ur örat.

– Lite svagt bara, förklarade Henning rutinerat. Vi har en bit kvar. Ska vi leka slav en stund?

169

– Slav? Javisst! sa Fingal, som för tillfället inte riktigt kunde komma ihåg vad en slav var för nånting.

Henning klättrade upp ur gropen.

– Vi börjar med att du är slav och jag är slavdrivare. Du måste göra allt som jag säger annars slår jag ihjäl dig och äter upp dig.

– Okej, sa Fingal.

– Gräv! skrek Henning hotfullt. Gräv, din lata jävla slav!

Fingal tog i på nytt. Grävde och grävde så att sanden yrde, fast den var både tung och blöt så här halvvägs ner till kineserna.

– Gräv! skrek Henning på nytt. Och du ska svara Yes Mister!

– Yesmister, sa Fingal och grävde vidare.

Borde vara framme hos dom där kineserna snart, tänkte han, men han vågade inte avbryta för att lägga sig och lyssna. Då kanske hans kusin skulle slå ihjäl honom och äta upp honom. Det verkade inget trevligt. Istället började han gräva en aning snett åt sidan där det var lite lättare. Kanske låg Kina åt det hållet, han kände på sig att det måste vara så.

– Gräv, din lata neger! skrek Henning.

Det sög i armarna ordentligt nu, särskilt den högra som han hade brutit när han åkte skridskor och ramlade på isen för ett halvår sen. Men han gav sig inte. Tog fart med spaden och körde den med full kraft in i sandväggen i gropen.

Ett stort sjok rasade ner uppifrån, men det gjorde ingenting. Han förstod ändå att han var framme. Äntligen. Det stack ut en fot ur sanden.

En fot med alla tårna och en sandig fotsula. En riktig kinesfot!

– Vi är framme! skrek han. Titta!

Slavdrivaren hoppade ner i gropen och kontrollerade. Ja jävlar! De hade grävt så djupt att de kommit fram till kinesernas fotsulor.

170

– Bra grävt! sa han.

Det enda lite märkliga – och som i någon mån ikullkastade teorin om att jorden skulle vara rund – var att foten inte dykt upp längst nere på botten av gropen. Den stack ut från sidan istället, och själva benet som foten satt fast på verkade också fortsätta i sidled istället för nedåt.

Men det var en bagatell.

– Vi gräver bort sanden och tittar på resten, bestämde Henning Keeswarden, som nu sagt upp sig som slavdrivare och själv var beredd att arbeta fram det där benet... och den där kroppen, som nog när allt kom omkring inte var någon kines utan kanske bara en vanlig döing.

Vilket inte nödvändigtvis gjorde saken sämre. Även om han aldrig skulle erkänna det för sin kusin så hade han aldrig träffat på en döing förr.

Men just i samma stund som han högg till med sin blå spade och fick ett nytt sjok sand att rasa ner i gropen, så stod hans moster Doris där bredvid gropen och glodde på dem.

Hans moster, Fingals mamma.

Först glodde hon.

Sedan skrek hon.

Och sedan kom hans egen mamma och skrek hon också, och så lyftes både han och Fingal upp ur kinesgropen och folk strömmade till från alla håll, både bartuttade tanter och tanter med tuttarna undanstoppade och farbröder med och utan solglasögon, med stora fladdrande badbrallor och små ynkliga som nästan försvann in i rumpan, och alla pekade och ropade i munnen på varandra.

– Rör ingenting! Rör ingenting! var det en stor tjock karl som skrek, högre än alla andra. Det är ett lik nedgrävt i sanden! Rör ingenting innan polisen är här!

Och Hennings mamma lyfte upp Henning i famnen och Fingals gjorde likadant med Fingal, och kvar i gropen låg en

171

röd och en blå spade som ingen tycktes bry sig det minsta om att ta till vara.

Men de där fötterna (för det hade kommit fram en till när Henning gjorde sitt sista krafttag med spaden), dem var alla desto mer intresserade av.

Så det var nog en sån där kines ändå, tänkte Fingal.

– Marken är rund! ropade han och vinkade åt alla människorna medan hans mamma skyndade iväg med honom bort till deras handdukar och matsäckskorgar med äpplen och bullar och smörgåsar och saft som var både gul och röd. Jävla rund!

III

23

21 juli 1983

Allra först uppfattade hon inte vad flickan sa. Klockradions röda digitalsiffror visade på 01.09; hennes irritation över att någon hade mage att ringa så här dags på dygnet blandades hastigt med oron över att någonting måste ha hänt. En olycka? Hennes föräldrar? Hennes bror? Arnold eller Mikaela... nej, de låg ju och sov i samma rum som hon själv.

– Förlåt? Vad sa ni?

– Jag vill tala med magister Maager.

En elev. Oron försvann. En femton-sextonårig flicksnärta som ringde upp klockan tio över ett på natten, således. *Magister Maager?* Arnold vände på sig i sängen, och så hördes de första omisskännliga hackningarna från Mikaela borta i barnsängen. Hon var vaken och skulle börja tjuta inom några sekunder. Ingen tvekan. Om det inte hände varje natt, så varannan åtminstone.

Vissa nätter inte bara en gång. Och utan hjälp från telefonen. Hennes ilska slog ut i full blom.

– Vad menar du med att ringa hit mitt i natten? Vi har småbarn och har sannerligen annat för oss än att...

Hon kom av sig. Inget svar. För ett ögonblick fick hon för sig att flickan lagt på i andra änden, men så hörde hon de lätt astmatiska andetagen i luren. Arnold tände lampan och satte sig upp i sängen. Hon tecknade åt honom att gå och se till Mikaela och han kom på fötter.

– Vad vill du? frågade hon sammanbitet.

– Jag vill tala med Maager.

175

– Varför då?

Inget svar. Mikaela började gny och Arnold fiskade upp henne. Vad tusan lyfter han upp henne för? tänkte hon. Det kunde ha räckt med att trycka in nappen i munnen på henne. Nu skulle hon inte somna på en halvtimme.

– Vad heter du? fräste hon in i luren. Du begriper väl att du inte kan ringa till folk så här dags?

– Jag måste tala med honom. Kan du säga åt honom att komma till viadukten om en kvart?

– Till viadukten? Är du inte klok? Vad yrar du om, din lilla... din lilla...

Hon hittade inget bra epitet. Inte utan att svära och hon ville inte släppa kontrollen helt. Mikaelas första gälla skrik skar genom rummet. Satan också, tänkte hon. Vad är det frågan om?

– Kan jag få tala med honom?

– Nej.

– Det är... det är viktigt.

– Och vad gäller saken?

Ny tystnad. Både i luren och från Mikaela, som tydligen var trött och inte orkade dra igång hela repertoaren. Verkade nöja sig med att hänga över pappas axel och gny lite, tack och lov.

– Säg åt honom att komma till viadukten.

– Aldrig i livet. Tala om vem du är och förklara varför du ringer mitt i natten!

Arnold kom och satte sig på sängkanten och såg frågande ut. Hon mötte hans blick och i samma stund bestämde sig flickan i telefonen för att lägga korten på bordet.

– Jag heter Winnie och har haft ihop det med honom. Jag är med barn.

Det var egendomligt att Arnold och Mikaela var så nära henne just när dessa ord borrade sig in i hennes medvetande. Hon tänkte på det både just då och efteråt. Att de satt så

176

tätt tillsammans på hennes halva av dubbelsängen precis i det ögonblicket. Far, mor och dotter. Den heliga familjen. Förbaskat egendomligt, för den spricka som plötsligt rämnade mellan dem var så djup och så bred att hon visste att de aldrig någonsin skulle kunna ta sig över den. Aldrig bry sig om att försöka ens, fanns inte en chans. Med ens visste hon detta.

Och så konstigt att man hann tänka sådana tankar under bråkdelar av en sekund. Hon räckte honom luren och tog ifrån honom hans dotter.

– Till dig.

Men lugnet stannade inte kvar hos henne. När Arnold lagt på luren och sjunkit ihop i en ynklig hög på golvet bredvid sängen, la hon ner Mikaela mellan kuddarna och började slå honom.

Med knutna nävar så hårt hon orkade. Över huvud och axlar. Han reagerade inte. Struntade i att försvara sig, böjde ner huvudet en smula bara, och snart blev hon trött i armarna. Mikaela vaknade igen men började inte gråta. Satte sig upp och tittade på istället. Med stora blanka ögon och nappen i munnen.

Hon lämnade sovrummet, rusade ut på toaletten och låste in sig. Spolade kallvatten i ansiktet och försökte bromsa alla vansinniga tankar som bombarderade hennes hjärna.

Stirrade, först på sitt eget ansikte i spegeln, sedan på alla de hundratals välbekanta småsakerna på handfatet och runtom i hyllorna; dessa tuber och burkar och tvålar och saxar och tandborstar och plåsterpaket som var det vardagligaste av allt vardagligt i hennes liv, men som nu med ens tycktes nya och främmande och omgivna av hotfulla och gräsliga förtecken som hon inte kunde tyda. Jag blir galen, tänkte hon. Jag håller på att bli vansinnig just här i detta förbannade badrum just i detta förbannade nu… det är en fråga om sekunder.

177

Hon torkade sig i ansiktet med en handduk och öppnade dörren.

– Viadukten om en kvart, var det så?

Han svarade inte. Inte ett ljud, vare sig från honom eller från Mikaela. Bara tystnad därinifrån sovrummet. Hon letade fram jeans och en tröja. De blå seglarskorna. Var klädd och klar på en halv minut.

Hej då.

Hon tänkte det men hon sa det inte.

– Vänta.

Hon väntade inte. Öppnade ytterdörren och gick ut. Slog igen den efter sig och skyndade ut på vägen. Luften var nattsval och skön.

Det gick att andas.

När han lämnade Mikaela var han inte säker på att hon sov. Men hon låg i sin säng med nappen i munnen och drog sina vanliga, ljudliga andetag. Kanske skulle hon hålla sig någon timme i alla fall.

Han stängde ytterdörren så tyst han kunde. Övervägde ett ögonblick att ta cykeln men lät det vara. Han skulle ändå inte hinna först.

Det skulle ta åtta-tio minuter att gå upp till viadukten och kanske behövde han dessa minuter. Ville han ens hinna först? Var det inte så att han behövde denna tid för att fatta något slags beslut? Komma fram till ett avgörande.

Eller var allting redan avgjort?

Hade inte allting avgjorts i och med att han gick över gränsen, då, för en månad sedan? Redan då. Sex veckor, noga räknat. Hade inte allting sedan dess bara varit en långsamt tickande bomb?

Hade han någonsin inbillat sig någonting annat? Att han skulle klara sig? Att man inte behövde betala för sådant här?

Han märkte att han nästan småsprang utefter den långa

178

mörklagda Sammersgraacht. Inte en människa, inte en katt ute.

Vek av till höger in på Dorffs allé och fortsatte längs Gimsweg och Hagenstraat. Förbi skolan.

Skola? tänkte han. Skulle han någonsin…?

Han fullföljde inte tankegången. Rundade det nordvästra hörnet av idrottsplatsen och ökade farten ytterligare. Bara några hundra meter kvar.

Vad kommer att hända nu? tänkte han. Vad kommer att hända däruppe?

Plötsligt tvärstannade han. Som om tanken slagit honom först nu.

Varför går jag inte hem och tar hand om min dotter istället? frågade han sig. Varför?

Han tvekade i fem sekunder. Sedan bestämde han sig.

24

Förhör med Ludwig Georg Heller den 2.8.1983. Förhörs-
ledare: kommissarie Vrommel, polismästare. Närvaran-
de: 1 polisinspektör Walevski. Plats: Polisstationen, Lejni-
ce. Förhörsutskrift: 1 polisinspektör Walevski. Att: kom-
missarie Vrommel, polismästare.

Vrommel: Namn och adress, tack.

Heller: Ludwig Heller. Walders steeg 4.

V: Här i Lejnice?

H: Ja.

V: Ni är tretti år gammal och arbetar på Voellerskolan
här i stan. Stämmer det?

H: Ja.

V: Kan ni berätta i vilket förhållande ni står till
Arnold Maager?

H: Vi är kolleger. Och goda vänner.

V: Hur länge har ni känt honom?

H: Sedan vi var sexton år. Vi gick i gymnasiet tillsam-
mans.

V: Ni har umgåtts sedan dess?

H: Nej. Vi läste på olika universitet och har bott på
olika platser. Men vi återupptog bekantskapen när
vi hamnade som lärare på samma skola. Tre år se-
dan ungefär.

V: Skulle ni vilja påstå att ni känner Maager väl?

H: Ja, det tror jag nog man kan säga.

180

V: Tror?

H: Jag känner honom väl.

V: Hans hustru också?

H: Nej. Vi har bara träffats några gånger.

V: Några?

H: Tre, tror jag. Vi hälsar om vi möts på stan.

V: Har ni själv familj?

H: Inte än. Jag har en flickvän.

V: Jag förstår. Ni känner till vad som hänt?

H: Ja.

V: Att Maager haft ett förhållande med en skolflicka och att flickan är död.

H: Winnie Maas, ja.

V: Undervisade ni henne också?

H: Ja.

V: Vilka ämnen?

H: Matematik och fysik.

V: Vilka betyg gav ni henne?

H: Betyg? Jag förstår inte vad betyg har med det här att göra.

V: Inte? Får jag be er besvara frågan i alla fall.

H: Jag gav henne en sexa i fysik och en fyra i matematik.

V: Inte särskilt höga betyg?

H: Nej. Jag förstår fortfarande inte vad det spelar för roll.

V: Var hon snygg?

H: Förlåt?

V: Jag frågar om Winnie Maas var snygg.

H: Det har jag ingen uppfattning om.

V: Tyckte Arnold Maager att Winnie Maas var snygg?

H: /Inget svar/

V: Jag uppmanar er att svara på frågan. Ni kommer med största sannolikhet att få göra det igen under

181

rättegången. Lika bra att ni vänjer er.

H: Jag vet inte om Maager tyckte att Winnie Maas var snygg.

V: Men ni vet att han hade ett förhållande med henne?

H: Knappast ett förhållande.

V: Jaså? Vad vill ni kalla det då?

H: Hon bjöd ut sig för honom. Han gjorde ett misstag. Det var bara en gång.

V: Ni tycker hans beteende är försvarbart?

H: Naturligtvis inte. Jag säger bara att det knappast kan uppfattas som ett förhållande.

V: Var ni närvarande i lägenheten då Maager och Winnie Maas idkade samlag?

H: Nej.

V: Men ni känner till händelsen?

H: Ja.

V: Kände ni till det före flickans död också?

H: Ja.

V: Hur och när fick ni reda på det?

H: Ett par kolleger pratade om det.

V: Vilka då?

H: Cruickshank och Nielsen.

V: Två av dem som var med på festen efter diskoteket den 10 juni?

H: Ja.

V: Och de berättade att Maager haft sexuellt umgänge med Winnie Maas?

H: Ja.

V: Och när var det?

H: Ett par dagar efteråt. Sista skolveckan. Maager berättade det själv också lite senare.

V: I vilket sammanhang?

H: Vi var ute och tog en öl. Alldeles i början av som-

182

marlovet, runt den 20:e eller så.

V: Var?

H: Lippmann's. Och ett par andra barer.

V: Och då talade han om för er att han haft ihop det med en elev?

H: Han berättade lite om hur det hade gått till. Jag kände ju redan till historien.

V: Vad sa han?

H: Att han varit aspackad och att han ångrade sig. Att han hoppades att det inte skulle ställa till det.

V: Ställa till det? Vad menade han med det?

H: Att han själv eller flickan inte skulle råka illa ut, förstås.

V: Jag förstår. Det måste väl ha varit ute bland eleverna, det här?

H: Jag antar det. Fast jag hörde aldrig något från det hållet. Det var ju strax före sommarlovet också.

V: Huvudsaken var kanske att inga föräldrar fick reda på det?

H: Det är en synpunkt, ja.

V: Nå, vidare. Det här var inte den enda gången under sommaren som ni dryftade Winnie Maasärendet med Maager, eller hur?

H: Nej.

V: Utveckla.

H: Vi träffades i mitten av juli också.

V: När och var?

H: Vi gjorde en tur ut till öarna. En lördagseftermiddag. Den femtonde eller sextonde, tror jag. Det var Arnold som ringde och ville prata lite. Jag hade ingenting för mig.

V: Och vad gällde saken den här gången?

H: Winnie Maas. Hon var med barn. Maager hade just fått reda på det.

183

V: Hur verkade han vid det här tillfället?

H: Han var bekymrad, naturligtvis. Ja, mer än bekymrad. Winnie ville behålla barnet, tydligen.

V: Och vad ville Maager?

H: Det är nog bäst om han själv får svara på det.

V: Det har han redan gjort. Nu är det er det gäller, herr Heller. Maager uttryckte säkert sin åsikt under den här öturen. Eller hur?

H: Han var inte i balans.

V: Jag frågade inte efter om han var i balans eller inte. Jag vill veta hur han uttryckte sig med anledning av att flickan var med barn.

H: Han ville att hon skulle göra abort, förstås. Det är väl inte så konstigt. Hon var för ung för att bli mor och han var rädd för hur hans hustru skulle reagera.

V: Verkligen? Så han hade inte berättat om sitt övertramp för henne?

H: Nej, det hade han inte.

V: Var han kanske rädd att Winnie Maas skulle göra det?

H: Det är möjligt. Jag förstår inte vad det här skall tjäna till. Varför sitter vi och diskuterar om...

V: Det spelar ingen roll om ni förstår eller inte. Polisen måste utföra sitt arbete i alla händelser. Ni tror inte det fanns någonting annat som Arnold Maager var rädd för?

H: Vad skulle det ha varit?

V: Ni kan ju fundera över det. Vad talade ni om egentligen?

H: Allt möjligt.

V: Hur många öar besökte ni?

H: Doczum och Billsmaar. Vi åkte runt bara. Gick aldrig i land.

V: Och ni kom inte fram till någon lösning på Maagers problem?

H: Lösning? Vad då för lösning?

V: Om ni åkte färja i flera timmar måste ni väl ha spekulerat en del? Lekt med tankar?

H: Jag förstår inte vad ni talar om.

V: Jag talar om utvägar. Utvägar för Arnold Maager när det gällde att komma ur den knipa han hamnat i. Det är inte så att ni gör er dummare än ni är nu? Jag trodde ni hade akademisk examen?

H: /Inget svar /

V: För det var väl därför han ville träffa er? För att få hjälp?

H: Han ville bara prata. Han var ju desperat, för tusan.

V: Desperat? Ni menar att Arnold Maager var desperat när ni gjorde den här ötrippen tillsammans med honom lördagen den 16:e juli?
/Paus i förhöret. Bandbyte/

Vrommel: Hade ni några ytterligare kontakter med Arnold Maager under veckorna fram till Winnie Maas död? Efter den 16:e, alltså.

Heller: Han ringde ett par gånger. Innan det hände, menar jag.

V: Några telefonsamtal, alltså. Vad talade ni om?

H: Allt möjligt.

V: Om Winnie Maas också?

H: Ja.

V: Och vad hade Maager att säga?

H: Han var orolig.

V: Utveckla.

H: Hurdå utveckla?

V: Uttryckte han några handlingsplaner? Hur bedömde ni hans sinnestillstånd?

185

H: Han sa att han hade svårt att sova om nätterna. Visste inte om han skulle berätta för sin hustru.

V: Gav ni honom några råd?

H: Nej. Vad skulle jag säga?

V: Bedömde ni honom som obalanserad under de här samtalen?

H: Inte obalanserad, direkt. Orolig och spänd, som sagt.

V: Vet ni om han hade mycket kontakt med flickan?

H: De hade talats vid. Han hade försökt övertala henne att göra abort. Han hade erbjudit sig att hjälpa till med pengar.

V: Vad hade hon svarat?

H: Hon höll fast vid sitt beslut, tydligen. Hon tänkte föda barnet.

V: Och beträffande det ekonomiska?

H: Jag vet inte.

V: Ni vet inte?

H: Nej.

V: Allright. När ni fick reda på vad som hade hänt, att flickan hittats död på järnvägsspåret, hur reagerade ni då?

H: Jag blev bestört, naturligtvis.

V: Ja, naturligtvis. Vi blev alla bestörta. Var ni förvånad också?

H: Det är klart jag var förvånad. Det var ju fruktansvärt.

V: Ni hade inte väntat er den här utvecklingen?

H: Nej, det hade jag förstås inte. Han måste ha tappat kontrollen totalt. Det är förfärligt.

V: Tycker ni det är konstigt att han tappade kontrollen?

H: /Inget svar/

V: Jag upprepar. Tycker ni, med tanke på omständig-

186

heterna, att det är så konstigt att Arnold Maager tappade kontrollen?

H: Jag vet inte. Kanske inte.

V: Tack, herr Heller. Det var allt för tillfället.

25

Den 19 juli 1999

Under ett kort ögonblick – en hastigt förbiilande bråkdel av en sekund – trodde hon att han skulle slå till henne.

Ingenting hände dock. Inte ens en åtbörd. Men att bilden överhuvudtaget hann exponeras för hennes inre öga måste förstås betyda någonting. Inte nödvändigtvis att han var av den ullen – en sådan som började använda knytnävarna när orden tog slut – men ändå någonting. En aning? En varning?

Eller ett sjukt fantasifoster bara? En projicering av hennes eget tvivelaktiga känsloliv?

Hursomhelst satt det kvar. Skulle komma att sitta kvar, hon visste det innan ens ögonblicket var över.

– Du gjorde vad då? sa han mellan tänderna.

– Jag lämnade den däruppe och tog en taxi, sa hon.

– Du lämnade kvar min bil uppe i skogen? Utan att se till att någon tog hand om den?

Hon ryckte på axlarna. Han har en poäng, tänkte hon. Jag skulle inte bli glad åt det, jag heller.

– Trabant, sa hon. Trodde inte det var värt att kosta på den nånting.

Han ignorerade det. Trummade med fingrarna på bordet och såg förbi henne över axeln. Huden över käkarna stramade.

– Och nu då? sa han.

– Jag fixar det, suckade hon. Om det är så jävla viktigt för dig att få köra bil, så kan du kanske hyra en så länge. Jag betalar. Det har tyvärr hänt en del andra saker, jag har inte tid med sådana här futiliteter för tillfället.

188

Han lät några sekunder rinna undan innan han frågade.

– Vad är det som har hänt?

– Maager är försvunnen. Det blev bråttom, jag orkade inte hålla på och leta bilverkstäder just då.

– Försvunnen? Varför då?

– Inte vet jag. Han har inte varit på hemmet sedan i lördags.

– Så både flickan och pappan är borta nu?

– Det ser ut så.

– Vet polisen om det?

Moreno drack ur juiceglaset och gjorde en ansats för att resa sig.

– Om dom gör det, så har dom i varje fall inte hunnit vidta några åtgärder, sa hon. Drönarna uppe på Sidonis rapporterade för ett par timmar sedan. Trots att det gått två dagar. Nej, jag måste tala med Vrommel och Vegesack om det här, det är dags för dom att vakna nu.

Mikael Bau lutade sig tillbaka och betraktade henne med ett smalt leende. Hon hade svårt att tolka det.

Något lättare var det att tolka det han sa.

– Så inspektören är i full tjänst nu?

Ewa Moreno log tillbaka och funderade i två sekunder.

– Jag flyttar ut ikväll, sa hon. Du ska ha tack för den här tiden.

Hans leende såg ut att haka upp sig, men innan han hunnit ge svar på tal, hade hon rest sig och lämnat bordet.

– Jag fixar din traktor också, ropade hon över axeln. Hyr en bil och åk till stranden så länge!

Varför tycker jag inte ens synd om honom? tänkte hon när hon kommit runt hörnet. Är det för att jag håller på att bli en bitch?

– Jo, jag hörde det, konstaterade aspirant Vegesack och såg dyster ut. Det är ju förbannat att dom låter det gå så lång tid

189

innan dom rapporterar. Inte för att jag vet vad vi ska göra, men det blir ju knappast lättare om man ligger två dagar efter från början.

– Den viktigaste frågan är nog inte vad vi bör göra, sa Moreno. Utan vad som har hänt.

Vegesack rynkade pannan och trevade efter slipsknuten som för en gångs skull inte fanns på plats. Han var klädd i marinblå tennisströja och tunna bomullsbyxor i en lite ljusare nyans; helt i överensstämmelse med väderleken och årstiden, och Moreno undrade i förbigående om möjligen den hemkomna flickvännen hade något med ekiperingen att göra. Hon hoppades det – och hon hoppades att aspirantens påsar under ögonen hade med henne att göra också. På det sätt han antytt ett par dagar tidigare.

– Okej, sa han. Vad tror du det är som har hänt, då?

Moreno kastade en blick bort mot den halvöppna dörren innan hon svarade.

– Var är polismästaren?

– Nere på stranden, sa Vegesack. Det har inträffat en sak, vi tar det sedan.

Moreno nickade.

– Du tar inte illa upp för att jag lägger mig i det här?

– Varför skulle jag göra det? Det är vars och ens ensak hur man tillbringar sin semester.

Hon bestämde sig för att inte undersöka hur pass stor dos ironi det låg i denna kommentar. Inte just nu i varje fall.

– Antingen har Maager stuckit, sa hon. Eller också har det hänt honom nånting. Vad håller du för sannolikast?

Vegesack gnuggade sina tinningar med fingertopparna och såg ut att tänka för fulla muggar.

– Ingen aning, kom han fram till. Hur fasen ska jag veta det? Fast jag förstår allra minst varför någon skulle röja honom ur vägen? För det är väl det du fiskar efter?

Moreno ryckte på axlarna.

190

– Varför skulle han ge sig av? Är det rimligare?

Vegesack suckade.

– Vill du ha lite mineralvatten?

– Gärna, sa Moreno.

Han försvann ut i pentryt och återkom med en plastflaska och två glas.

– Vätskebrist, förklarade han. Jag lider av det. Och sömnbrist.

Men inte kärleksbrist, tänkte Moreno medan han hällde upp. Skulle inte jag heller göra om jag inte var så förbannat styv i korken.

– Nå, sa hon. Om vi ändå – rent hypotetiskt – utgår ifrån att han gett sig iväg av egen fri vilja, var hamnar vi då?

– Han måste ha något slags skäl, sa Vegesack.

– Exakt. Ge mig ett skäl.

– Han har inte varit borta därifrån på sexton år.

– Stämmer.

– Det måste... det har med dotterns besök att göra.

– Verkligen? Varför tror du det?

– Det är väl rätt självklart... fast *hur* det hänger ihop vete gudarna.

– Hon besökte honom förra lördagen. Varför vänta en hel vecka?

Vegesack gnuggade tinningarna igen. Moreno undrade om han möjligen gått på någon sorts yogakurs och lärt sig att stimulera blodtillflödet till hjärnan på det här viset. Det såg mera målmedvetet än tankspritt ut i alla händelser, men hon höll inne med denna fråga också.

– Det kanske inte har så mycket med hennes besök att göra, avgjorde han till slut. Mera med hennes försvinnande.

– Det tror jag också, sa Moreno. Och hur får Maager reda på att Mikaela försvunnit?

Vegesack avbröt tinningmassagen.

– Jävlar. Genom mig förstås. Jag berättade det när jag var där och försökte prata med honom.

– När var du där?

Aspiranten räknade i huvudet utan yttre hjälp.

– Onsdags, tror jag. Jo, det var då.

– Stämmer, sa Moreno. Vore bra om du kunde erinra dig precis vad du sa åt honom. Och hur han reagerade.

Vegesack slog ut med händerna och höll på att välta vattenflaskan.

– Reagerade gjorde han inte. Inte på nånting. Han sa goddag när jag kom och adjö när jag gick. Mer var det egentligen inte... fast han lyssnade förstås, det gjorde han. Jag berättade vad saken gällde, att det tycktes som om Mikaela Lijphart hade försvunnit. Att vi visste att hon var hans dotter... att hon varit och hälsat på honom och att hennes mor hade kommit till Lejnice för att leta efter henne. Jag försökte naturligtvis få reda på vad han sagt åt henne... om den där gamla historien bland annat. Om hon blivit upprörd eller så. De hade ju tydligen gått och pratat i parken däruppe ett par timmar i alla fall.

– Men han svarade inte, alltså?

– Nej.

– Och du fick inga aningar? Blev han berörd av att hon var försvunnen?

Vegesack stirrade ut genom fönstret en stund.

– Jag tror det, sa han. Ja, jag tror till och med att det låste honom på något vis... han kanske skulle ha fått ur sig ett och annat om jag inte talat om det här med Mikaela på en gång. Men herregud, jag vet inte. Jag var inte hos honom mer än tjugo minuter. Menar du att han har gett sig av för att leta efter henne? Är det det du har kommit fram till?

Moreno drack en klunk vatten.

– Jag har inte kommit fram till ett dugg, erkände hon. Det kan lika gärna vara så att han råkat ut för någonting. Du pratade med honom på onsdagen och han var inte borta från hemmet förrän i lördags. Varför väntade han? Det kan ju också ha inträffat någonting ytterligare – under torsdagen eller fredagen – som har påverkat det här. Jag borde ha tagit reda på mera när jag ändå var däruppe, men det slog mig inte förrän jag var på väg tillbaka.

– Det är måndag idag, påpekade Vegesack. Betyder att han hållit sig undan i ett par dygn redan. Han är inte särskilt van att vistas ute i samhället. Bland folk. Är det inte lite egendomligt att ingen lagt märke till honom?

Moreno ryckte på axlarna.

– Och hur vet du att ingen har lagt märke till honom?

Vegesack svarade inte.

– Det är mycket som är lite egendomligt i den här historien, fortsatte Moreno. Det är därför jag inte kan ta semester. Jag har drömt om flickan två nätter i rad. Har just bett min pojkvän dra åt skogen för den här sakens skull... jag vet inte om det kan betecknas som yrkesskada eller inte? Vad tror du?

Varför berättar jag det här för Vegesack? tänkte hon, när hon av hans lätta rodnad och höjda ögonbryn förstod att det var ett förtroende som han inte riktigt visste hur han skulle hantera.

– Aj då, sa han diplomatiskt.

– Just, sa Moreno. Jag har trasslat in mig alldeles för mycket i det här, men nu har jag fått vissa bekräftelser åtminstone. På att jag inte är ute och cyklar hur mycket som helst. Du fick inga indikationer på att Maager gick i rymningstankar när du var hos honom, förresten?

Vegesack skakade på huvudet.

– Och hur han egentligen tog emot budskapet om sin försvunna dotter står skrivet i stjärnorna?

– Om ens där, sa Vegesack. Fast det är ju för jävligt. För Maager, menar jag... även om man tar med i beräkningen

193

att han är en mördare och allt det där. Först dyker hon upp efter sexton år, sedan går det några dagar och så är hon mer försvunnen än hon någonsin varit. Måste kännas tungt, alltså.

– Tungt, bekräftade Moreno. Vill du hjälpa mig med en sak till?

– Naturligtvis, sa Vegesack och såg nyvaket tjänstvillig ut. Vad då?

– Ta reda på om Maager fick några andra besök eller telefonsamtal mellan onsdag och lördag i förra veckan.

– Okej, sa Vegesack. Jag ringer och pratar med dom. Hur tar vi kontakt sedan? Du tittar in?

– Hör av mig i alla fall, suckade Moreno. Det har inte kommit några fler reaktioner på efterlysningen av Mikaela?

Vegesack rotade en stund bland papperen på skrivbordet.

– Två, sa han. En kan vi nog avföra, det är en viss herr Podager som alltid brukar vara polisen behjälplig i sådana här sammanhang. Han är över åttifem och ser allt möjligt fast han är nästan blind sedan tjugo år tillbaka.

– Jag förstår, sa Moreno. Och den andra?

– En kvinna uppe i Frigge, upplyste Vegesack och läste från ett papper. Fru Gossenmühle, hon ringde till polisen däruppe igår kväll, tydligen, och påstod att hon sett en flicka som stämde med fotografiet av Mikaela Lijphart. På järnvägsstationen. Dom skulle prata med henne idag på förmiddagen, sedan hör dom väl av sig.

Moreno funderade en stund.

– Hur långt är det upp till Frigge?

– Hundrafemti kilometer, ungefär.

Moreno nickade.

– Bara att vänta, då. Känner du till någon bra bilverkstad i stan, från det ena till det andra?

– Bilverkstad?

– Ja. Inte för dyr. Och det gäller en Trabant.

194

– Trabant? Du menar inte att du kör omkring i en Trabant?

– Körde, sa Moreno. Nå?

– Eh…, funderade Vegesack. Jo, Kluivert's, dom kan du lita på.

Hon fick numret, liksom ett annat nummer till ett pensionat som Vegesack hade för sig höll någotsånär rimliga priser. Även om han förstås aldrig bodde på pensionat i Lejnice för egen del. Och även om det var som det var under sommarmånaderna.

Naturligtvis kunde inspektör Moreno ha klarat av bägge dessa ärenden via polisstationens telefon, men någonting sa henne att det kunde vara dags att börja återupprätta den där gamla gränsen mellan yrke och privatliv igen.

Åtminstone skissa lite på den, tänkte hon med bister självironi när hon tog Vegesack i hand och tackade för hjälpen.

– Förresten, kom hon ihåg när hon stod i dörren. Vad var det som hade hänt nere på stranden? Du sa att Vrommel hade ryckt ut.

Vegesack fick en rynka igen.

– Vet inte riktigt, sa han. Dom har visst hittat en kropp.

– En kropp?

– Ja. Några småungar grävde fram den när dom lekte i sanden, tror jag.

– Och?

– Jag känner inte till mer, urskuldade Vegesack och såg på klockan. Vi fick reda på det för drygt en timme sedan. Vrommel tog hand om det, det lär vara folk där från Wallburg också… tekniker och sånt, vi har ju inte dom resurserna, och…

Han tystnade. Blev stående med händerna lätt lyftade, som om han varit på väg att gnugga tinningarna igen men blivit avbruten av en plötslig klarsyn.

195

– Herregud! Du tror väl inte...?

– Jag tror ingenting, sa Moreno. Man eller kvinna?

– Ingen aning. Kropp, sa han bara, Skunken. Död kropp.

Skunken? tänkte Moreno och tvekade ett ögonblick med handen på dörrhandtaget.

– Jag återkommer, sa hon sedan och klev ut i solskenet.

26

Hon kom ner till Florians taverna – ett lätt skamfilat etablis-
semang, som enligt Mikael Bau sett likadant ut sedan tidigt
femtital och som antagligen vinnlade sig just om denna pro-
fil också – klockan fem minuter över två, och insåg plötsligt
att hon inte ätit någonting alls sedan morgonens ynka ost-
fralla. Druckit desto mer förvisso – juice och vatten och vat-
ten och kaffe – men magen knorrade och hon förstod att det
kunde vara dags att använda tänderna till någonting annat
än att gnissla med. När man nu begåvats med trettitvå
stycken. Eller om det bara var tjugoåtta?

Hon började aldrig räkna dem. Slog sig ner vid ett bord
under ett parasoll ute på terrassen istället. Beställde vitlöks-
bröd, skaldjurssallad och en telefonkatalog. Det sistnämnda
för att kontrollera att inte alla bilverkstäder var igenbomma-
de och alla pensionat fullbelagda i dessa strålande semester-
tider.

Det var de inte till all lycka. Varken det ena eller det and-
ra. På Pensionat Dombrowski lovade en barsk föreståndarin-
na att hålla ett rum åt henne (för tre nätter, man hyrde inte
ut för kortare tid än så under säsongen) fram till klockan nio.
Ingen balkong och ingen vidare utsikt, men priset var inte
oresonligt. Sannerligen inte. Så det var bara att tacka och ta
emot.

Hon tackade och tog emot. Måndag natt, tisdag natt, ons-
dag natt, tänkte hon. Åker hem på torsdag. Passade ut-
märkt, vid det laget hade säkert saker och ting klarnat till-

räckligt för att Vrommel (Skunken?) och Vegesack skulle kunna sköta ruljangsen på egen hand.

Egon Kluivert å sin sida på *Kluivert, Kluivert och söner* hade för tillfället häcken full, både sin egen och andras, påstod han, men lovade efter visst ackorderande (även om han för sitt liv inte kunde begripa vad en söt flicka som hon – jo, det hördes på rösten, åtminstone om man hade öron och var en man av värld – hade i en sådan förbannad sardinlåda som en Trabant att göra)... lovade, som sagt, både att fixa tändningen och att se till att få sardinlådan forslad till huset Tschandala i Port Hagen. No problem, han visste var det låg. Om inte ikväll så allra senast imorgon förmiddag, vart kunde han skicka räkningen?

Hon förklarade att hon skulle komma in och betala den före onsdag.

Behövde hon en ny bil? undrade han. Det råkade stå ett par gräddbullar på hans gårdsplan. Rena vrakpriset, nätt och jämnt inkörda.

Det behövde hon för tillfället inte, förklarade hon. Men lovade återkomma så snart det blev aktuellt.

Sedan kom maten och hon åt med en vag förtröstan om att saker och ting faktiskt kunde gå i lås, trots att man knappast hade rätt att förvänta sig att de gjorde det. Ännu mindre kräva det.

Till kaffet tog hon en liten calvados för att påminna sig om att hon på något vis fortfarande hade semester och sedan ringde hon ytterligare ett samtal. Den här gången till väninnan och livsankaret Clara Mietens.

Hon tog emot per telefonsvarare. På trettifem sekunder gav Moreno en sammanfattning av läget, förklarade att hon antagligen skulle återvända till Maardam mot slutet av veckan och frågade om projektet angående några dagars cykelhajkande i Sorbinoworegionen fortfarande fanns kvar på dagordningen. Nästa vecka eller så?

Hon lämnade sitt mobilnummer och uppmaning om svar så snart Clara stuckit näsan i svararen och tänkt färdigt.

Behöver röra på mig, tänkte inspektör Moreno. Huvudet koagulerar annars.

Därefter betalade hon och styrde kurs ner mot havet.

Stranden var lika välfylld som den varit under de heta dagarna föregående vecka, men hon såg polisens rödvita avspärrningsband så snart hon kommit över brinken.

Ett stycke norrut och en god bit upp från vattenlinjen (det var lågvatten på väg och sandbankarnas blanka ryggspeglar började synas) hade man inmutat ett område stort som en halv fotbollsplan, ungefär. Banden löpte i fyrkant runtom och fladdrade fridfullt i den lätta sjöbrisen, och Moreno tänkte att det var längesedan hon såg någonting så surrealistiskt bisarrt.

Såväl söderut som norrut – så långt ögat kunde nå i stort sett – tumlade glada människor runt; badade, solade, spelade strandtennis och fotboll och kastade frisbee; lätta och lediga till sinne och klädsel. Men inuti dödens dystra kvadrat rådde andra betingelser. Här kravlade uniformerade tekniker omkring och svettades på jakt efter ledtrådar, och tre hundförsedda kolleger patrullerade värdigt längs avspärrningen för att hålla nyfikna på behörigt avstånd, alltmedan den finkorniga sanden med sömngångaraktig obönhörlighet fyllde deras reglementsenliga svarta lågskor.

Själva fyndplatsen, belägen ungefär på mittpunkten av fotbollsplanhalvan, var markerad med ännu en bandgirland, men tydligen var detta område redan genomsökt. Brottsplatskrälarna – hon räknade till fem stycken plus en upprättstående chef – befann sig för närvarande i en koncentrisk cirkel gott och väl tio meter från gropen.

För det var en grop. Och hon visste hur det var; man arbetade sig inifrån och ut förstås. Plockade upp allt man hit-

199

tade i sanden som verkade härstamma från människohand och stoppade i plastpåsar, vilka man sedan förseglade. Cigarrettfimpar. Papperslappar. Tuggummin. Kapsyler. Kondomer och avbrända tändstickor.

I akt och mening att hitta en ledtråd. Allra helst ett mordvapen. Innan hon ens börjat ta sig ner från brinken i den varma undanglidande sanden visste hon att det rörde sig om ett mord. Det var den uppläggningen. Det anslaget.

Och mest av allt var det förstås denna insikt som födde känslan av surrealism. Av bisarr verklighet.

Inspektör Moreno hade varit med förr och visste vad hennes ögon talade om för henne.

Av de tre bevakande hundförarna var det en som hade blå ögon och hon valde honom.

Han hette Struntze, visade det sig. Hon lät honom studera hennes legitimation i lugn och ro innan hon förklarade att hon just blivit inkopplad på fallet och hade kommit för att skaffa sig en överblick. Var fanns kommissarie Vrommel? Hon hade väntat sig att stöta på honom här.

Hade försvunnit för en kvart sedan, upplyste Struntze. Skulle återkomma.

Moreno förklarade att det kvittade eftersom hon skulle träffa honom senare i alla händelser. Nu ville hon veta vad det var som hänt.

Konstapel Struntze var mer än villig att stå till tjänst och i väl avvägda teaterviskningar satte han henne in i läget.

Mord. Allt tydde på det.

Kroppen tillhörde en man i en ålder någonstans mellan tretti och fyrti, enligt den preliminära läkarbedömningen.

Hade legat nergrävd i ungefär en vecka, gissningsvis. Plus minus ett par dagar, det var svårt att vara exakt på ett så här tidigt stadium.

Dödad genom ett hugg med ett vasst föremål rakt in i

200

ögat. Vänster öga. Torde ha dött på fläcken. Inom några sekunder åtminstone.

Antagligen ganska nära den plats där han blivit begravd också. Och där man hittat honom.

Ett par småpojkar, visst var det ruskigt?

Det var det, medgav Moreno.

Måste ge men för livet, ansåg Struntze.

De ser hundratjugo mord i veckan på teve, påpekade Moreno. Och tiden läker ett och annat sår. Men vem? Vem var han? Den döde.

Man visste ännu inte, förklarade Struntze. Han hade varit klädd i jeans och kortärmad bomullsskjorta men hade inga papper på sig. Inga pengar och ingenting annat heller i fickorna. Cirka en och sjuttifem lång. Mörkbrunt hår. Ganska kraftig. Trettifem plus minus fem, som sagt.

Vapnet? undrade Moreno.

Ingen aning. Någonting spetsigt. Hade trängt in genom ögat och fortsatt rakt in i hjärnan. Inte tillvarataget, naturligtvis.

Någon hade framkastat att det kunde ha rört sig om en tältpinne. Den trekantiga, vinklade sorten. Eller en sax.

Tältpinne? tänkte Moreno. Verkade knappast överlagt i så fall.

– Vet du om dom hittat nåt? frågade hon avslutningsvis och tecknade mot de krypande teknikerna.

Struntze klappade sin hund och kostade på sig ett bistert leende.

– Sand, sa han. En jävla massa sand.

Klockan var några minuter över fyra när Moreno lämnade konstapel Struntze och hans King ifred. Efter en kort inre överläggning bestämde hon sig för att gå till fots utefter stranden tillbaka till Port Hagen. Det var en sträcka på sju-åtta kilometer åtminstone, skulle ta ett par timmar, men hon hade ju redan konstaterat att hon behövde röra på sig. Lika bra att passa på.

Behövde tänka också. Komma till klarhet både över Mikael Bau och över allting annat. Sin frivilliga inblandning i Lijphart-Maagerhistorien, till exempel. Om det nu ens var någon historia? Hursomhelst fanns det få saker som var bättre ägnade att reda ut tilltrasslade tankehärvor än en lång vandring utmed havet.

Van Veeteren hade brukat säga så.

Har man ingen bil att åka omkring och tänka i, kan man alltid försöka med havet. Om det finns något i närheten.

Kanske var det i varmaste laget just idag, men strunt i det, tänkte hon. Tog sig ut till den flyende tidvattengränsen, stoppade sandalerna i ryggsäcken och började gå barfota på den våta fasta sanden som kändes behagligt jämn och sval. Så hade den också varit havsbotten för mindre än en timme sedan. Om hon ville svalka av resten av kroppen också, var det bara att bege sig ytterligare lite längre ut; en smula saltvatten på hennes tunna urblekta bomullsklänning som hängt med i tio år eller mer var sannerligen ingenting att bråka om. Ingenting alls.

Och sandstrand hela vägen. Oföränderligt hav, oföränderligt dynlandskap däruppe innanför brinken. Himmel, hav och land. Varför har jag inte gått den här sträckan tidigare? tänkte hon. Borde jag ha gjort.

Sedan satte hon igång tankeapparaten. Började med det som inställde sig först. Mikael Bau.

Varför gick det så här? frågade hon sig med frisinnad öppenhet. Det hade ju börjat så bra. Han påstod att han älskade henne, och hon hade nästan varit beredd att flytta ihop med honom på riktigt bara för några dagar sedan. Varför, således?

Det fanns inget bra svar, det insåg hon snart. Inget entydigt i varje fall, men om hon nu ändå skulle vandra här i vattenbrynet i två timmar, kunde hon väl åtminstone kosta på sig att fundera över det en stund.

Var hon trött på honom? Kunde det vara så enkelt? Var det bara detta gamla vanliga som var vitögats sanning?

Var hon på det hela taget beredd att dela sitt liv med någon annan – vem det vara månde? frågade hon sig sedan på bästa flicktidningsmanér. Kanske damtidnings- också, förresten, det var länge sedan hon läst något i någondera genren.

Ja, var hon det? Det hade inte hänt någonting avgörande mellan henne och Mikael Bau, det skulle gudarna veta. Inte inträffat ett dugg som motiverade det här hastiga uppbrottet. Han hade inte slagit henne, även om hon trott att han skulle göra det under ett svindlande kort ögonblick.

Inte varit mansgrisig. Inte varit korkad. Inte visat upp några hittills dolda, lömska sidor.

Inga lik i garderoben, inga plötsliga avgrunder i karaktären. Bara en gammal Trabant.

Tröttnat bara? Skulle det vara nog?

Det hade inte varit något fel på deras förhållande eller på deras samvaro överhuvudtaget, ingenting hon kunde sätta fingret på åtminstone, men kanske var just detta också det bästa som gick att säga i ärendet. Att det inte varit något fel.

Det är inget fel på mitt gamla kylskåp heller, tänkte hon. Men jag skulle aldrig skaffa barn med det.

Krävdes någonting mer, kunde man tycka. Inte bara brist på dåligheter.

Förbannad tur att jag lät den där skrothögen stå uppe vid Sidonis, tänkte hon. Så att saker och ting ställdes på sin spets äntligen.

Trabantsyndromet?

Hon märkte att hon hade svårt att hålla sig för skratt när hon tänkte på det. Bitch? frågade hon sig sedan. Håller jag verkligen på att bli en bitch? Clara Mietens hade sedan flera år tillbaka satt i system att vara just en sådan visavi det motsatta könet, men Ewa Moreno hade aldrig brytt sig om att försöka förstå eller analysera detta förhållningssätt närmare. Behövde väl inte göra det nu heller egentligen, kom hon fram till. Hon hade svårt att föreställa sig ett helt liv utan karl, som sagt, men återstoden av semestern – dessa knappa tre veckor – ja, det var en annan sak.

Ingenting att grubbla över. Tvåsamheten med Mikael Bau hade varit alldeles utmärkt i det avseendet – behövde inte analyseras, det heller, bestämde hon sig för. Varför skulle kvinnor alltid hålla på att slita och dra i sitt förmenta känsloliv? Sätta ord på allting. (En instans av det konstant dåliga samvetet, kanske?) Det räckte ju med att känna efter; på sätt och vis var faktiskt kvinnorna betydligt större syndare när det gällde att intellektualisera känslor än vad männen var – att fyrkantisera, som Clara brukade säga – det var inte första gången det slog henne. Karlar höll tyst och kände efter ordentligt istället.

Åtminstone det förstnämnda.

Hursomhelst hade hon ju faktiskt inte givit honom några löften eller utfästelser. Inga som helst. So what?

En fri kvinna, således. Världshistoriens första. Jo jo, halleluja.

Hoppas han inte sitter och väntar när jag kommer tillbaka i alla fall, tänkte hon förfärat. Med en vinflaska och någon ny läckerhet. Orkar inte med några känslostormar och dramatiska avsked idag.

Solen gick i moln. Hon sköt solglasögonen upp i pannan och funderingarna på Mikael Bau åt sidan.

Hon märkte att hon slog av på takten så snart hon slutade tänka på honom. Som om hon blivit av med en irritation som drivit upp tempot i onödan.

Som om ärende nummer två – Mikaela Lijphart och hen-

204

nes trasiga familj – krävde ett större och fullödigare engage-
mang på något sätt. Kanske var det inte särskilt underligt.

Den gråtande flickan på tåget. Den oroliga modern.

Pappan som hållits undangömd och bortglömd så länge.

Och den vidriga gamla historien om honom och skolflick-
an Winnie Maas.

Efterspel sexton år senare? tänkte hon. Var det möjligt?

Å andra sidan: hur skulle det annars hänga ihop?

Hur skulle man annars förklara att Mikaela Lijphart och
hennes pappa gick upp i rök med bara några dagars mellan-
rum? Efter att ha träffat varandra för första gången på sex-
ton år. Träffats för första gången överhuvudtaget på sätt och
vis, eftersom Mikaela bara varit två år gammal när de stäng-
de in Arnold Maager på institution. Hon kunde knappast ha
några minnesbilder av honom.

Kunde dessa försvinnanden vara alldeles orelaterade, såle-
des, det var frågan?

Aldrig i livet, bestämde Ewa Moreno. En sjuåring fattar
att det hänger ihop.

Hur?

Hon ändrade riktning tretti grader och tog sig ut på knä-
djupt vatten. Svalt och skönt, men det hjälpte inte. Frågan
kvarstod obesvarad. *Hur* hängde det ihop? *Hur* såg den tun-
na tråden mellan 1983 och 1999 ut?

Och hur skulle hon bära sig åt för att nysta upp den?

Ju mer hon tänkte på det, desto uppenbarare tycktes hen-
ne i varje fall en sak. Maager måste ha berättat någonting
avgörande under den där parkvandringen uppe vid Sidonis
förra lördagen. Helt och hållet avgörande.

Någonting som hade att göra med Winnie Maashistorien.
Någonting nytt??

Frågetecken, frågetecken. Fast Mikaela Lijphart hade ald-
rig hört historien i dess gängse version när hon träffade sin
pappa, så för hennes öron måste allting – vartenda pinsamt

205

erkännande och vartenda förnedrande avslöjande – ha varit lika nytt och fräscht, oavsett hur väl det stämde överens med den gamla bilden av vad som hänt.

Således gick det inte att avgöra, konkluderade Moreno. Gick inte att spekulera i om Maager kommit med något tillrättaläggande eller inte. Det var som det var.

Och vart hade flickan begivit sig på söndagsmorgonen, då hon tagit bussen från vandrarhemmet in till Lejnice? Hade hon besökt någon? Vem i så fall?

Frågor ynglar av sig värre än kaniner, tänkte Moreno och sköljde ansiktet. Har jag inga hypoteser att komma med åtminstone? Antaganden? Vilda gissningar? Vad handlade det här om egentligen?

Det var tunnsått med idéer dessvärre. Istället dök en ny undran upp från ett helt annat håll.

Den nergrävda kroppen?

Trettifemårig man. Hade legat en vecka, om Struntze talade sanning. Det innebar förra söndagen i stort sett.

Samband? tänkte Moreno igen.

Vad då för jävla samband? tänkte hon strax därpå. Jag är törstig.

Hon tog sig upp genom den torra varma sanden och inhandlade en coca-cola i en liten kiosk, som verkade strategiskt utplacerad för att reparera svackande vätskebalanser hos vandrare mellan Lejnice och Port Hagen.

Sneddade tillbaka ner mot vattenbrynet igen. Tömde i sig burken och dumpade den i en papperskorg som förmodligen var utplacerad av samme strateg.

Såg på klockan. Den var tio minuter i fem och på avstånd, i det dallrande eftermiddagsljuset, tyckte hon sig kunna skönja den utskjutande piren och båtarna utanför Port Hagen.

En timme kvar ungefär, bedömde hon. Om det inte är en hägring. Jag får ingenting ut av det här. Och jag vill inte börja tänka på Franz Lampe-Leermann. Vad som helst men inte det också.

Vad var det aspirant Vegesack sagt, förresten? Att man hade haft två mord härute på tretti år?

Nu hade man två försvinnanden och en oidentifierad kropp inom en och samma vecka. Nog var det en omständighet värd att skärskåda lite närmare?

Men istället för att utsätta sig för fler retoriskt obesvarade frågor, började inspektör Moreno fundera över vilka åtgärder som var möjliga att vidtaga de närmaste dagarna. Om hon nu ändå skulle stanna kvar fram till torsdag.

Och det skulle hon ju.

Om inte för annat så för att betala bilreparationen åt sin före detta pojkvän (fästman? karl? älskare?).

Han satt inte och väntade på henne när hon äntligen – mer uttröttad och uttorkad än hon kunnat föreställa sig när hon startade – kom fram till Tschandala.

Klockan var fem minuter över sex. Den militärgröna Trabanten stod utanför grinden med ett kuvert fastklämt under vindrutetorkaren och Montezuma sovande på taket.

Men ingen Mikael Bau, han skulle ha suttit på terrassen i så fall, det visste hon. Hon tog hand om räkningen, lät Montan sova vidare och gick in för att packa sina saker.

Inget brev eller meddelande. Ingenting som tydde på att han återvänt från Lejnice överhuvudtaget, när hon tänkte på saken.

Då så, konstaterade Ewa Moreno när hon var klar med packandet. Så var det med den saken. Hon blev stående en stund i köket medan hon övervägde att skriva något för egen del, men till slut beslöt hon att låta bli.

Känner mig inte inspirerad, tänkte hon.

Transpirerad däremot. Och trött och smutsig, hoppas duschen borta på lyxpensionatet fungerar.

Hon tog sin väska och sin ryggsäck och började gå upp mot hållplatsen. Klockan var kvart i sju, det skulle komma en buss fem i, om hon läst rätt i tabellen.

Måste vara samma linje som passerar vandrarhemmet, slog det henne. Undrar hur många olika chaufförer det finns?

27

Aspirant Vegesacks flickvän hette Marlene Urdis och föregående kväll hade de tagit ett högtidligt löfte av varandra att inte älska den här natten också. Det räckte med två i rad och en gång på eftermiddagen.

De hade planenligt kommit i säng och somnat redan före elva, men några timmar senare kom hon lite för nära och så var det dags igen. Det var som förgjort. Som om deras tre veckor långa separation (Marlene hade varit på Sicilien i sällskap med en väninna; en kombinerad arbets- och nöjesresa där en glassig månadstidning för resor och inredning med mera slikt stod för en del av kostnaderna) lämnat något slags tomrum. Ett erotiskt vakuum som måste utfyllas och balanseras retroaktivt. Vartenda missat tillfälle; ju förr och ju grundligare, desto bättre.

Ty man lever bara en gång och knappt det.

Känns lite märkligt onekligen, tänkte Vegesack när han tömt sin andra kopp svart kaffe vid halvåttatiden på morgonen. Och ansträngande. Skulle det hålla på så här blev han förmodligen tvungen att sjukskriva sig. Marlene hade sommarlov från sina arkitektstudier och kunde sova hela förmiddagarna; själv var han hänvisad till att sitta på stationen och försöka hålla sig vaken med alla till buds stående medel.

Det vill säga kaffe. *The heartblood of tired men*, som den store Chandler sagt.

Och ett mord, påminde han sig.

Kanske den där snygga inspektören också, förresten. Hon

209

som bitit sig fast i den där gamla Maagerhistorien, vad det nu skulle tjäna till. Nåja, tur att det fanns ett och annat att ägna sig åt, summerade han optimistiskt när han tog ut cykeln ur förrådet. Skulle kanske gå att hålla sig vid medvetande den här dagen också.

Om han bara inte cyklade omkull på väg till polisstationen, och det brukade han inte göra.

Polismästare Vrommel hade ännu inte kommit för dagen, men fröken Glossmann på expeditionen och en av konstaplarna, Helme, var tillstädes som vanligt.

Samt en blondin på styvt tretti som såg ut att ha legat i solen några hundra timmar den senaste veckan. Hon satt mittemot Helme vid dennes skrivbord och tuggade på sin cerisa underläpp medan Helme höll på att skriva någonting i ett block.

– Bra, sa han när han såg Vegesack dyka upp i dörren. Det här är Damita Fuchsbein. Hon har väntat i en kvart, men jag tyckte det var bäst om du eller Vrommel fick sköta det.

Vegesack tog i hand och presenterade sig.

– Vad gäller det? frågade han.

– Den döde på stranden, teaterviskade Helme rappt innan Damita Fuchsbein hunnit få ut underläppen ur munnen.

– Jag förstår, sa Vegesack.

Han såg på klockan. Ett par minuter i åtta bara. Vrommel brukade sällan dyka upp före nio. Skulle kanske komma lite tidigare idag med tanke på läget och omständigheterna… det var visst någon sammandragning med kollegerna från Wallburg också. Men varför vänta?

Ja, varför? Han nickade och bad kvinnan flytta över till hans skrivbord. Frågade om hon ville ha kaffe, men hon skakade avvärjande på huvudet. Det frasade lite om de torra lockarna.

210

– Jaha? sa han och klickade med kulspetspennan. Vad har ni att säga?

– Jag tror jag vet vem det är.

– Han på stranden?

– Ja. Jag hörde talas om det igår kväll, dom sa att ni inte identifierat honom än?

– Stämmer, sa Vegesack och funderade hastigt på om han kände igen henne. Han trodde inte det, men var långtifrån säker. Både hennes hud och hennes hår kunde antagligen uppträda i helt andra kulörer vid andra årstider. I alla händelser verkade Damita Fuchsbein ha en hobby som låg i tiden och som hon inte ville sticka under stol med. Kroppen. Sin egen.

– Vem? sa han.

Hon harklade sig och blinkade några gånger.

– Tim Van Rippe, sa hon. Vet ni vem det är?

Vegesack skrev ner namnet i sitt block. Tänkte efter och sa att han nog inte kände till honom.

– Bor ute i Klimmerstoft. Arbetar på Klingmann's. Hur ska jag säga, vi har inte haft något förhållande egentligen, men vi brukar träffas då och då. Och så hade vi bestämt att åka till Wimsbaden i måndags... på musikfestivalen... men han kom aldrig. Jag har ringt och försökt få tag på honom hela veckan, men han har inte svarat.

Hennes röst darrade till och Vegesack förstod att hon kämpade med gråten under den elastiska ytan.

– Tim Van Rippe? Har ni något speciellt skäl att tro att det skulle vara han? Nånting annat än att han varit svår att nå?

Damita Fuchsbein drog ett djupt andetag och rättade till frisyren.

– Jag har pratat med några andra som också försökt få tag på honom. Ingen verkar ha sett honom sedan i söndags... förra söndagen, alltså.

211

– Har han familj?

– Nej.

– Närmare släktingar, känner du till det?

– Han har en bror i Aarlach, det vet jag. Hans far är död, men jag tror att hans mor lever. Fast hon bor inte här i stan, hon heller. Omgift i Karpatz, har jag för mig.

Vegesack antecknade.

– Hm, sa han. Vi får väl åka och ta oss en titt, då. Känner ni er stark nog för att klara av det här? Det kan vara lite obehagligt.

Tala om understatement, tänkte han.

– Var finns... kroppen?

– Wallburg. Rättsmedicinska. Jag kör er dit, vi är tillbaka på en och en halv timme.

Damita Fuchsbein såg alldeles villrådig ut för ett ögonblick. Sedan samlade hon sig och knäppte händerna i knät.

– Okej. Jag antar att jag är så illa tvungen.

Det var Tim Van Rippe.

Åtminstone om man fick sätta tilltro till Damita Fuchsbein, och det fanns förstås ingen anledning att betvivla hennes tårdränkta identifikation. Tillsammans med obducenten själv, en oerhört överviktig doktor Goormann, och en polissyster, fick Vegesack ägna en god stund åt att trösta den översiggivna kvinnan, och han började undra om hon inte i själva verket stått den döde lite närmare än vad hon låtit påskina.

Kanske, kanske inte, tänkte Vegesack. Det skulle väl visa sig med tiden. Medan de satt inne på Goormanns kyffiga kontor och langade pappersnäsdukar, tillstötte också kriminalintendent Kohler, en av de bägge Wallburgspoliser som lånats ut och underställts Vrommel med anledning av likfyndet på stranden. Han var en tunnhårig, tillbakadragen man i femtiårsåldern och gav omedelbart ett positivt intryck

212

på Vegesack. Tog också på sitt ansvar att leta upp och kontakta Van Rippes släktingar – brodern i Aarlach och modern i Karpatz, om man nu också fick tro på de uppgifter Damita Fuchsbein fått ur sig medan hon ännu kunde tala.

Fast det fanns väl inget skäl att ifrågasätta detta heller.

För egen del tog Vegesack hand om just fröken Fuchsbein. Eskorterade henne varligt ut ur dödens besöksrum, och bjöd på en kopp kaffe och ett glas calvados på ett av caféerna vid torget innan de satte sig i bilen för att återvända till Lejnice.

Han körde henne också hem till hennes lägenhet på Goopsweg och lovade att ringa framemot kvällen för att höra efter hur hon mådde.

Gå inte och lägg dig i solen idag, tänkte han också, men det sa han inte.

När han återigen klev in på polisstationen var klockan tio minuter över elva och polismästare Vrommel hade just inlett en mindre presskonferens med anledning av gårdagens makabra strandfynd. Vegesack slog sig ner på en ledig stol bakom ett dussintal journalister och lyssnade.

Jo, man arbetade för högtryck.

Ja, man hade all anledning att misstänka brott. Det var svårt att dö en naturlig död på det sättet och sedan gräva ner sig i sanden.

Ja, man bedrev spaningar i flera riktningar, men det fanns inget huvudspår. Extra resurser hade tilldelats från Wallburg.

Ja, spaningsledare var naturligtvis polismästaren själv; man hade ingen misstänkt och väntade fortfarande på resultat från vissa tekniska undersökningar.

Nej, den döde var ännu inte identifierad.

Borde ha ringt honom från Wallburg, tänkte Vegesack.

Ewa Moreno vaknade klockan kvart i sju av att hon fick solen i ansiktet. Hon hade visserligen dragit ner den gammaldags mörkblå rullgardinen innan hon gick till sängs, men någon gång under natten måste den ha tröttnat och rullat ihop sig igen. I all diskretion, som det verkade, eftersom hon inte vaknat av någon smäll.

Hon satte sig upp i sängen och överlade en stund med sig själv. Sedan letade hon fram kortbyxor, ett linne och joggingskorna ur ryggsäcken och gav sig iväg.

Stranden naturligtvis. Söderut den här gången för att slippa alltför närgångna påminnelser om kroppar i sanden och övergivna älskare (karlar? pojkvänner? fästmän?).

Det var morgnarnas morgon, det kände hon omedelbart. Stranden låg övergiven och havet spegelblankt och efter bara några hundra meter måste hon på allvar fråga sig varför hon inte började varje dag av sitt liv på det här viset. Fanns det överhuvudtaget skuggan av ett motargument?

Nåja, möjligen då att blåsiga januarimorgnar hade en annan sorts charm. Och att det var ont om hav i centrala Maardam.

Hon vände efter tjugo minuter. Var tillbaka på Dombrowski kvart i åtta. Duschade och åt frukost med två morgontidningar ute i den skuggiga trädgården. Det stod om likfyndet i bägge två – i synnerhet i Westerblatt naturligtvis, som var det lokala bladet – och medan hon läste, drack kaffe och tuggade grovt hembakad bröd med ost och paprikaringar, försökte hon lägga upp dagens strategier.

Det var inte alldeles oproblematiskt. Framförallt gällde det förmodligen att sköta kontakterna med Lejnicepolisen med viss diskretion. En ovanlig situation förvisso, men att Vrommel inte var särskilt intresserad av inblandning verkade minst sagt uppenbart. Varken i det ena eller det andra. Det kunde förstås diskuteras vad det berodde på, men det fick bli en annan dag. Säkrast att hålla sig till Vegesack så

214

länge – och lika bra att låta det bero till eftermiddagen, kom hon fram till. Om inte för annat, så för att ge sig själv chansen att uträtta någonting. I ärlighetens namn kunde väl också Vegesack behöva lite arbetsro, även om han så här långt inte visat några större spaningsambitioner.

Kunde man kanske inte begära heller, tänkte Moreno. Med nyss hemkommen fästmö och allt; men han hade i alla fall lovat att undersöka om någon hade besökt Maager uppe på Sidonis. Eller ringt till honom. Det måste ju i alla händelser vara tusan så viktigt att få detta klarlagt så fort som möjligt.

När hon tänkt denna tanke ringde hennes mobiltelefon.

Det var Mikael Bau. De hade talats vid en kvart igår kväll också. Hade väl inte varit något särskilt djuplodande samtal egentligen, men de hade åtminstone hittat ett bekvämt avstånd att prata med varandra på, vilket förmodligen inte var det sämsta.

Och han hade inte sagt ett ord om att han älskade henne.

Nu ringde han bara för att förklara att han tänkte göra upp räkningen med *Kluivert, Kluivert och söner* på egen hand; han hade tänkt över saken och kommit fram till att han varit orättvis. Efter en kort debatt lät hon honom få sin vilja fram.

När de avslutat samtalet blev hon sittande en stund och funderade. Märkte att hon hade svårt att hålla tillbaka ett visst bistert leende, och sedan tog hon fram sitt anteckningsblock och skrev ner tre frågor.

Vad tusan har hänt med Mikaela Lijphart?

Vad tusan har hänt med Arnold Maager?

Vad tusan håller jag på med det här för, istället för att njuta av min semester som en normalt funtad människa?

Hon stirrade på frågorna och drack upp kaffet. Därefter lade hon till en fjärde fråga.

Vad tusan kan jag göra just idag för att få svar på någon av frågorna?

215

Hon funderade en stund till, sedan hade hon Plan A klar. Klockan var fem minuter i nio. Det var ingen dålig start på en dag.

Kvinnan som öppnade dörren fick henne att tänka på en fisk.

Kanske var det något i hennes utseende, kanske var det lukten. Förmodligen en ohelig allians av bägge två, där det ena sinnesintrycket förstärkte det andra på något vis.

– Fru Maas?

– Ja.

Ewa Moreno talade om vad hon hette och frågade om hon fick komma in för en pratstund.

Det fick hon inte.

Hon frågade om hon fick bjuda på en kopp kaffe och ett glas någonstans. Nere på Strandterrassen kanske?

Det fick hon.

Fast inte Strandterrassen. Där satt bara feta kapitalister och schmuck, förklarade fru Maas, som istället dirigerade dem upp till Darms café vid busstorget. Här kunde anständiga människor sitta vid ett trottoarbord och betrakta folkvimlet ute på torget. Fick man nog av folk gick det bra att glo på duvorna.

Kongenialt med andra ord. Vad fan ville hon?

Moreno väntade tills kaffet och konjaken kommit på bordet. Därefter berättade hon att hon var privatdetektiv och att hon letade efter en artonårig flicka. Och att det hade ett visst samröre med den tragiska händelsen med fru Maas dotter Winnie. Sexton år sedan, var det inte så?

– Privatsnut? sa Sigrid Maas och svepte konjaken i ett drag. Dra åt helvete!

Bitch? tänkte Ewa Moreno. Jag har en del att lära.

– Jag ska göra det enkelt för er, förklarade hon och placerade en skyddande hand runt sitt eget konjaksglas. Om ni

216

svarar sanningsenligt på mina frågor och inte kommer med en massa skitprat och oförskämdheter, så får ni femti gulden.

Sigrid Maas blängde på henne och bet ihop munnen till ett tunt streck. Svarade inte, men det var uppenbart att hon satt och övervägde anbudet.

– Du kan ta min konjak också, spädde Moreno på och lyfte bort handen.

– Om du blåser mig slår jag ihjäl dig, sa Sigrid Maas.

– Jag blåser dig inte, sa Moreno och kontrollerade i portmonnän att hon verkligen hade femti gulden i kontanter. Hur skulle jag kunna blåsa dig?

Sigrid Maas svarade inte. Tände en cigarrett och flyttade konjaksglaset inom lite bekvämare räckhåll.

– Sätt igång!

– Mikaela Lijphart, sa Moreno. Hon är dotter till Arnold Maager, han som dödade din dotter. En flicka på arton, som sagt, hon var två när det hände. Min första fråga är om hon varit och hälsat på dig någon gång under de senaste veckorna.

Sigrid Maas drog ett bloss och luktade på konjaken.

– Hon kom, sa hon. Förra söndan, tror jag. Vete fan varför hon kom, vete fan varför jag släppte in henne.... dottern till det jävla svin som har förstört mitt liv. Man är för godhjärtad, det är hela saken.

För ett ögonblick misstänkte Moreno att kvinnan mittemot henne satt och ljög. För att vara till lags och inte gå miste om den utlovade gratifikationen, kanske. Men det var lätt kontrollerat.

– Hur såg hon ut?

Sigrid Maas blängde på henne en sekund. Sedan lutade hon sig tillbaka och kastade sig ut i en ganska färgstark beskrivning av Mikaela Lijphart, och det stod snart klart för Moreno att det måste röra sig om rätt flicka. Ingen tvekan.

217

Mikaela Lijphart hade verkligen besökt Sigrid Maas när hon kom med bussen från vandrarhemmet på söndagsförmiddagen. Vilken oväntad fullträff!

Och plötsligt kände hon den där lilla nervdallringen – den där hastiga ilningen som nästan kunde göra henne hög, och som kanske var den främsta orsaken till att hon blivit kriminalpolis överhuvudtaget. Om hon skulle vara riktigt ärlig.

Eller som höll henne kvar i yrket åtminstone. Någonting gick i lås. En aning bekräftades och lösa antaganden blev med ens verklighet. Själva livskänslan skruvades upp, det fanns någonting nästan sensuellt i det hela.

Hon hade aldrig pratat om det här med någon, inte ens Münster. Kanske för att hon var rädd att inte bli tagen på allvar – eller skrattad åt – men också för att det inte fanns något behov. Hon behövde inte diskutera den här speciella njutningen med någon annan – eller försöka sätta ord på den överhuvudtaget. Det var fullt tillräckligt att den fanns där. Sig själv nog, hade hon tänkt vid något tidigare tillfälle.

Och nu satt hon här vid detta cafébord med denna härjade, alkoholiserade kvinna och upplevde samma vibrerande spänning igen. Mikaela Lijphart hade varit hos henne. Den där söndagen. Precis som hon trott.

Precis som hon själv skulle ha gjort om hon varit Mikaela Lijphart – sökt upp modern till den stackars flicka som hennes far dödat. Sökt upp henne för att... ja, vad då?

Svårt att säga. Vissa speldrag var så givna att man egentligen inte behövde skärskåda varför man gjorde dem; reflexmässiga på sätt och vis, men nästan alltid korrekta i sitt sammanhang. Lika instinktivt självklara som den där nervdallringen.

– Vad fan är ni ute och letar efter den här jäntungen för? avbröt Sigrid Maas hennes funderingar.

– Hon är försvunnen, upprepade Moreno.

– Försvunnen?

218

– Ja. Har inte setts till sedan den där söndagen då hon kom och hälsade på er. Nio dagar sedan.

– Jaså. Har väl rymt med en karl, då. Dom är såna i den åldern.

Hon drack en klunk kaffe och tömde sedan konjaksglaset i koppen. Luktade på brygden med luttrad kännarmin. Moreno tvivlade inte en sekund på att Sigrid Maas brukat rymma med karlar när hon var i rätt ålder, men hon tvivlade på att Mikaela Lijphart gjort det.

– Vad pratade ni om? frågade hon.

– Inte mycket. Hon ville snacka om sin jävla farsa, det äcklet, men jag hade ingen lust. Varför skulle jag behöva sitta och påminna mig den skithög som haft ihjäl min dotter? Va? Kan ni förklara det för mig?

Det kunde inte Moreno.

– Känner ni till att han sitter uppe på Sidonishemmet, Arnold Maager? frågade hon istället.

Sigrid Maas fnös.

– Visst fan gör jag det. Han får sitta var fan han vill, bara jag slipper tänka på honom. Eller höra talas om honom.

– Så ni pratade om annat istället? försökte Moreno. Med Mikaela Lijphart, vill säga.

Sigrid Maas ryckte på axlarna.

– Kommer inte ihåg. Blev inte mycket sagt. Det var en ganska fräck ung dam också, det ska gudarna veta.

– Fräck? På vilket sätt?

– Påstod att det kanske inte var han.

– Inte han? Vad menar ni?

– Ja, hon började snacka om att hon kunde ha hoppat själv från viadukten och en massa sån skit. Min Winnie? Va? Jag blev förbannad förstås och sa åt henne att hålla käft.

– Sa hon varför?

– Va?

– Om hon antydde att hennes pappa kanske kunde vara

219

oskyldig, måste hon väl ha fått det någonstans ifrån?

Sigrid Maas fimpade sin cigarrett och började genast gräva i paketet efter en ny.

– Inte fan vet jag. Rena skitsnacket hursomhelst, fast hon hade ju varit uppe på hispan och snackat med honom. Han vågade väl inte stå för det inför sin dotter, det fega äcklet! Klart som fan det var han. Ha ihop det med en skolunge! En sextonåring! Min Winnie! Kan du föreställa dig en sån skitstövel?

Moreno funderade.

– Vad gjorde hon sedan?

– Va?

– Vet ni vart Mikaela Lijphart tog vägen efter att hon talat med er?

Sigrid Maas tände cigarretten och såg ut att överlägga med sig själv.

– Jag vet inte, sa hon till slut.

Moreno satt tyst och väntade.

– Ville snacka med några andra, tror jag, fortsatte Sigrid Maas motvilligt efter en stund. Kompisar till Winnie, vad fan det skulle tjäna till.

Hon drack en djup klunk ur koppen och blundade medan det rann ner.

– Vilka då? Gav ni henne några namn?

Sigrid Maas rökte och försökte se nonchalant ut. Som om hon inte hade lust att säga mer.

– Du har knappast gjort skäl för femti gulden, sa Moreno.

– Ett par, sa Sigrid Maas. Ett par namn, har jag för mig... eftersom hon var så jävla envis och snacksalig. Jag kunde nästan inte bli av med henne. Så jag sa åt henne att gå till Vera Sauger och lämna mig ifred.

– Vera Sauger?

– Jävla bra tjej. Var bästis med min Winnie ända sen småskolan. Fortsatte att höra av sig också, när alla andra bara lämnade en i sticket och tittade Gud i röven när man stötte på dom på stan.

Gud i röven? tänkte Moreno. Det skulle Reinhart gilla.

– Så ni föreslog att Mikaela Lijphart skulle söka upp Vera Sauger?

Sigrid Maas nickade och tömde sin kopp. Grimaserade lite.

– Vet ni om hon gick dit?

– Hur fan ska jag veta det? Gav henne telefonnumret bara. Nej, hosta upp den där förbannade femtilappen nu, jag har viktigare saker att syssla med än att sitta här och bli trakasserad.

Moreno insåg att det hade nog hon själv också. Hon räckte över sedeln och tackade för hjälpen. Sigrid Maas tog emot pengarna och lämnade henne utan ett ord.

Vera Sauger? tänkte Ewa Moreno. Låter bekant.

28

– Van Rippe? sa intendent Kohler. Och vad vet vi om honom?

Vrommel viftade bort en fluga som verkade ha fattat ett obegripligt (åtminstone i aspirant Vegesacks ögon) tycke för hans svettglänsande hjässa (försåvitt den nu inte förväxlade den med någon annan dynghög, tänkte Vegesack, och gjorde en minnesanteckning om att notera just detta resonemang i sin svarta bok).

– Vi vet vad vi vet, konstaterade polismästaren och började läsa från papperet han höll i handen. Trettifyra år. Bodde ute i Klimmerstoft. Född och uppväxt där också. Ungkarl. Arbetade på Klingsmann, möbelfabriken, har gjort det de senaste fyra åren. Finns inte mycket att säga om honom. Inga fasta förbindelser. Hade en kvinna boende hos sig några år, men det höll inte. Inga barn. Spelade fotboll några säsonger, men slutade efter en knäskada. Inte kriminellt belastad, aldrig inblandad i nånting... inga fiender såvitt vi känner till.

– Kyrksam, Jordens vänner och Röda korset? undrade den andre Wallburgskriminalaren. Han hette Baasteuwel, och var en liten ovårdad inspektör i fyrtiårsåldern. Med rykte om sig att vara skarpsinnig, om Vegesack förstått saken rätt. I alla händelser var han Vrommels raka motsats och deras ömsesidiga antipati var ett nöje att skåda. Som kronan på verket rökte Baasteuwel illaluktande cigarretter mer eller mindre kontinuerligt, fullständigt obekymrad om polismästarens både outtalade och uttalade invändningar. Det var väl för fan inget dagis heller.

– Det är inte bekant i så fall, muttrade Vrommel. Inte än. Vi identifierade honom först imorse och har bara talat med ett par vänner till honom än så länge. Han har en bror och en mor i livet, vi har fått fatt i brodern och han är på väg hit. Modern är på bilsemester i Frankrike, men kommer nog hem imorgon. Senast i övermorgon.

– Mobiltelefon? sa Kohler.

– Negativt, sa Vrommel. Vi kommer att veta mer om Van Rippe när vi förhört lite fler människor. Han tycks ha varit försvunnen sedan förra söndagen i alla händelser. Kan vi övergå till det tekniska?

– Varför inte? sa Baasteuwel. Fimpade sin cigarrett och tände en ny.

Vrommel samlade ihop sina papper och nickade åt aspirant Vegesack, som drack en klunk mineralvatten och satte igång.

Det tog knappt tio minuter. Tim Van Rippe hade dött någon gång under söndagen eller måndagen i förra veckan. Dödsorsaken var att ett spetsigt, men inte nödvändigtvis skarpslipat, ännu oidentifierat och ospecificerat föremål, sannolikt av metall, trängt in genom hans vänstra öga, fortsatt rakt in i storhjärnan och slagit ut så många vital funktioner att Van Rippe sannolikt varit kliniskt död inom tre till sex sekunder efter penetrationen. Det var i och för sig inte otänkbart att han själv skulle ha kunnat utföra den letala handlingen, men i så fall måste någon annan – ännu oidentifierad och ospecificerad – person ha tagit hand om det aktuella vapnet samt grävt ner Van Rippe på stranden.

Han hade legat begravd på den plats där han hittades av Henning Keeswarden och Fingal Wielki, sex respektive fyra år gamla, i ungefär en vecka; det var inte möjligt att fastställa exakt hur lång tid som förflutit mellan själva dödsögon-

223

blicket och begravningen, hävdade obducenten, doktor Goormann, men det fanns ingen anledning att förmoda att det skulle röra sig om något speciellt stort spann.

Så långt läkarvetenskapen. Vad gällde resultaten av brottsplatsteknikernas vedermödor lät det mesta ännu så länge vänta på sig. Ett sextital mer eller mindre sandiga föremål var insända till Rättskemiska laboratoriet i Maardam för analys; det enda man så här långt med säkerhet kunde fastslå var att man inte tillvaratagit någonting som skulle kunna vara identiskt med mordvapnet – och inte heller någonting som kunde ge någon närmare upplysning om hur detta egentligen såg ut.

Eller vem som hållit i det.

Att offret varit klädd i kortärmad blå bomullsskjorta, jeans och kalsonger, men varit i avsaknad av såväl skor som strumpor som personliga tillhörigheter, var ingenting som teknikerna behövde orda om, det var uppenbart för alla och envar som varit närvarande vid brottsplatsen.

Avslutade Vegesack, som för egen del inte varit där, och såg sig om runt bordet.

– Berusad? frågade Baasteuwel.

– Nej, sa Vegesack. Beträffande magsäcksinnehållet får vi besked imorgon.

– Vem var den sista som såg honom?

– Han var ute och fiskade med en bekant på söndagsmorgonen. Kan ha varit han.

– Har han hörts?

– Per telefon, sa Vrommel. Jag tar mig an honom ikväll.

Baasteuwel föreföll inte särskilt nöjd, men höll inne med ytterligare frågor.

– Måste ha skett nattetid, antar jag? sa Kohler efter ett par sekunders tystnad. Stranden ligger väl inte direkt öde om dagarna?

– Inte direkt, sa Vegesack. Nej, man går nog inte bara dit

224

och mördar någon mitt på ljusa dagen.

– Det är som det är, sa Vrommel och viftade efter flugan igen. Jag tror det kan räcka. Har våra gäster från Wallburg några idéer att berika oss med? Om inte låter jag hemförlova er för idag. Vi har ett par små intervjuer att ta itu med, som sagt, men dom klarar aspiranten och jag utmärkt på egen hand.

Intendent Kohler slog igen sitt anteckningsblock och stoppade ner det i en brun portfölj som såg ut att ha varit med om åtminstone två världskrig. Baasteuwel askade i kaffemuggen och kliade sig i sin blågråa skäggstubb.

– Allright, sa han. Vi är här nio imorgon bitti. Men se till att ha kommit nånstans då. Det här är ett mord och inget jävla barnkalas.

Vegesack kunde tydligt höra hur det gnisslade från polismästarens tänder. Inga ord lyckades dock leta sig ut och det var förmodligen lika bra. Inte heller i övrigt hade någon någonting att andraga, så efter en halv minut var de ensamma i rummet.

– Städa i ordning här, sa Vrommel. Och se för fan till att du vädrar ordentligt. Du går inte förrän det är gjort.

Vegesack sneglade förstulet på klockan. Den var tjugo minuter i fem.

– Förhören? undrade han. Hur ska vi göra med dom?

– Det sköter jag, sa Vrommel och reste sig. Du städar och låser. Vi ses imorgon bitti. God kväll, aspiranten, och inte ett ord till nån förbannad reporter, kom ihåg det.

– Godkväll, polismästaren, sa Vegesack.

Moreno satt och väntade med en halvdrucken öl när han kom ner till Strandterrassen.

– Ursäkta att jag är sen. Det drog över lite.

– Mordutredningar brukar ta tid.

Vegesack brydde sig inte om att förklara att det hade mer

225

med städningsrutiner att göra. Vinkade efter en öl istället och slog sig ner.

– Haft en givande semesterdag?

Moreno ryckte på axlarna.

– Föralldel. Träffade flickans mor.

– Vems mor?

– Winnie Maas.

– Aha? Sympatisk kvinna.

– Du känner till henne?

– Det gör de flesta.

– Jag förstår. Hursomhelst hade hon besök av Mikaela Lijphart förra söndagen.

Vegesack höjde ett ögonbryn.

– Det var som fan. Nå, vad hade fru Maas att berätta, då?

– Inte mycket. Hon påstår att hon pratade med flickan och sedan skickade henne vidare. Vera Sauger, är det ett namn som säger dig nånting?

Vegesack funderade medan servitören kom med hans öl.

– Tror inte det. Vem skulle det vara, alltså?

– Väninna till Winnie. Påstod hennes mor i alla fall. Om Mikaela ville veta någonting om Winnie kunde hon gå till henne, tyckte hon. Så kanske gjorde hon det.

Vegesack drack en djup klunk och blundade belåtet.

– Gott, sa han. Men det visste jag redan. Nå, du har letat upp henne också, förmodar jag?

Moreno suckade.

– Javisst. Och tyvärr. Kom inte längre än till en granne som sköter hennes undulat och krukväxter. Hon är ute på öarna och kommer hem imorgon kväll. Semester, tror jag det kallas.

– Inte många som är hemma så här års, bekräftade Vegesack.

– Stämmer, sa Moreno. Du då? Har du hunnit med nånting? Efterlysningen, till exempel?

226

Vegesack skakade på huvudet.

– Gav ingenting, är jag rädd. Hon var här, kvinnan från Frigge, men hon var så osäker på vem hon sett, att hon inte vågade säga ett skvatt med bestämdhet. Kan ha varit Mikaela Lijphart hon såg på järnvägsstationen, men det kan lika gärna ha varit vem som helst.

– Och ingen annan som rapporterat nånting?

– Inte en käft, sa Vegesack. Men jag ägnade en stund åt Sidonis också, faktiskt. Kan väl diskuteras vad som egentligen kom ut av det, men jag lovade ju att försöka.

Han gjorde en paus och gnuggade tinningarna en stund innan han fortsatte. Moreno väntade.

– Pratade med ett par stycken däruppe, alltså. Ingen kan erinra sig att Maager skulle ha fått något telefonsamtal innan han försvann. Att någon kan ha besökt honom utan att det kommit till deras kännedom håller dom för fullständigt uteslutet. Fast om någon ville få bort honom från hemmet... av någon anledning... så finns det ju enklare varianter.

– Vilka då? sa Moreno.

– Parken, sa Vegesack. Den som omger stället, ja, du har ju varit där. Maager brukade spankulera omkring där ett par timmar varje dag. Vore inte speciellt svårt att ligga på lur uppe i skogen och bara ge sig på honom när han kommit tillräckligt långt bort från byggnaderna. Det finns ju ingen mur eller så, i varje fall inte runt hela området. Vi kommer att skicka ut lite folk för att gå igenom den närmaste omgivningen i alla händelser, det kan ju hända att han ligger ute i skogen, helt enkelt.

Moreno svarade inte. Satt tyst i en halv minut och stirrade ut över samma strand och samma hav som aspirant Vegesack.

Samma människor, samma hundar som jagade pinnar, samma semesterkluster. Ändå kändes det på något vis som

227

om tiden, de senaste dagarna bara, dragit en sorts hinna över alltihop. Som om det inte längre angick henne, den här sortens liv.

– Och varför skulle någon vilja ge sig på Arnold Maager? frågade hon.

Vegesack ryckte på axlarna.

– Inte vet jag. Han är ju försvunnen och någonting måste ligga bakom.

– Hustrun? frågade Moreno. Sigrid Lijphart. Hur har vi det med henne?

– Hon ringer varenda dag och undrar varför vi inte gör någonting.

– Hur reagerade hon på att Maager också försvunnit?

– Svårt att säga, sa Vegesack och rynkade pannan. Det är ju dottern hon är intresserad av. Tror inte hon bryr sig särskilt mycket om ifall ex-maken lever eller är död, faktiskt. Det går ut nya efterlysningar imorgon, hursomhelst. I tidningar och så.

Moreno funderade en stund igen. Försökte föreställa sig människan Arnold Maager, men det enda synintryck hon hade av honom kom från några gamla fotografier och det var svårt att göra sig en tydlig bild. Desto starkare framträdde ju själva historien, detta som han gjort sig skyldig till för sexton år sedan… som om handlingar på något vis kunde skymma dem som utförde dem, göra dem obegripliga, oansvariga, det var inget alldeles orimligt resonemang och det fanns kanske beröringspunkter med den där hinnan hon tyckt sig kunna skönja över stranden. Han måste vara en fruktansvärt trasig människa, tänkte hon. Måste ha varit det redan då.

– Nätt historia, sa hon till slut. Flickan är borta och pappan är borta. Kan du tala om för mig vad i helvete det är som pågår?

– Nja, sa Vegesack. Har inte hunnit fundera på det så

228

mycket. Har mest varit sysselsatt med den här killen på stranden. Tim Van Rippe.

– Javisst ja, sa Ewa Moreno. Hur går det med honom då?

– Det enda vi är säkra på är att vi inte är säkra på nånting, sa Vegesack och tömde sitt ölglas i botten.

– Hm, muttrade Moreno. Såvitt jag kan minnas, är det just det som är grunden till all kunskap.

29

Aaron Wicker på Westerblatts lokalredaktion i Lejnice hyste inga varmare känslor för stadens polismästare.

Det skulle han förmodligen inte gjort under några förhållanden, men som läget var tyckte han sig ha ovanligt goda skäl. Alltsedan Vrommel lyckats med konststycket att genomföra en förtäckt husrannsakan på tidningens kontor alldeles i början av nittitalet, kände Wicker en så pass djup och genuin avsky för lagens främste upprätthållare på orten att han aldrig brydde sig om att försöka kamouflera den. Eller analysera.

Skit är skit, brukade han tänka. Och hut går inte alltid hem.

Den föregivna anledningen till övergreppet var att polisen fått in ett anonymt bombhot riktat mot tidningen och att lokalen härför måste genomsökas. Någon bomb hittades aldrig, men Wicker visste redan från början att det aldrig funnits något hot heller. Vad det i själva verket var fråga om var att komma över namnen på några av Westerblatts uppgiftslämnare för en artikelserie om ekonomiska oegentligheter i stadens styrelse. Så var det med det, och sedan dess var förtroendet mellan två av statsmakterna i staden oreparabelt. Åtminstone så länge polismästaren hette Vrommel.

Några namn hade man inte hittat under operationen, eftersom Wicker hunnit radera ut dem, men blotta tanken på att ordningsmakten på detta sätt kunde åsidosätta en så fundamental tryckfrihetsfråga var nog för att sända rysningar av vanmäktig ilska utefter redaktör Wickers ryggrad. Fortfarande.

Och nu var han tvungen att falla till föga igen.

– Vi vet naturligtvis vem offret är, sa polismästaren.

– Bravo, sa Wicker.

– Men jag kan tyvärr inte lämna ut namnet.

– Varför då?

– Därför att vi inte fått kontakt med dom anhöriga än.

– Massmedia har en viss genomslagskraft, sa Wicker. Om det är så att ni har fel på era telefoner. Dessutom har vi ett visst omdöme.

– Kan tänkas, sa Vrommel. Men det är inget fel på våra kommunikationer överhuvudtaget. Jag talar till exempel i en telefon just nu, även om jag borde ägna mig åt viktigare saker. Hursomhelst får du inget namn.

– Jag tar naturligtvis reda på det ändå.

– I så fall förbjuder jag er att publicera det.

– Förbjuder? Sedan när har vi fått officiell censur här i byn? Inte för att det förvånar mig, men det måste ha undgått mig.

– Det är inte det enda som undgår er, kontrade polismästaren. Som det ser ut idag vakar vi inte bara över laglydigheten. Eftersom pressen inte förmår tillämpa sina egna etiska regler, får vi ta på oss det också. Jag har lite att stå i, hade redaktören någonting annat på hjärtat?

Skulle vara en infarkt, då, tänkte Wicker. Undra på. Han slängde på luren, funderade i fem sekunder och bestämde sig för att skicka ut Selma Perhovens istället.

Selma Perhovens var Wickers enda anställda medarbetare; bara halvtid visserligen, men om det fanns två människor i Lejnice – eller Europa, för den delen – som kände till vem den döde på stranden var, så var Selma rätt person att fiska upp namnet på några timmar. Om han inte misskände henne.

231

Det första mordet på sexton år och lokaltidningen visste inte ens vad offret hette! Satan också.

Han tog två blodtryckssänkande tabletter och började leta efter numret till hennes mobiltelefon.

Ewa Moreno åt middag på en restaurang som hette Chez Vladimir och lovade sig själv att det var både första och sista gången. Hon antog att detsamma gällde för kvällens övriga tre gäster; den köttfärspaj med sallad som hon beställde – och efter lång väntan också fick serverad och försökte äta upp – var inte av den art som lockade till flera besök.

Det gjorde inte vinet heller, trots att det rimmade rätt bra i fråga om strävhet och syra med den förkylda servitrisen. Moreno tackade sin lyckliga stjärna för att hon bara beställt ett glas.

Huruvida morgondagen också var hennes sista dag i Lejnice var en öppnare fråga.

Eller kanske var den inte så öppen. Åka hem nu? tänkte hon medan hon tvingade i sig det sista av det sura. Med två människor försvunna och ett ouppklarat mord på stranden? Är det kriminalinspektör Ewa Moreno som ställer sig frågan? Världshistoriens första fria kvinna?

Hon kunde inte annat än le åt orimligheten.

Jag bestämmer mig imorgon, tänkte hon. En kanna starkt kaffe på rummet ikväll, sedan gnuggar jag tinningarna tills det går hål eller tills jag kommer fram till ett resultat. Skulle inte vara så dumt att få krypa ner i sin egen säng endera kvällen.

Hon började med att skriva upp de inblandades namn på en blank sida i anteckningsboken.

Winnie Maas
Arnold Maager
Mikaela Lijphart

232

Såg prydligt ut. Hon funderade en stund innan hon lade till ett.

Tim Van Rippe

Inte för att han verkade ha med saken att skaffa, men han var ju ändå mördad. Därefter ytterligare två.

Sigrid Maas
Vera Sauger

Hon lät tankarna löpa fritt ett par minuter medan hon satte frågetecken efter Mikaela Lijphart och Arnold Maager och korstecken efter Tim Van Rippe. Efter de sista två namnen satte hon inga tecken alls.

Bländande systematik, Holmes, konstaterade hon sedan och försökte fånga in tankarna. Drack en klunk av det kaffe som värdinnan motvilligt och mot dyr betalning gjort i ordning åt henne. Vidare!

Vad vet jag? Hänger dessa namn alls ihop? Allihop? Några av dem? Hur?

Vera Sauger hade förstås inte så mycket med dom andra att göra – dessa döda eller försvunna människor – hon var bara en länk. En presumtiv informatör, inget mysterium. Måste särbehandlas.

Med ens visste hon också varför hon tyckt sig känna igen namnet. Det hade funnits med i något av de förhörsprotokoll aspirant Vegesack låtit henne ta del av, var det inte så?

Jovisst, inget tvivel. Oklart i vilket sammanhang, men Vera Sauger hade funnits där, det var hon plötsligt helt övertygad om, trots att tinningarna ännu var praktiskt taget ognuggade.

Var väl i och för sig inte särskilt märkligt heller. Sigrid Maas hade hänvisat Mikaela Lijphart till Vera Sauger, och om denna blivit förhörd i samband med händelserna 1983, bekräftade det ju bara att det rörde sig om en flicka som på

233

ett eller annat sätt stått Winnie nära.

Och att Sigrid Maas talade sanning, åtminstone i det här avseendet.

Hon övergick till den översta trion. En död, två försvinnanden.

Vad som hänt med Mikaela Lijphart var lika obegripligt som någonsin. Innan hon började tänka på henne och spekulera riktade hon uppmärksamheten mot pappan. Vad fanns det för möjliga scenarion när det gällde honom?

Bara två, såvitt hon kunde se.

Antingen hade Maager givit sig av från Sidonishemmet av egen fri vilja – den lilla han möjligen ägde.

Eller också låg det andra krafter bakom. Någon ville röja honom ur vägen.

Varför? Varför i hela friden skulle någon känna sig hotad av Arnold Maagers existens?

Fanns förstås bara ett svar. Det hade med det gamla att göra. Maager kunde mycket väl sitta inne med upplysningar om vad som egentligen hände för sexton år sedan och sådana upplysningar kunde vara farliga för någon som... någon som, ja, vad då?

Någon som haft ett finger med i spelet, och mer än så antagligen.

Stopp, tänkte Moreno. Jag går för fort fram. Rena spekulationerna. Var det inte – när allt kom omkring – betydligt sannolikare att Maager faktiskt hade rymt för egen maskin? Han hade ju till exempel packat en väska. Skälen bakom ett sådant alternativ var naturligtvis lika dunkla som allting annat, men att det måste hänga ihop med dottern föreföll rätt självklart. Det fanns liksom inga andra stimuli i hans liv som skulle kunna sätta saker och ting i rörelse.

Skitprat, tänkte hon. Vad vet jag om Arnold Maagers inre landskap? Om andra människors bevekelsegrunder? Platt intet.

234

Men ändå? Hon kände på sig att det kunde vara så. Att han bara stuckit, kanske i ren förtvivlan för att leta efter sin dotter... som en åldrad och vansinnig King Lear på jakt efter sin Cordelia ungefär. Visst var det tänkbart? Hon drack en halv kopp kaffe och gnuggade tinningarna. Det gjorde ont i hårrötterna, men det skadade förstås inte på dom heller.

När det inte dök upp några fler vettiga tankar, vände hon blad i blocket istället, och började skriva ner slutsatserna i tur och ordning. Det tog en stund, och kanske var det överord att kalla det för slutsatser. Terapi snarare. Hjärngymnastik för förståndshandikappad kriminalinspektör, tänkte hon. Medan hon höll på hördes de första tunga regndropparna mot fönsterblecket, och i rummet vägg i vägg satte det unga paret igång att älska.

Hon blev sittande och lyssnade en minut eller två. Både till regnet och till kärleken. Allt har sin tid, filosoferade hon och suckade. Hon knäppte på radion för att inte låta sig distraheras och hällde upp mera kaffe. När hon var klar läste hon igenom vad hon skrivit och kunde konstatera att problemen kvarstod.

Vad hade hänt med Mikaela Lijphart? Vad hade hänt med hennes far?

Och den döde på stranden? Hade han alls någonting med detta att skaffa?

Imorgon kväll får jag prata med Vera Sauger, tänkte Moreno. Då kommer jag vidare.

Men tänk om Mikaela aldrig besökte henne, spekulerade hon sedan. Vad skulle det innebära? Vad gör jag då?

Och vad skulle hon ägna hela dagen imorgon åt? Sol och bad?

I regnet? Rätt så kraftigt för tillfället. Hon kunde i alla fall inte hålla på och plåga stackars Vegesack mer än hon redan gjort, den saken var klar. I synnerhet som hon inte åstadkom ett skvatt på egen hand, trots alla hans ansträngningar... det fanns ändå gränser. Fast å andra sidan kunde man ju undra vad tusan polisen sysslade med överhuvudtaget på det här stället.

Så vad göra, alltså? Kanske gräva lite i det förflutna istället? Tillbaka till 1983 igen?

Var i så fall? Var gräva? Vem fråga ut den här gången?

Plötsligt kände hon en stor trötthet komma vällande, men hon stjälpte i sig en halv kopp kaffe till och höll den stången. Nå? tänkte hon. Vem? Vart skulle hon vända sig? Alla som var med på den tiden satt naturligtvis inne med en viss informationsmängd, stor eller liten, men det vore förstås en poäng med ett lite mer samlat grepp.

Det tog inte särskilt lång tid att hitta ett alternativ som verkade gångbart.

Pressen naturligtvis. Den lokala dagstidningen. Westerblatt; hon visste vad den hette och var kontoret låg, eftersom hon passerat det ett antal gånger på väg ner till stranden.

Nöjd med detta beslut hällde hon ut resten av kaffet i handfatet och gick till sängs. Klockan var en kvart över tolv och hon kom att tänka på att Mikael Bau inte försökt nå henne en enda gång under hela kvällen.

Skönt, tänkte hon och släckte ljuset. Men hon märkte att det inte var någon alldeles helgjuten känsla.

30

Den 21 juli 1999

Westerblatts lokalredaktion i Lejnice bestod av två trånga rum innanför varandra på Zeestraat. Det inre rummet utgjorde den egentliga arbetsplatsen och golvytan upptogs till två tredjedelar av två stora skrivbord, vända mot varandra och belamrade med datorer, skrivare, fax, telefoner, kaffebryggare samt osorterade drivor av papper, pennor, anteckningsböcker och allsköns journalistiskt drivgods. Svackande bokhyllor med pärmar, böcker och gamla tidningar täckte väggarna från golv till tak och över alltihop hängde en amerikansk fläkt som slutat fungera sommaren 1977.

Det yttre rummet vette åt gatan och hade en disk där vanliga hederliga medborgare kunde lämna in annonstexter, betala sin prenumeration eller klaga över ett och annat som stått att läsa i tidningen.

Eller inte stått att läsa.

När Ewa Moreno steg in från det lätta duggregnet ute på Zeestraat var klockan tjugo minuter över tio på förmiddagen. En mörk kvinna i hennes egen ålder och med energisk uppsyn stod bakom disken och skällde på någon i en telefonlur som hon höll fastklämd mellan kinden och axeln, samtidigt som hon antecknade i ett block och bläddrade i en tidning.

Fin simultankapacitet, tänkte Moreno. Kvinnan nickade åt henne och hon slog sig ner på en av de två röda plaststolarna och väntade på att åtminstone telefonsamtalet skulle ta slut.

237

Det gjorde det efter cirka en halv minut, och av det otvungna ordvalet i själva avskedsfraserna förstod Moreno att kvinnan inte var över hövan störd av att bli avlyssnad av ovidkommande åhörare.

– Jävla fårskalle, konstaterade hon när hon lagt på luren. Ursäkta min franska, vad kan jag hjälpa er med?

Moreno hade inte riktigt kunnat bestämma sig för vilken taktik hon skulle använda, men någonting i kvinnans klara blick och rappa tunga sa henne att det nog var bäst att köra med öppna kort. Det var också svårt att ljuga för någon av samma kön och ålder som en själv, det var ett fenomen hon tänkt på förr. Den här kvinnan var förmodligen ingen man slog i vad som helst, och gick man fel i början brukade det vara svårt att reparera.

– Ewa Moreno, kriminalinspektör, sa hon därför. Mitt ärende är lite speciellt. Jag skulle behöva tala med någon på tidningen som känner till Winnie Maasfallet från 1983... och som har tid en stund.

Kvinnan höjde ett ögonbryn och sög in kinderna i ett uttryck för hastig inre överläggning.

– Då har ni kommit rätt, sa hon. Selma Perhovens. Angenämt.

Hon sträckte handen över disken och Moreno fattade den.

– Polis, sa ni?

– På semester, sa Moreno. Inte i tjänst.

– Kryptiskt, sa Selma Perhovens. Skulle behöva en liten polisupplysning för egen del, faktiskt. Om ni kan bistå med den, skulle vi kunna kalla det ett kristligt byte?

– Varför inte? sa Moreno. Vad är det ni är ute efter?

– Hrrm. Min chef har gett mig order om att ta reda på namnet på ett visst lik som hittades nergrävt på stranden i måndags. Känner ni till det?

– Javisst, sa Moreno.

238

Selma Perhovens tappade hakan för ett ögonblick, men hittade den igen.

– Det var som tusan...

– Jag har namnet, förklarade Moreno. Är visserligen här inkognito men har blivit lite insyltad i både det ena och det andra.

– Det må jag säga, sa Selma Perhovens och skyndade runt disken. Jag tror vi stänger kontoret en stund.

Hon drog ner rullgardinen för den mjölkfärgade glasdörren och låste med nyckel. Tog Moreno i ett fast grepp om överarmen och föste in henne i det inre rummet.

– Varsågod och sitt.

Moreno plockade bort en trave tidningar, en tom coca-colaburk samt en halvfull karamellpåse från den anvisade stolen och satte sig. Selma Perhovens slog sig ner mittemot och lutade huvudet mot knogarna.

– Hur vet jag att du inte är en låtsassnut?

Moreno visade sin legitimation.

– Allright. Ursäkta min misstänksamhet gentemot mina medmänniskor. Yrkesskada. Borde lita mer på mitt intuitiva omdöme.

Hon log. Moreno log tillbaka.

– Godtrogenhet är ingen dygd i våra dagar, sa hon. Om jag förklarar mitt ärende först, så får du namnet sedan. Okej?

– Fair deal, sa Selma Perhovens. Kaffe?

– Gärna, sa Moreno.

Hon började från början. Ända från tågresan och sammanträffandet med den gråtande Mikaela Lijphart fram till gårdagskvällens tvivelaktiga analysförsök på pensionatsrummet. Utelämnade bara Franz Lampe-Leermann och Mikael Bau, eftersom de knappast hade med saken att skaffa – ännu mindre med varandra – och hela rekapitulationen tog lite mindre än en kvart. Selma Perhovens avbröt henne inte en enda gång, men hann dricka två och en halv koppar kaffe

239

och klottra fyra sidor fulla i sitt anteckningsblock.

– Det var som fan, konstaterade hon när Moreno var klar. Ja, jag tror du har kommit till rätt person, precis som jag sa. Hm. Jag gjorde faktiskt mitt läroår under Maagerrättegången... var inte mer än nitton, men satt med hela veckan och följde förhandlingarna. Fick inte skriva i tidningen förstås, det gjorde Wicker själv, men han lät mig producera provreferat varenda dag, den slavdrivaren. Så jag minns det rätt väl, det var ingen trevlig historia precis.

– Jag har förstått det, sa Moreno.

– Dessutom..., sa Selma Perhoven och verkade tveka lite om fortsättningen. Dessutom hade jag mina dubier om hela anrättningen, kan man nog säga, men förhandlingarna gick på räls och jag var betydligt mera gröngöling på den tiden.

Moreno kände hur någonting klack till inom henne.

– Dubier? Vad hade du för dubier?

– Inga preciserade, är jag rädd, men det var liksom bara staffage. Teater. En rättegångspjäs som var skriven långt innan det startade. Flickan var död, mördaren hade hittats med hennes döda kropp i knät. Han var knäpp redan från början och i folks ögon var han så dömd en människa kan bli. Lärare gör elev på smällen och dödar henne! Vi hade inga problem med lösnummerförsäljningen den sommaren.

– Hur försvarades han? Vad hade advokaten för linje?

– Sinnessjuk.

– Sinnessjuk?

– Ja. Otillräknelig. Fanns ingen annan tänkbar strategi. Advokaten hette Korring. Maager erkände genom honom, för egen del yttrade han knappt ett ord under hela rättegången.

Moreno funderade en stund.

– Och vad var det som fick dig att tro att det kanske inte var fullt så enkelt som det verkade? För det var väl så du trodde?

240

Selma Perhovens ryckte på axlarna.

– Vet inte. Kanske bara min ungdomliga revoltinstinkt. Tyckte inte om konsensus, gör jag fortfarande inte, förresten. Tror mera på fruktbara motsättningar. Men skitsamma, vad betyder det här som du har berättat för mig nu? Vad tusan har hänt med flickstackarn?

– Det är det jag vill ha hjälp med, suckade Moreno. Jag har grubblat på det i rätt många dagar nu, och det enda jag möjligen kommer fram till är att det måste finnas en tråd bakåt. Någonting sjukt i den här gamla historien, allting kan inte ha blivit klarlagt... Mikaela Lijphart samtalar med sin pappa för första gången på sexton år. Mördaren med stort M. Sedan börjar hon uppsöka en del personer... ja, jag tror att det är flera i varje fall... här i Lejnice. Sedan försvinner hon.

– Och sedan försvinner pappan. Varför i helvete har vi inte skrivit om det här? Ja, jag vet att vi efterlyst flickan, men inte med den här bakgrunden.

– Har ni gott samarbete med polismyndigheten? frågade Moreno försiktigt.

Selma Perhovens gav till ett gapskratt.

– Gott? Vi för ett skyttegravskrig som ställer västfronten i skamvrån.

– Jag förstår, sa Moreno. Vrommel?

– Vrommel, bekräftade Selma Perhovens och fick ett stråk av vanmakt i ögonen.

Det hördes en försiktig knackning på glasdörren utifrån det yttre rummet, men hon igonerade den med en fnysning. Moreno passade på att byta spår.

– Hade Maager någon form av stöd under den här tiden? frågade hon. Från något håll? Fanns det någonsin andra misstankar, till exempel?

Selma Perhovens sög på sin penna och tänkte efter.

– Nej, sa hon. Inte vad jag kan påminna mig. Han hade

241

nog varenda jävla invånare i hela stan emot sig. Och jag menar varenda.

Moreno nickade.

– I ett annat samhälle skulle han ha blivit lynchad, tamejfan.

– Jag förstår.

Det var inte första gången Moreno stötte på kommentarer i stil med Selma Perhovens sista, och hon undrade hastigt hur hon själv skulle ha förhållit sig. I det läge som måste ha rått. Säkrast att inte utröna frågan närmare, kanske. Det var förstås trevligast att tro att man personligen aldrig skulle kunna tänka sig att delta i en lynchmobb; att man i alla lägen förmådde värna det egna omdömet och den egna integriteten.

– Vad är det du inbillar dig egentligen? frågade Selma Perhovens efter en kort paus. Att det var någon annan som gjorde det? Glöm det i så fall, det är omöjligt. Han satt ju för fan och grät med liket i famnen.

Moreno suckade.

– Kan hon inte ha hoppat?

– Varför skulle han i så fall erkänna?

Bra fråga, tänkte Moreno. Men inte ny.

– Vad var det för läkare? frågade hon utan att riktigt förstå varför. Som obducerade, alltså.

– DeHaavelaar, sa Selma Perhovens. Gamle deHaavelaar, han tog hand om allting på den tiden. Födslar, sjukdomar och obduktioner. Tror ta mej fasen han var lite veterinär också. Jo, det var hans ord som gällde. Tungt som amen i kyrkan. Fast han uppträdde aldrig i rätten, det behövdes inte.

– Behövdes inte? sa Moreno förvånat. Varför då?

Selma Perhovens slog ut med händerna.

– Inte vet jag. Hans utlåtande lästes upp bara. Av rättens ordförande, har jag för mig. Han hade väl annat att stå i, deHaavelaar.

Skuggan av en aning drog förbi i Morenos huvud. Från vänster till höger, kändes det som, och just denna märklighet – att hon noterade riktningen – fick själva innehållet att försvinna. Åtminstone föreföll det så. Ett tecken bara, från att alfabet hon aldrig lärt sig. Märkligt.

Och alldeles efteråt en lika hastig bild av kommissarie Van Veeteren som satt bakom sitt skrivbord och såg på henne. Eller borrade ögonen i henne, snarare. Egendomligt, tänkte hon. Är jag inte lite för ung för att börja få hjärnblödningar?

– Jag förstår, sa hon och drog ett djupt andetag. Finns han kvar i stan, den här läkaren?

– DeHaavelaar? Jodå. Både i stan och i livet. Närmar sig åtti, om jag inte tar fel, men struttar fortfarande omkring och strör cynismer omkring sig. Varför frågar du?

– Jag vet inte, erkände Moreno. Det var något som flög förbi, bara.

Selma Perhovens betraktade henne lite förbryllat i ett par sekunder. Sedan slog hon handflatan i anteckningsboken.

– Jag tänker skriva om det här, har du nånting emot det?

Moreno skakade på huvudet.

– Apropå det, erinrade sig Selma Perhovens. Jag tror vi hade ett litet avtal. Den där gossen på stranden, vad var det han hette nu?

– Visst ja, sa Moreno. Van Rippe. Han hette Tim Van Rippe.

Selma Perhovens rynkade pannan igen.

– Van Rippe? Låter bekant. Nej, jag vet nog inte vem det är. Du är säker på det här?

– Tror du jag sitter och ger fel namn på ett mordoffer till en journalist? sa Moreno.

– Sorry, sa Selma Perhovens. Glömde bort att det inte är den lokala polismaffian jag sitter och talar med. Vad säger du om att äta lunch, från det ena till det andra? Vi kanske kommer på nånting avgörande om vi får lite proteiner i oss?

Moreno såg på klockan och nickade.

– Skadar inte att försöka, sa hon.

F.d. Stadsläkare Emil deHaavelaar bodde på Riipvej, visade det sig. I en stor patriciervilla ute bland dynerna, men där vägrade han att ta emot Ewa Moreno. Om det nu bara rörde sig om en bagatell, som hon påstod. Möjligen kunde han tänka sig att byta några ord med henne på Café Thurm lite senare på eftermiddagen, efter att han varit hos sin tandhygienist och fått lite tandsten bortslipad.

Vid fyratiden, om det gick för sig. Moreno accepterade, avslutade samtalet och återvände till Selma Perhovens och lunchbordet.

– Tvärvigg? frågade hon.

– Aristokrat, sa Selma Perhovens. Den siste, om man får tro honom själv. Jag var ute och intervjuade honom när hans bok kom ut för ett par år sedan. Om hans fyra decennier som eskulap här i stan, ja den hette så. *Genom eskulapens lupp.* Otrolig smörja, jag var ju tvungen att läsa den. Snudd på rasbiologi. Bor ensam hursomhelst, med en piga och två vinthundar. Tolv rum och tennisbana, nej, han är inte min typ, helt enkelt. Hur länge blir du kvar här, förresten? Tills du har rett ut allting?

Moreno ryckte på axlarna.

– Tänkte åka hem imorgon, sa hon. Ska bara tala med den här Vera Sauger ikväll först. Om hon nu dyker upp. Jag vet inte varför jag gräver i det här egentligen. Kan inte hålla på och bo på pensionat hur länge som helst heller. Polislönen tillåter inga större utsvävningar, faktiskt. Inte ens på Dombrowski.

Selma drog upp munnen i ett dystert clownleende.

– Så egendomligt, sa hon. Nej, pengar är nog min största obesvarade kärlek också, när jag tänker efter. Sviker jämt, ställer aldrig upp när jag behöver. Du kan få sova hos mig om du får för dig att stanna ett par dagar till. Har en flicka på elva, men ingen karl som stör och du kan få eget rum. Jag menar det.

– Tack, sa Moreno och kände en plötsligt uppflammande sympati för denna energiska journalist. Vi får se hur situationen är imorgon.

Selma Perhovens gav henne sitt kort och såg på klockan.

– Helvete! Jag håller på att missa en hingstpremiering i Moogensball. Måste sticka!

Sedan hon försvunnit satt Moreno kvar vid bordet en stund och funderade på om hon kunde ringa Vegesack eller inte. Bara för att få en lägesrapport, alltså.

Efter moget övervägande beslöt hon att skjuta upp det till kvällen.

Doktor deHaavelaar beställde en konjak och ett glas mjölk. Själv nöjde hon sig med en cappuccino.

– För balansen, förklarade doktorn när kyparen kom med brickan. Balansen i kroppen är allt man behöver bekymra sig om, om man vill bli hundra.

Hon tvivlade inte ett ögonblick på att Emil deHaavelaar skulle bli hundra. Hade väl ännu tjugotalet år kvar, visserligen, men han såg ut som en välklädd grizzlybjörn. Axelbred och reslig och med en utstrålning som en bortskämd filmstjärna. Det vita håret var tjockt och bakåtkammat, mustaschen lika tät som välansad, och hans hudfärg vittnade om att han skaffade sig tillräckligt många soltimmar ute bland dynerna för att överleva hur långa vintrar som helst. Hon erinrade sig att Selma Perhovens använt ordet "strutta" och undrade varför.

– Om det finns anledning att stå ut så länge i det här mischmaschet, la han till och snurrade på konjaksglaset.

– Ja, sa Moreno. Det kan förstås diskuteras.

– Vad var det ni ville? frågade deHaavelaar.

Moreno tvekade ett ögonblick.

– Winnie Maas, sa hon sedan.

DeHaavelaar satte ner glaset med en smäll. Fel öppning, tänkte Moreno. Synd.

– Vem är ni? sa deHaavelaar.

– Ewa Moreno. Som jag sa i telefon. Kriminalinspektör.

– Får jag se er legitimation.

Moreno tog fram den och räckte över den. Han satte på sig ett par glasögon med mycket tunna och förmodligen mycket dyra bågar och skärskådade den noga. Lämnade tillbaka den och tog av glasögonen.

– Känner polismästaren till det här?

Hon funderade en sekund igen.

– Nej.

Han tömde i sig konjaken i ett svep. Sköljde efter med ett halvt glas mjölk. Moreno smuttade på kaffet och väntade.

– Och vad i helvete har ni för anledning att komma och rota i en tjugo år gammal historia?

– Sexton, sa Moreno. Jag ville bara ställa ett par enkla frågor. Varför blir ni så upprörd?

DeHaavelaar lutade sig fram över bordet.

– Jag är inte upprörd, fräste han. Jag är förbannad. Ni är inte ens härifrån stan, ni vet inte ett förbannat dugg och jag kommer inte att besvara en enda fråga. Däremot kommer jag att höra av mig till polismästaren.

Han reste sig, drog hastigt med tumme och pekfinger över mustaschen och marscherade ut ur lokalen.

Det var som fan, tänkte Moreno. Var det aristokrat hon kallat honom, Selma Perhovens?

31

Under seneftermiddagen och de tidiga kvällstimmarna började missmodet sätta klorna i henne.

Kanske hängde det samman med regnskurarna, som kom drivande in från sydväst i en aldrig sinande ström. Hon låg på den knöliga pensionatssängen och försökte läsa, men det var omöjligt att koncentrera tankarna på någonting som inte hade med Mikaela Lijphart och därmed förknippade storheter att göra.

Eller med henne själv.

Vad gör jag här? tänkte hon. Vad är det jag håller på med? Polisinspektör på semester! Skulle en cykelreparatör ägna sin surt förvärvade ledighet åt att reparera cyklar gratis? Jag är inte klok.

Hon ringde till Clara Mietens, men livsankaret var fortfarande inte hemma. Hon ringde till polisstationen, men aspirant Vegesack var på tjänsteförrättning. Hon ringde till den automatiska väderlekstjänsten, och fick reda på att fler regnväder stod på kö ute över Atlanten och väntade.

Kul, tänkte inspektör Moreno och började läsa samma sida för fjärde gången.

Klockan sju slog hon för första gången numret till Vera Sauger. Inget svar. Hon provade igen en halvtimme senare och fortsatte sedan med lika långa intervall under resten av kvällen.

Efter halvnioförsöket funderade hon en stund på att gå ut och äta middag, men beslöt att låta bli. Gårdagens tvivel-

247

aktiga köttfärspaj lockade inte till efterföljd. Hon gjorde tvåhundra sit-ups och fyrti armhävningar istället, och två timmar senare ställde hon sig i duschen och försökte komma underfund med vad i hela världen det kunde ha varit som gjort doktor deHaavelaar så fruktansvärt upprörd.

Hon kom inte fram till något resultat. Knappast särskilt förvånande eftersom det inte var möjligt att komma till något, sade hon sig. Det var faktiskt ingen idé att försöka dra slutsatser utifrån hur bristfälliga underlag som helst. Hitta spår i ett träsk? Utsiktslöst. Det borde till och med en förvirrad kriminalinspektör begripa.

Och åttiåringar var inte alltid logiska, även om dom såg ut som vältrimmade grizzlybjörnar och inte struttade det minsta.

Sista gången, tänkte hon när hon slog Vera Saugers nummer några minuter över elva. Om hon inte svarar nu ger jag upp.

Luren lyftes efter tre signaler.

– Vera Sauger.

Tack, tänkte Ewa Moreno. Var nu snäll och låt mig tala lite med dig också. Trots att timmen är sen.

Och ha gärna någonting att komma med.

Hon var ännu en ensamstående kvinna i Morenos egen ålder.

Kommer det att finnas några barn i Europa om tio år? tänkte hon när hon visats in i lägenheten på Lindenstraat. Eller kommer alla kvinnor att ha valt bort fortplantningsalternativet? Vad var det Mikael Bau hade sagt? *Krama frihetens kalla sten?*

Hon skakade de oinbjudna frågeställningarna av sig och tog plats vid köksbordet, där hennes väninna dukat fram te och små rödbruna kakor som såg ut som bröstvårtor. Det hade inte mött några hinder att få komma på besök, trots att

248

klockan var närmare midnatt och trots att Vera Sauger verkade ha ett visst sömnbehov efter sina fem dagar ute på öarna. När Moreno nämnt namnet Mikaela Lijphart i telefonen, hade hon genast avbrutit henne och bett henne komma över.

Bättre att se den man pratar med i ögonen, hade hon förklarat. Moreno hade varit av samma åsikt.

– Hon är alltså fortfarande försvunnen? frågade hon när teet var upphällt i gula koppar med stora blå hjärtan på. Från någon svensk inredningsmarknad, gissade Moreno.

– Du känner till det?

Vera Sauger såg förvånat på henne.

– Naturligtvis känner jag till det. Varför frågar du? Vem är du egentligen?

Moreno visade sin legitimation och funderade på vilken gång i ordningen det var denna långa dag. Den tredje, om hon inte tog fel.

– Är du ny här i stan, alltså? undrade Vera Sauger. Jag känner inte igen dig. Inte för att jag brukar ha mycket med polisen att göra, men…

– Från Maardam, förklarade Moreno. Är bara här på semester. Men jag träffade flickan innan hon försvann.

Vera Sauger nickade vagt.

– Och du har ingen kontakt med polisstationen?

– Till och ifrån, sa Moreno. Varför frågar du?

Vera Sauger rörde långsamt om i teet och såg ännu mer förbryllad ut.

– Därför att du frågade om jag kände till det, sa hon.

– Jaha?

– Klart som fan jag känner till det. Jag var ju inne på stationen och rapporterade innan jag åkte ut till Werkeney.

Två blanka sekunder passerade. Sedan erinrade sig Moreno att Vegesack nämnt någonting med ungefärligen den innebörden för några dagar sedan.

249

Att en kvinna hört av sig med anledning av den första efterlysningen, men att det inte lett någonstans. Var det inte så?

Jo, såvitt hon kunde minnas. En från Lejnice och en uppifrån Frigge. Och hon från Lejnice skulle alltså ha varit denna Vera Sauger, som just nu satt mittemot henne och stoppade en bröstvårtekaka i munnen?

Plötsligt kändes det som om en ganska omfattande kortslutning slagit ut i huvudet på inspektör Moreno. Det enda som föreföll någotsånär säkert var att någonting måste vara fel.

Även utanför hennes eget huvud.

– Det har… det måste ha undgått mig, sa hon med ett försök till urskuldande leende. Vad var det ni hade att rapportera?

Vera Sauger tuggade färdigt och placerade en blond slinga bakom höger öra innan hon svarade.

– Att hon var här förstås. Jag tycker det är konstigt att du inte känner till det.

– Du rapporterade att Mikaela Lijphart kommit och besökt dig? sa Moreno. Det är det du sitter och säger?

– Javisst, sa Vera Sauger.

– Att du talade med henne den där söndagen för… för tio dagar sedan?

– Ja.

Moreno satt tyst medan frågan utkristalliserades i hennes huvud. Det tog en stund.

– Och vem rapporterade du till?

– Vem? Till polismästaren naturligtvis. Vrommel.

– Jag förstår, sa Moreno.

Det var inte riktigt sant, men det gjorde detsamma. Det var viktigare att komma vidare nu.

– Och när Mikaela var här, vad var det hon ville prata om? frågade hon.

– Om sin far, förstås, sa Vera Sauger. Det som hände för sexton år sedan. Hon hade nyss fått höra om det.

– Jag känner till det, nickade Moreno. Och vad var det hon ville ha reda på av dig?

Vera Sauger tvekade igen.

– Jag vet inte riktigt, sa hon. Hon var lite vag och vi pratade bara en kort stund. Winnies mamma hade gett henne mitt namn. Det verkade… ja, det verkade som om hon hade för sig att hennes pappa skulle vara oskyldig. Hon sa det inte rent ut, men jag fick den uppfattningen. Hon hade ju varit och talat med honom dagen före. På lördagen. Det kan inte ha varit lätt… inte för någon av dom.

– Skulle Arnold Maager ha talat om för sin dotter att han inte dödat Winnie Maas, alltså?

– Jag är inte säker, sa Vera Sauger. Hon antydde det bara. Fast det är kanske inte så konstigt om han sagt nånting i den vägen åt henne… för att framstå i lite bättre ljus, alltså. Jag har tänkt på det efteråt.

Moreno begrundade detta en stund.

– Jag var ju med på den där jäkla festen hos Gollumsen, fortsatte Vera Sauger. Och jag var kompis med Winnie. Fast inte så nära som hennes morsa tycks tro. När vi var lite yngre kanske, men inte då när det hände. Vi hade liksom kommit ifrån varandra.

– Sånt händer, sa Moreno. Men var det ingenting lite mera specifikt som Mikaela Lijphart ville ha reda på? Någonting mer än att få en allmän bild, så att säga?

Vera Sauger funderade och tog en ny bröstvårta.

– Pojkvänner, sa hon. Hon frågade om vilka pojkar Winnie varit ihop med innan det här med Maager.

– Varför ville hon veta det?

– Ingen aning. Vi snackade inte mer än en kvart-tjugo minuter, som sagt. Jag hade lite bråttom.

– Men du hjälpte henne med de här pojkvännerna?

251

– Jag gav henne ett par namn.
– Vilka då?
Vera Sauger tänkte efter igen.
– Claus Bitowski, sa hon. Och Tim Van Rippe.

IV

32

*Förhör med Markus Baarentz den 22.7. 1983. Plats: Lej-
nice polisstation. Förhörsledare: Kommissarie Vrommel,
polismästare. Närvarande: 1 polisinsp. Walevski, åkla-
garsekreterare Mattloch. Utskrift: 1 polisinsp. Walevski.
Att: sekr. Mattloch, kommissarie Vrommel, polismästare.*

Vrommel: Namn, ålder och sysselsättning, tack.

Baarentz: Markus Baarentz. Jag är 49 år och arbetar
som revisor.

V: Här i Lejnice?

B: Nej, i Emsbaden. Men jag bor i Lejnice. Alexan-
derlaan 4.

V: Kan ni berätta vad ni var med om igår natt?

B: Naturligtvis. Vi hade varit uppe i Frigge och kom
tillbaka till Lejnice ganska sent.

V: Ett ögonblick. Vilka är "vi"?

B: Ursäkta. Jag är bridgespelare. Jag och min partner,
Otto Golnik, deltog i en turnering över två dagar i
Frigge. Tvåmanna. Det drog ut på tiden, var inte
färdigt förrän vid elvatiden på kvällen. Vi kom på
tredjeplats och var tvungna att vara med på prisut-
delningen också. Ja, sedan körde vi hem. Vi hade
min bil, vi brukar turas om. Jag släppte av Otto
först, han bor ute i Missenraade, och sedan fortsat-
te jag hem. Tog den vanliga vägen förstås, och när
jag kom körande på Molnerstraat längs med järn-

255

vägen fick jag syn på dem.

V: Vad var klockan ungefär?

B: Två. Några minuter över. Det var alldeles efter viadukten, det är en gatlykta där, så det var omöjligt att inte lägga märke till honom... till dem.

V: Vad var det ni såg, alltså?

B: Maager. Arnold Maager som satt alldeles bredvid spåret med en flicka i famnen.

V: Hur visste ni att det var just Maager?

B: Jag kände igen honom. Jag har en grabb som går i Voellerskolan. Har sett honom på ett par föräldramöten. Jag såg omedelbart att det var han.

V: Jag förstår. Vad gjorde ni?

B: Jag stannade. Jag insåg med en gång att någonting var fel. Det fanns ingen anledning att sitta just där, nästan uppe på järnvägsspåret. Även om det väl inte kommer några tåg på natten sedan de lade ner godstrafiken. Det var någonting med flickan också. Hon låg utsträckt alldeles raklång, han höll hennes huvud i knät, bara. Jag tror jag förstod att det måste ha hänt en olycka så fort jag fick syn på dem.

V: Såg ni till några andra människor i närheten?

B: Inte en katt. Det var ju mitt i natten.

V: Ni stannade och klev ur bilen?

B: Ja. Fast först vevade jag ner rutan och ropade. Frågade hur det stod till, men han svarade inte. Då klev jag ur. Ropade en gång till utan att han reagerade. Nu visste jag på allvar att någonting måste vara fel. Jag klättrade över skyddsstaketet och gick fram till dem. Han tittade inte upp ens, fast han måste ha hört mig. Satt bara där och strök över flickans hår. Han verkade borta på något vis. Som om han fått en chock. För ett ögonblick trodde jag att han var berusad, och att flickan kanske var det

256

också, men jag begrep snart att så inte var fallet. Det var mycket värre än så. Hon var död.

V: Hur förstod ni att hon var död?

B: Jag vet inte riktigt. Sättet hon låg på, troligen. Jag frågade också, förstås, men fick inget svar. Maager tittade inte på mig ens. Jag försökte få kontakt med honom, men det var omöjligt.

V: Ni lade inte märke till några skador på flickan?

B: Nej. Det var bara sättet hon låg på. Och hennes ansikte. Ögonen verkade inte riktigt stängda, inte munnen heller. Och hon rörde sig inte, inte ett dugg.

V: Och Arnold Maager?

B: Han bara satt där och strök henne över håret och kinderna. Verkade alldeles frånvarande, som sagt. Jag sa hans namn också. "Herr Maager", sa jag. "Vad är det som har hänt?"

V: Fick ni något svar?

B: Nej. Jag visste inte riktigt vad jag skulle göra. Stod väl där i tio-femton sekunder, kanske. Upprepade min fråga och till slut tittade han upp. Han såg på mig ett kort ögonblick och det var någonting egendomligt med hans ögon, ja, hela hans ansiktsuttryck.

V: Hur då?

B: Någonting sjukt. Jag arbetade några somrar när jag var ung på ett mentalsjukhus och jag tyckte att jag kände igen blicken. Jag kom att tänka på det med en gång.

V: Vad gjorde ni?

B: Jag frågade hur det var fatt med flickan, men han reagerade inte nu heller. Jag böjde mig fram för att titta närmare på henne. Tänkte väl ta hennes puls eller någonting, men han motade bort mig.

257

V: Motade bort er? Hur då?

B: Föste undan min hand, liksom. Sedan utstötte han ett ljud.

V: Ett ljud?

B: Ja. Ett ljud. Det lät som, ja, det lät nästan som ett råmande.

V: Ni säger att Maager utstötte ett råmande?

B: Ja. Ett omänskligt ljud i alla fall. Mera som ett läte. Jag antog att han var ordentligt chockad och att det inte var någon idé att försöka få någonting vettigt ur honom.

V: Jag förstår. Berätta vad ni gjorde härnäst.

B: Jag tänkte att jag måste tillkalla polis och ambulans. Det bästa hade förstås varit om jag kunnat stoppa en bil eller kontakta någon annan människa som kunde hjälpa till, men det var ju mitt i natten och jag såg inte till en själ. Ville inte lämna honom med flickan heller, inte utan att ha förvissat mig om hennes tillstånd, och till sist lyckades jag ta hennes puls utan att han protesterade. Hon hade ingen, det var som jag trott. Hon var död.

V: Var tog ni pulsen?

B: Handleden. Han ville inte låta mig komma åt hennes hals.

V: Kände ni igen flickan också?

B: Nej. Jag har fått höra i efterhand vem det var, men jag är inte bekant med familjen.

V: Men till slut gick ni och hämtade hjälp i alla fall?

B: Ja. Det fanns ingenting annat jag kunde göra. Jag klättrade tillbaka ut på vägen och gick till första bästa hus och ringde på. Stängde av ljuset på bilen också, jag hade glömt det på. Det tog en stund innan någon kom och öppnade, men jag kunde hela tiden se att de satt kvar på spåret, Maager och

258

flickan. Det var inte mer än tretti-fyrti meter bort. Hon som öppnade var Christina Deijkler, jag känner henne lite på avstånd, fast jag visste inte att hon bodde just i det huset. Jag förklarade läget och hon kunde ju själv se att det var precis som jag sa. Hon gick in och ringde, jag gick tillbaka och väntade och efter ungefär tio minuter kom polisen. Det var Helme och Van Steugen i en bil. Ambulansen kom bara en kort stund efteråt.

V: Tack, herr Baarentz. Ett mycket rådigt ingripande. Ett par frågor till, bara. Medan ni höll på och försökte etablera kontakt med Maager, fick ni någon gång någon idé om vad det var som hade inträffat?

B: Nej.

V: Han antydde ingenting? Med ord eller tecken eller på annat vis?

B: Nej. Han yttrade sig inte överhuvudtaget. Mer än det där konstiga lätet, alltså.

V: Och ni drog inga slutsatser?

B: Inte då. Idag har jag ju fått höra vad det var frågan om. Det är förskräckligt, men jag hade ingen aning om det, då på natten.

V: Hur har ni fått reda på vad som skett?

B: Alexander. Min grabb. Han hade hört nyheten på stan, det verkar ha spridit sig fort, det här, och det kan man kanske förstå. Maager skulle ha haft ett förhållande med flickan, det tycks ha varit mer eller mindre känt på skolan. Det är naturligtvis en skandal, ja, jag vet inte vad man skall säga egentligen. Han lär ha knuffat ner henne där uppifrån, alltså, är det så?

V: Det är för tidigt att uttala sig om dödsorsaken, men vi utesluter inte möjligheten. Och ni är absolut säker på att ni inte såg några andra människor i närheten av olycksplatsen?

B: Absolut.

V: Inga bilar som körde förbi, eller som ni mötte strax innan ni kom dit?

B: Nej. Jag tror inte jag mötte mer än en enda bil efter att jag lämnat Otto Golnik ute i Missenraade. Och ingen i närheten av viadukten, det är jag säker på.

V: Ni tycks ha ovanligt god iakttagelseförmåga, herr Baarentz.

B: Kanske det. Jag är en ganska noggrann människa. Det krävs i mitt yrke. Bridgespelet hjälper antagligen också till, man måste hålla sig vaken hela tiden.

V: Jag förstår. Tack, herr Baarentz. Ni har varit till utomordentligt stor nytta för oss.

B: Ingen orsak. Jag har gjort min plikt och inte mer.

33

Den 22 juli 1999

Det dröjde till torsdagen innan efterlysningen av Arnold Maager – 44 år gammal, 176 centimeter lång, spensligt byggd och med cendréfärgat hår; möjligen deprimerad, möjligen förvirrad, sannolikt bäggedera – nådde ut till allmänheten. Han hade vid det laget varit försvunnen i närmare fem dygn; hade senast iakttagits på Sidonisstiftelsens hem utanför Lejnice, där han vistades sedan halvtannat decennium tillbaka, under lördagen i föregående vecka – och det verkade troligt att han gick klädd i sportskor av märket Panther, blå eller bruna bomullsbyxor, vit T-shirt samt en ljusare vindtygsjacka.

Samma dag, redan i gryningen, började också en spårpatrull på fjorton man från polismyndigheterna i Lejnice, Wallburg och Emsbaden att genomsöka de närmaste omgivningarna runt Sidonishemmet – ett arbete som avslutades vid femtiden på eftermiddagen utan att några ledtrådar för arbetet med att bringa klarhet i vad som hänt den försvunne mentalpatienten kunnat tillvaratagas.

Samtidigt med att Maagers försvinnande uppmärksammades av media skickades också en förnyad efterlysning av hans dotter, Mikaela Lijphart, ut, denna gång över hela landet. Mikaela hade varit borta i elva dagar och alla som trodde sig ha iakttagit flickan någon gång under denna tidsperiod – eller som på annat sätt kunde vara spaningsledningen behjälplig med informationer – ombads ofördröjligen att sätta sig i förbindelse med polisen i Lejnice. Eller med närmaste polismyndighet.

Den enda person som hörsammade denna kallelse var den försvunna flickans mor, Sigrid Lijphart, och det var inte för att komma med några tips eller upplysningar, utan – som vanligt – för att fråga varför i helvete man inte åstadkom någonting. Vrommel hade – som vanligt – inget bra svar på denna fråga, och fru Lijphart hotade – som vanligt – med att vända sig till högre ort om de inte såg till att uträtta någonting med det snaraste.

Om inte med annat så med en anmälan om försumlighet och åsidosättande av polismans plikt gentemot medborgare. Vrommel frågade artigt om han kunde skicka över en blankett för att gå henne till mötes – en B112-5GE när det gällde försumlighet och en B112-6C för åsidosättandet – men hon tackade nej i bägge fallen.

Angående sin försvunne f.d. make ställde fru Lijphart inga frågor och reste inga anspråk.

Aspirant Vegesack bodde med sin Marlene i ett av de nybyggda hyreshusen på Friederstraat, bara ett stenkast från stranden, och efter visst övervägande – och efter att Vegesack kommit med erbjudandet – var det här man samlades. I den situation som uppkommit var diskretion av nöden, polisstationen utesluten, och att i all hast ordna något slags lämplig lokal var inte det lättaste.

Tre rum och kök, konstaterade Moreno när hon hälsats välkommen av Vegesack. Stor balkong med frikostig utsikt mot havet och Gordons fyr. Inte så dumt. Hon kom ihåg att han berättat att Marlene Urdis var arkitekt, och hon undrade om hon rentav var inredningsdito. Det såg nästan ut så, men hon var inte hemma för tillfället, så det kändes inte naturligt att utreda frågan. Rummen och möblemangen hade genomtänkta färgskalor i varje fall, väggarna var fria från allsköns bjäfs; några konstreproduktioner bara, Tiegermann, Chagall och ett par av Cézannes självporträtt. Bokhyllor med rätt så mycket böcker. Stora gröna växter. Ett piano, hon undrade om det var Vegesack eller hans fästmö som spelade. Eller bägge två? Bra, tänkte hon. Jag får förtroende för honom.

Men det var knappast för att bedöma stil och hemtrevnad som de samlats. De bistra minerna hos intendent Kohler och inspektör Baasteuwel, vilka satt och häckade i var sin renoverad femtitalsfåtölj, lämnade inget utrymme för tvivel i det hänseendet. Tvärtom.

– Kör igång, sa Baasteuwel. Vad i helvete är det frågan om?

Vegesack gick och hämtade fyra öl och Moreno satte sig i soffan.

– Här ligger en hund begraven, sa hon.

– Heter den möjligen Vrommel? undrade Kohler.

– Polismästaren finns nog i närheten av gravplatsen i alla fall, konstaterade Moreno. Det är väl bäst att ni blir lite informerade. Vill ni börja i nutid eller i forntid?

– Forntid, sa Baasteuwel. Satan också, när dom plockade ut Kohler och mig, påstod dom att det skulle räcka med två-tre dagar. Skulle ha börjat min semester idag. Men det är inte första gången.

– Inte sista heller förmodligen, påpekade Kohler torrt. Kan vi få lite kött på benen nu?

Moreno kastade en frågande blick på Vegesack, men aspiranten tecknade åt henne att sköta föredragningen. Hon tog upp blocket ur väskan.

– Allright, började hon. I tur och ordning, alltså. För sexton år sedan, nästan på dagen faktiskt, inträffade en händelse här i stan, som… som satte sina spår, får man väl säga. En lärare på skolan, Arnold Maager, hade ett förhållande med en elev, en viss Winnie Maas. Hon blev gravid och han dödade henne. Det är i varje fall den officiella bilden. Han skall ha knuffat ner henne från en järnvägsviadukt; det är ganska högt, hon slog ihjäl sig mot skenorna. Han påträffades sittande nere på spåret med flickan i famnen. Mitt i natten, han förlorade förståndet på kuppen och har suttit på mentalsjukhus sedan dess... Sidonishemmet, som ligger här i närheten. Han dömdes skyldig men erkände egentligen aldrig, eftersom han inte var tillräknelig under rättegången. Maager var gift och hade en liten dotter när det här hände, hustrun tog omedelbart avstånd från honom och han har inte träffat vare sig henne eller dottern sedan dess. De flyttade härifrån samma höst. Ja, det var väl bakgrunden i stora drag. Har ni frågor?

Hon såg sig om runt bordet.

– Trevlig historia, sa Baasteuwel och drack en klunk öl.

– Mycket, sa Moreno. Men tillbaka till nutid. När jag åkte hit till Lejnice för... hon räknade efter i huvudet... för tolv dagar sedan, träffade jag på tåget en ung flicka, som visade sig vara Maagers dotter. Vi började prata. Hon hade just fyllt arton år och var på väg för att besöka sin pappa på Sidonishemmet för första gången. Hon hade inte sett honom sedan hon var två, inte vetat om hans existens ens. Hennes mor hade berättat om honom dagen före och flickan var rätt nervös inför sammanträffandet.

– Undra på det, sa Kohler.

– Ja. Nåja, några dagar senare dyker mamman upp – det vill säga Maagers förra hustru – här i stan och berättar att dottern inte kommit hem. Att hon är försvunnen.

– Försvunnen? sa Baasteuwel. Vad i helvete?

– Exakt, sa Moreno. Vi vet att hon hälsade på sin pappa på hemmet på lördagen, att hon bodde en natt på vandrarhemmet ute i Missenraade, men ingen har sett till henne senare än på söndagen. Och nu börjar märkligheterna.

– Börjar? sa Kohler. *Börjar* märkligheterna nu?

Moreno ryckte på axlarna.

– Nåja, fortsätter, då. Jag är egentligen bara här på semes-

264

ter, men jag hade ett litet tjänsteuppdrag de första dagarna också. På polisstationen. Jag hade ju träffat flickan, och...

– Vad heter hon? avbröt Baasteuwel.

– Mikaela. Mikaela Lijphart. Jag hade träffat henne, som sagt, och nu råkade jag träffa mamman också. Hon var rätt så orolig, av lättförklarliga skäl. Så småningom gick alltså polismästare Vrommel med på att skicka ut en efterlysning, men ingen skall komma och påstå att han gav någon prioritet åt ärendet. Vad det gällde var förstås om någon sett Mikaela under söndagen... eller senare under veckan. Såvitt vi vet var det två personer som anmälde sig med anledning av efterlysningen... åtminstone två. Den ena var en kvinna i Frigge som påstod sig ha sett flickan på järnvägsstationen däruppe, den andra var en viss Vera Sauger som jag pratade med igår kväll. Det var efter det samtalet som jag och aspirant Vegesack beslöt att ordna den här träffen.

– Jaha? sa Baasteuwel och lutade sig fram över bordet. Vidare, tack.

– Vrommel tog hand om bägge de här kvinnorna, och enligt vad han säger framkom ingenting väsentligt vid något av samtalen med dem. Ändå berättade Vera Sauger igår för mig att hon haft besök av Mikaela den där söndagen och att hon pratat ganska länge med henne. Flickan var ute efter att få kontakt med personer som på något sätt varit inblandade i händelserna 1983. Som känt hennes pappa eller den döda Winnie Maas. Varför Mikaela gjorde så här vet vi inte, men det kan vara så att hennes pappa berättat något för henne under besöket på Sidonis. Det är förstås bara en gissning, men hon bör ju ha haft någon anledning till att börja rota. Eller också var det bara fråga om nyfikenhet. Hursomhelst hälsade hon på Winnies mamma, jag har pratat med henne också. Varken hon eller Vera Sauger kunde dock ge Mikaela särskilt mycket hjälp på traven, åtminstone är det vad dom påstår. Fru Maas är ganska alkoholiserad, för övrigt. Om

265

flickan träffade någon annan förutom de här två personerna vet vi ännu inte.

Hon gjorde en kort paus.

– Jag fick uppfattningen att det här skulle hänga ihop med vårt fall på något sätt, sa Kohler.

Moreno harklade sig.

– Stämmer. Vera Sauger gav två tänkbara namn till Mikaela Lijphart. Som hon kunde vända sig till om hon ville fortsätta med sina frågor, alltså. Och hon gav samma namn till Vrommel. Ett av dom var Tim Van Rippe.

– Gossen i sanden, sa Kohler.

– Jävlar i det, sa Baasteuwel.

Sedan blev det tyst runt bordet.

– Det här är inte den enda komplikationen, fortsatte Moreno efter att Vegesack varit ute i köket och hämtat fyra nya öl. En vecka efter att Mikaela hälsade på sin far uppe på hemmet försvinner han därifrån... i lördags eftermiddag, noga räknat. Ingen vet var han är. Vegesack var där och pratade med honom ett par dagar dessförinnan, men det gick inte att få så mycket ur honom, tydligen...

– Inte ett ord, bekräftade Vegesack.

Baasteuwel drog med händerna genom sitt föga reglementsenliga hår och blängde på Moreno. Men det var Kohler som frågade.

– Den här Tim Van Rippe? sa han. Vårt lik på stranden. Vilken roll spelar han alltså i den här gamla historien?

Moreno vände blad i blocket och kontrollerade uppgiften.

– Enligt Vera Sauger kände han flickan, Winnie Maas, rätt väl. Hade kanske varit ihop med henne också... innan hon hoppade i säng med magister Maager, vill säga. Men det är nog inte så viktigt. Det viktiga är att det finns ett tydligt samband här. Mikaela Lijphart får hans namn... tillsammans

266

med ett annat som jag ännu inte hunnit kontrollera... och det är mycket möjligt att hon sökte upp honom på söndagen. En vecka senare hittas han mördad och nergrävd på stranden. Naturligtvis är det en oerhörd slump att man hittar honom, fast å andra sidan kunde mördaren gott ha varit en smula noggrannare och grävt lite djupare... eller vad säger ni?

Kohler nickade.

– Huvudet låg rätt så ytligt, faktiskt. Skulle nog ha blåst fram – eller trampats fram av badturisterna – förr eller senare.

Baasteuwel reste sig.

– Och det här, sa han... det här med Vera Sauger har alltså herr polismästaren hållit inne med? Vad fan är det frågan om? Mer än att Vrommel är en svinpäls. Jag måste ha en rök. Därute?

Vegesack nickade och Baasteuwel gick ut genom balkongdörren.

– Oavsett vad som ligger bakom alltihop, konstaterade Moreno, så är det uppenbart att Vrommel spelar falskt. Han vill inte rota i den här gamla historien. Vill inte att det ska dyka upp några länkar mellan Maagerfallet och liket på stranden. Varför vet jag inte, men det förefaller rätt givet att allt inte gick rätt till, då för sexton år sedan. Rätta mig om jag har fel.

– Finns det mer? undrade Kohler. Fler oegentligheter?

Moreno funderade.

– Säkerligen, sa hon. Vi vet bara inte vilka. Jag talade med rättsläkaren också, han som obducerade Winnie Maas, och hans reaktion var oväntat kraftig, måste jag säga. Blev fruktansvärt upprörd av någon anledning – som om jag satte hans heder och trovärdighet i tvivelsmål på något sätt. Bara för att jag ville ställa några enkla frågor. Jag hann inte ställa en enda innan han kokade över.

– Låter som en förbannad konspiration, sa Kohler. Cover-up åtminstone. Är det någon som tittat på rättegångsreferaten? Fanns det några oklarheter någonstans?

– Har inte kommit så långt, suckade Moreno. Glöm inte att jag är här på semester.

– Hmpf, sa Kohler och kostade på sig något som såg ut som ett melankoliskt leende.

Baasteuwel återkom från sin rökpaus.

– Vad är det ni tror egentligen? sa han och gick med blicken mellan Moreno och Vegesack. Personligen har jag bara haft en ynka cigarrett på mig att fundera och jag måste säga att jag inte begriper det här... för er som inte känner mig vill jag påpeka att det hör till ovanligheterna.

Han grimaserade och sjönk ner i fåtöljen. Moreno tvekade en stund innan hon svarade.

– Jag tror, sa hon medan hon hastigt försökte höja garden och inte säga för mycket, jag tror att det inte gick fullt så enkelt till som man kom fram till 1983. Och att polismästare Vrommel... bland andra förmodligen... hade anledning att se till att man sopade en del under mattan. Eller någonting i alla fall. Vad vet jag inte och inte varför. Jag tror också att det finns dom här i stan som suttit inne med upplysningar i sexton år och att Tim Van Rippe var en av dom. Och att någon dödade honom för att han inte skulle tala... ja, det är i grov sammanfattning vad jag tror.

– Hm ja, muttrade Baasteuwel. Och hur fan kunde denne någon i så fall veta att flickan ämnade söka upp Van Rippe just den där dagen?

Moreno skakade på huvudet.

– Ingen aning, erkände hon. Men Mikaela Lijphart rörde nog om en del innan hon gick upp i rök. Hon träffade både Winnie Maas mamma och den här Vera Sauger. Kanske flera andra också, men eftersom ingen brytt sig särskilt mycket om att forska i saken, vet vi ännu inte vilka. Vera gav mig ju ett namn till förutom Tim Van Rippe – han heter Claus Bitowski. Jag har ringt hans nummer några gånger nu på morgonen, men inte fått något svar.

– Så du menar...? sköt Baasteuwel in, men hejdade sig ett ögonblick. Så du menar att han också ligger nergrävd på stranden någonstans? Den här Bitowski. Är det det som är hypotesen mellan raderna?

Moreno tvekade och såg sig om runt bordet.

– Jag har ingen hypotes, sa hon. Men det borde inte vara speciellt svårt att få det kontrollerat i vilket fall som helst. Om han lever måste det ju gå att få tag på honom... på något sätt.

Baasteuwel nickade.

– Jo, sa han. Och Mikaela då? Hur har vi det med lilla fröken Lijphart? Det är väl en svårare nöt, kan jag tänka mig. Förbannade Vrommel, vad fan är det som ligger bakom det här?

Ingen verkade ha några bra svar på denna undran och det blev tyst igen. Moreno tyckte nästan att hon kunde se – eller förnimma, åtminstone – vars och ens intensiva tankearbete som ett laddat moln över bordet. Skönt, tänkte hon. Skönt med lite fler hjärnor som arbetar. Äntligen...

– Jahaja, sa Baasteuwel till slut. Jag ser på era muntra anleten att vi nog kan räkna med att hon också ligger där.

– Vi har ingenting som säger att det är så, skyndade sig Moreno att påpeka, men redan medan hon yttrade det, visste hon att det hade mer med önsketänkande än med någonting annat att göra.

Kohler suckade.

– Vi får väl se till att gräva upp hela stranden, föreslog han. Borde vara enkelt gjort. Ett par hundra man och ett par månader... kanske kunde vi låna in militären, dom brukar vara pigga på sånt här.

– I brist på krig, la Baasteuwel till.

– Jag föreslår att vi väntar ett par dagar med det, sa Moreno. Finns trots allt en del andra infallsvinklar. Hur går det med utredningen om Van Rippe, till exempel?

Baasteuwel åstadkom ett ljud som påminde om en gräsklippare som inte vill starta. Eller en Trabant.

– Trögt, sa han. Med Van Rippe går det trögt. Fast det kanske är det som är meningen.

– Låt höra, sa Moreno optimistiskt.

Aspirant Vegesack, som mest suttit tyst och lyssnat, bestämde sig för att ta ordet.

– Nej, det har inte hänt så mycket, bekräftade han. Obduktionen är klar, papperen kom igår. Tidpunkten är omöjlig att precisera närmare, tydligen. Han dog någon gång inom ett 24-timmarsintervall – söndagen den 11:e klockan tolv till måndagen den 12:e samma tid. Dödsorsaken är given: ett spetsigt föremål i vänster öga och rakt in i hjärnan. Inga tecken på andra skador, inga tecken på någon sorts kamp... ja, det saknas sår och hudfragment och sådana saker. Det är ju konstigt att någon bara kunde komma åt att sticka honom i ögat, det är alltså möjligt att han blev helt och hållet överrumplad. Kanske låg han och sov... eller solade.

Han tittade efter kommentarer från Kohler eller Baasteuwel, men ingen av dem tycktes ha något att invända. Vegesack tog en klunk öl och fortsatte.

– Vi har talat med en del människor som kände Van Rippe, men ingen har haft någonting att komma med. Han hade planerat att åka bort några dagar tillsammans med en kvinnlig bekant – Damita Fuchsbein – det var hon som rapporterade att han var försvunnen och det var hon som identifierade kroppen. Den siste som såg honom, såvitt vi vet hittills i alla fall, är en granne till honom. Han heter Eskil Pudecka, och han påstår att han snackade med Van Rippe strax efter klockan ett på söndagen... det innebär förstås att 24-timmarsintervallet krymper en smula, men det spelar

270

kanske inte så stor roll. Vi har också hört Van Rippes mor och hans bror, det är de närmaste släktingarna, och dom vet lika lite som alla andra...

– Stopp ett tag, avbröt Baasteuwel. Vem är det som har pratat med alla dom här människorna? Kohler och jag har väl träffat fyra-fem stycken på sin höjd, men vem av er var det som tog sig an den här flickvännen, till exempel? Och släktingarna?

Vegesack tänkte efter.

– Jag frågade ut Damita Fuchsbein, konstaterade han. Hon var knappast hans flickvän, för övrigt. Vrommel tog hand om både modern och brodern... modern så sent som igår tror jag. Hon har varit bortrest.

Baasteuwel slog knytnäven i bordet.

– Fan också! fräste han. Vrommel tar hand om morsan! Vrommel tar hand om brorsan! Vrommel tar hand om varenda jävel som kan sitta inne med nånting... Satan, han sköter det här precis som han vill, den förbannade fähunden! Har du sett rapporter från dom här förhören han gjort?

Vegesack såg plötsligt generad ut.

– Nej..., sa han. Nej, jag tror inte han har ordnat med utskrifterna än.

– Har du sett nåt? sa Baasteuwel och blängde på sin kollega.

Kohler skakade på huvudet.

– Sakta i backarna, uppmanade han. Förivra dig inte nu igen.

Baasteuwel slog ut med händerna i en vanmäktig gest och lutade sig tillbaka i fåtöljen. Moreno undrade hastigt om han ofta förivrade sig, och vad det i så fall brukade leda till. Det verkade uppenbart att Kohler hade något slags poäng i alla fall, eftersom Baasteuwel inte brydde sig om att protestera.

– Vi måste undersöka saken, modulerade Kohler. Natur-

271

ligtvis. Men jag föreslår att vi gör det med en viss diskretion. Är det någon som tror att vi har någonting att vinna på att ställa Vrommel mot väggen med en gång?

Moreno funderade. Det gjorde Vegesack och Baasteuwel också, det syntes på dem. Såvitt hon kunde bedöma hade ingen av dem det allra minsta emot tanken på att få kasta sig över polismästaren med en 500-wattslampa i ansiktet på honom och en hel arsenal av anklagelser.

Det hade inte hon själv heller, men det betydde naturligtvis inte att Kohlers linje inte skulle vara att föredra. Han har rätt, tänkte hon. Vrommel är förmodligen ingen dumskalle, även om han är en skitstövel. Alternativt skunk. Bättre med lite tålamod för att ge sig själva chansen att utröna ett och annat först.

Oklart vad, men om det fanns någonting de började bli vana vid så var det väl just oklarheter.

Baasteuwel satte ord på hennes tankar.

– Allright, sa han. Vi ger den jäveln ett par dagar, då. Kan vara kul att iaktta honom med det här i bakhuvudet, om inte annat.

Vegesack nickade. Moreno och Kohler nickade.

– Då säger vi så, summerade Kohler. Och nu då? Kanske dags att planera insatserna en smula?

– Skulle tro det, sa Baasteuwel. Vad i helvete ska vi göra? Alla som har semester får gå och köpa glass istället om dom vill.

34

På eftermiddagen tog hon in hos Selma Perhovens. Ett löfte var ändå ett löfte och hennes rum på Dombrowski väntade nya gäster till kvällen, hade värdinnan fermt låtit meddela.

Selma Perhovens hade heller inte låtit som om hon ångrade sig när hon talat med henne i telefon på morgonen. Tvärtom. Kvinnor måste hålla ihop, menade hon, och det minsta man kunde erbjuda varandra var väl en smula husrum i nödens stund. Dessutom hade de en del att tala om, trodde hon.

Det trodde Moreno också, och det var utan dubier som hon tog skräprummet i besittning. Selma Perhovens kallade det så. Skräp- och gästrum. Lägenheten låg på Zinderslaan och var stor, gammal och inbodd; fyra rum och kök och högt i tak – alldeles för mycket för en ganska kortväxt mor och hennes beniga dotter, men hon hade erövrat den i samband med sin skilsmässa, och vad fan gör man inte?

Dottern hette Drusilla, var elva år på det tolfte, och verkade innehålla ungefär dubbelt så mycket energi som sin mor. Vilket inte ville säga lite. När Moreno stigit över tröskeln skärskådade hon henne noggrant från topp till tå och log brett.

– Ska hon bo här? frågade hon. Kul!

Moreno förstod att hon inte var den första tillfälliga gästen i skräprummet. Medan ett tvåtimmars regnväder drog förbi ägnade hon sig åt att spela kort, titta på teve och läsa serietidningar tillsammans med Drusilla. Inte i tur och ordning, utan simultant. Allt på en gång. Det var för långsamt att bara glo på teve, ansåg Drusilla. Eller bara spela kort. Man måste liksom ha nånting att göra också.

Under tiden satt Selma Perhovens på sitt rum och skrev; det var två artiklar som måste vara klara före halv fem, hon bad om ursäkt för att hon var en dålig värdinna, men vad fan, som sagt.

Hon var rädd för att kvällen var inbokad också, tyvärr, och vid femtiden tog hon Drusilla med sig och lämnade Moreno att rå om sig själv. De skulle återvända vid elva, antagligen.

Om inte förr eller senare.

– Du ska stanna flera dagar, uppmanade Drusilla när de tog avsked. Jag ska inte åka till mina kusiner förrän i nästa vecka, min kompis är på Ibiza, och mamma är så tråkig när hon bara jobbar.

– Vi får se, lovade Moreno.

När hon blivit ensam tog hon ett bad. Klokt nog fick hon med sig mobiltelefonen, för medan hon låg där i lindbloms-skummet fick hon inte mindre än tre samtal.

Det första kom från livsankaret som äntligen kommit hem till sin telefonsvarare. Hon hade varit på uppköpsresa i Italien (Clara Mietens ägde och drev en boutique med icke fabriks- eller barnproducerade kläder på Kellnerstraat i centrala Maardam), hade träffat en karl som inte var nånting att ha, och hade alls ingenting emot några dagars cykelåkande runt Sorbinowo, som de hade talat om. Nästa vecka, måndag eller tisdag, kanske, hon behövde lite tid för att instruera sin vikarie bakom disken först. Och för att kontrollera om hon verkligen hade någon cykel.

Moreno förklarade – utan att gå in på några detaljer – att även hon hade ett par dagar intecknade, och de bestämde sig för att höras av framemot söndagen.

274

Var det lata livet ute vid kusten vederkvickande? ville Clara Mietens veta.

Moreno intygade att det var så, och lade på.

Sedan ringde inspektör Baasteuwel. De borde talas vid mellan fyra ögon, ansåg han. Han och Kohler hade med anledning av den senaste händelseutvecklingen tagit in på Kongershuus och han hade kvällen fri.

Så en matbit och ett glas vin, kanske? Och ett lite mer fördjupat samtal om vad fan det var som pågick i den här gudsförgätna hålan med den här gudsförgätne polismästaren.

Moreno tackade ja utan att ge sig själv betänketid. Werders restaurang klockan åtta.

Två minuter senare var det Mikael Bau. Även han hade kvällen fri och ett visst behov att tala med henne, påstod han. För att reda ut ett och annat, no hard feelings, men det gick väl att ta en matbit och ett glas vin som civiliserade människor åtminstone?

Hon sa att hon tyvärr var upptagen just den här kvällen, men att hon gärna skulle gå honom till mötes följande dag, under förutsättning att hon inte åkt hem innan dess. Han accepterade förslaget efter en lite motvillig tystnad. Undrade sedan om hon alltid brukade bete sig på det här viset när hon hade mens. Dra sig undan som en blodig hona och be alla karlar dra åt helvete?

Hon skrattade och sa att det behövde han inte bekymra sig om. Mensen var över, hon låg i ett lindblomsbad i ett lejonfotat badkar och blickade fram mot nya äventyr.

Han frågade vad fan hon menade med det, men det visste hon inte själv, så de avslutade samtalet med en halv överenskommelse beträffande morgondagen.

Inspektör Baasteuwel hade skaffat ett bord bakom två täta tygfikusar och satt och väntade med en mörk öl när hon kom.

– Varför blev du snut? frågade han när beställningarna var avklarade. Jag är ingen idiot, men jag kan inte låta bli att fråga när jag träffar en ny olycksbroder. Eller syster.

Moreno hade sju olika svar på lager och hon tog ett av dem.

– Därför att jag trodde att jag skulle vara bra på det, sa hon.

– Rätt svarat, replikerade Baasteuwel. Du är nog ingen idiot, du heller.

Hon märkte att hon tyckte om honom. Hade knappast hunnit reflektera över det under förmiddagens improviserade sammankomst hemma hos Vegesack, men nu kände hon tydligt att han var en sån där kollega som det gick att lita på. En karl som stod för sig själv.

Ovårdad och ohyfsad, förvisso; nja, inte ovårdad, kanske, men att han gav fullständigt fan i alla slags konventioner verkade rätt uppenbart. Skäggstubben var säkert inne på tredje eller fjärde dagen och det gråsvarta håret med insprängda groggvinklar hade förmodligen inte sett en sax på ett halvår. Ögonen var djupa och mörka och den sneda näsan åtminstone två nummer för stor. Munnen bred och tänderna ojämna. Han är ful som stryk, tänkte Moreno. Jag gillar honom.

Fast det var knappast för att utbyta inbördes sympatier som de satt här.

– Har det hänt nånting mer? frågade hon. Under eftermiddagen, vill säga.

– Jo, sa Baasteuwel. Det kanske börjar röra på sig en smula. Lite kinkigt att vidta åtgärder utan att Vrommel lägger märke till det, förstås, men vi fixar det. På tiden att vi får lite att göra också, de här första dagarna har känts mera som en likvaka än en mordutredning faktiskt. Fast nu vet vi ju vad det beror på. Känner du till att Vegesack kallar honom Skunken, förresten? Det råkade slinka ur honom.

276

Moreno sa att hon också hört det och log hastigt.

– Än så länge är det väl mest en fråga om att lägga ut krokar, är jag rädd, fortsatte Baasteuwel. Inga resultat men det kommer. Lita på mig – om Vrommel har några lik i garderoben ska jag nog fan gräva fram dom. Har talat med fru Van Rippe också, fast bara i telefon, och Kohler har snackat med brodern. Gav just ingenting, tydligen… han är sex år äldre och har dålig koll på vad lillebror hade för sig i tonåren. Hade flyttat hemifrån när det hände 1983.

– Bitowski? frågade Moreno. Det här andra namnet som Mikaela fick av Vera Sauger. Har ni hittat honom?

Baasteuwel skakade på huvudet.

– Tyvärr, sa han. Det är dom här förbannade semestertiderna. Enligt uppgift ska han vara ute på öarna med några kumpaner, men vi har inte fått det bekräftat. En granne tror att han gav sig iväg i söndags i förra veckan. Just den där förbannade söndagen, alltså… han är ensamstående dessutom, förstås, så antingen sitter han väl därute och krökar eller också ligger han nergrävd på stranden. Vi får höra oss för lite bättre med släktingar och bekanta imorgon.

– Vet ni vad han är för en typ? undrade Moreno. Om han verkligen träffade Mikaela Lijphart och pratade med henne, tycker man att han borde ha reagerat på efterlysningen.

– Inte om han sitter i en vilstol och dricker solvarm öl, påpekade Baasteuwel. Inte om han är nergrävd heller, förresten…

Han stoppade en köttbit i munnen och tuggade eftersinnande. Moreno gjorde detsamma och väntade.

– Nåja, återtog Baasteuwel. Jag har beställt utdrag från rättegången mot Maager i alla fall. Kommer imorgon. Och en elevförteckning från skolan, jag lär få hämta den själv, dom har inte mycket till bemanning så här års.

Moreno nickade. Effektivt, tänkte hon. Han sitter inte och rullar tummarna och funderar, precis. Inte hela tiden åtminstone. För första gången under dessa veckor började hon känna att hon kunde lämna över saker och ting. Att hon inte behövde känna ansvar för alltihop och att det vilade i kompetenta händer. Det var en befrielse, onekligen.

Bra, tänkte hon. Äntligen någon som begriper någonting.

Omdömet var en smula orättvist gentemot aspirant Vegesack, det förstod hon, men Baasteuwel och Kohler var liksom av en annan kaliber. En kaliber som förmodligen krävdes för att få rätsida på denna röra av oklarheter och halvsanningar. Och vad det nu innerst inne var frågan om.

De kommer att lösa det, tänkte hon. Jag kan släppa skiten.

– Jovisst, för tusan! kom Baasteuwel på mitt i en klunk vin. Maager! Han fick ett samtal i lördags i alla fall… dom upptäckte det så småningom däruppe på hemmet och ringde och berättade det, det var visst nån vikarie som tagit emot det och gått och hämtat honom. Tolvtiden ungefär. Ja, samma dag som han försvann, alltså. I lördags. Vad tror du om det?

Moreno funderade en god stund innan hon svarade.

– Jag är egentligen inte förvånad, sa hon. Dom visste förstås inte vem det var som ringde?

– Nej. En kvinna, bara. Om hon uppgav något namn har dom glömt det. Vem tror du det var?

Moreno drack en klunk vin medan hon tänkte efter igen.

– Sigrid Lijphart, sa hon. Ex-hustrun. Men jag säger det bara för att han ju nästan inte känner en enda människa.

– Hm, muttrade Baasteuwel som tydligen inte hunnit tänka på denna variant. Och vad skulle hon ha velat då?

– Prata igenom saker och ting, det behöver inte vara märkvärdigare än så. De var gifta i sex år, har inte sagt ett ord till varandra på sexton, och har en gemensam dotter som har försvunnit. Borde finnas ett och annat att säga.

– Kanske det, sa Baasteuwel. Fast vad skulle telefonsam-

278

talet... om det nu var hon... ha med hans försvinnande att göra?

Moreno ryckte på axlarna.

– Ingen aning. Dom kanske bestämde sig för att träffas. Han är ju lite svårpratad under alla förhållanden, det lär inte vara lättare på telefon... ja, hon kan ha gjort upp om ett möte med honom.

Baasteuwel höjde ett skeptiskt ögonbryn medan han satt tyst och såg ut att väga detta resonemang. Det tog fem sekunder, sedan sänkte han ögonbrynet. Det borde klippas, noterade Moreno.

– Och varför nämner hon inte det här när hon ringer och tjatar på polisen? undrade han. Hon hör av sig minst två gånger om dan, enligt Vegesack. Förbannat tröttsam kvinna, jag har själv lyssnat på hennes tirader.

– Vet inte, sa Moreno och ruskade på huvudet. Jag har semester. Man kanske bör ta hänsyn till att hennes dotter är försvunnen...

– Jo, föralldel, sa Baasteuwel.

De avslutade varmrätten och beställde kaffe. Baasteuwel tände en cigarrett och lutade sig på armbågarna fram över bordet. Satt och såg outgrundlig ut ett par ögonblick, sedan log han plötsligt.

– Vrommel, sa han. Undrar du inte hur jag tänker angripa problemet med vår herr polismästare?

– Jo, erkände Moreno.

– På följande vis, förklarade Baasteuwel och såg närmast förväntansfull ut. Eftersom jag inte får slå honom på käften, och det knappast lär gå att ranta runt och fråga folk på måfå utan att det kommer till hans kännedom, så har jag vänt mig till pressen.

– Pressen? sa Moreno.

– Den lokala. Aaron Wicker, chefredaktör på Westerblatt. De är dödsfiender, Vrommel och han, om jag tolkat tecknen rätt. Och han är gammal nog att känna till Maagerhistorien. Han skrev tio spaltkilometer om den, påstår han. Jag träffar honom imorgon kväll, han är tyvärr ute på reportageresa hela dagen... men då, då jävlar skall det bringas klarhet i den här grumliga soppan.

– Utmärkt, sa Moreno. Om du missar nånting, så råkar jag vara inneboende hos en medarbetare till Wicker.

Baasteuwel tappade hakan för ett ögonblick.

– Du har dina vägar, vill jag lova. Tillbringar du all ledighet på det här viset?

– Du skulle se mig när jag är i tjänst, sa Moreno.

– Jag har funderat litegrann också, tillkännagav Baasteuwel när de fått in kaffet. Inte bara fjantat runt och varit duktig polis.

– Verkligen? sa Moreno. Och vad har du funderat på?

– Mordet. På Van Rippe, alltså. Fast jag kommer just ingenstans.

– Det händer mig också ibland, tillstod Moreno. En gång om året eller så. Låt höra.

Baasteuwel visade sina ojämna tänder i ett grin.

– Du är en schysst snut, sa han. Är du gift?

– Vad i helvete har det med saken att göra? sa Moreno.

Baasteuwel böjde sig fram över bordet..

– Vill inte du ska börja lägga an på mig, bara, förklarade han. Har fru och fyra ungar, jag ser det som en plikt mot mänskligheten att sprida mina gener.

Moreno brast i skratt och Baasteuwel blottade tänderna igen.

– Men för att återgå, sa han. Den här stackars Van Rippe... jag kan inte låta bli att undra hur det egentligen gick till när han dog. Det är ju ett förbannat ovanligt sätt att mörda folk på. Köra in nånting i ögat? Svårt att komma åt, menar jag... om han nu inte låg och sov, förstås. Men varför

280

skulle han ligga och sova på stranden?

– Han kan ha blivit ditfraktad, sa Moreno.

– Ja, jag kommer fram till att han måste ha blivit det, instämde Baasteuwel. Ingen ligger och sover på stranden på natten, och det ska till en sällsynt kallblodig gärningsman som bara går och sticker ihjäl nån som ligger och solbadar. Man är ju inte alldeles ensam därnere om dagarna, såvitt jag har förstått... även om mina tjänsteåligganden hindrat mig från att kontrollera saken. Alltså har han blivit dittransporterad efter mordet.

Moreno begrundade detta.

– Det stämmer inte, sa hon.

– Jag vet, sa Baasteuwel. Berätta varför det inte stämmer.

Moreno insåg att hon inte skulle ha någonting emot att ha Baasteuwel som samarbetspartner till vardags också. Han verkade mer skärpt än de flesta, och hade ett sätt att diskutera och munhuggas som förde saker och ting framåt. Kreativ rentav.

– Den slarviga begravningen, sa hon. Om man verkligen hade tid att flytta kroppen från mordplatsen, borde man också ha tid att göra sig av med den lite bättre. Gräva ner den djupare, åtminstone. Och varför välja en plats där det kryllar av människor varenda dag? Det måste finnas hundratals ställen där han inte skulle ha blivit upptäckt överhuvudtaget. Uppe i dynerna, till exempel. Nej, trots allt tror jag det skedde i all hast. Mördaren hade bråttom. Grävde ner sitt offer så gott det gick och stack därifrån.

– Inte speciellt överlagt, med andra ord?

– Antagligen inte.

– Och det skedde just där?

– Antagligen.

Baasteuwel tände en ny cigarrett och suckade.

– Vi kanske får köra med Kohlers idé i alla fall.

– Vilken då?

281

– Kalla in militären och böka igenom hela stranden.

– Vi har nog klarat av den närmaste omgivningen redan, påpekade Moreno. Dom har inte kommit upp med nånting? Brottsplatsherrarna, menar jag.

– En sko, sa Baasteuwel. Rätt storlek, kan vara Van Rippes, men det är osäkert. Låg tio meter bort ungefär.

– Fin ledtråd.

– Glimrande. Vrommel har den på sitt skrivbord och håller på och analyserar den. Måste komma ihåg att hålla ögonen på den så han inte fifflar bort den. Den borde naturligtvis ha skickats till Rättskemiska, men det har alltså inte gjorts... jaja...

Plötsligt gäspade han och Moreno kände en omedelbar impuls att instämma.

– Se till att göra det, då, sa hon och såg på klockan. Ta hand om skon och håll koll på Vrommel. Ska vi betala? Eller har du nånting mer? Du har en arbetsdag imorgon, om jag inte misstar mig?

– Hrm, grymtade Baasteuwel. Jovisst. Fast jag har ingenting emot hårda dagar. Det är att sitta still och idissla som inte passar min natur.

Moreno erinrade sig hans inledande undran.

– Så det var därför du blev polis, om jag får återgälda ett spörsmål? För att slippa sitta och idissla?

Baasteuwel såg tankfull ut för ett ögonblick.

– Egentligen inte, sa han. Jag blev polis för att jag älskar att sätta dit skitstövlar. Kommer visserligen aldrig att hinna få fast alla, dom är för många, men för varenda fähund jag lyckas klämma dit, mår jag lite bättre. Min fru tycker att jag är pervers.

Han log utan att visa tänderna.

– Det finns sämre skäl att bli snut, sa Moreno.

– Det gör det, sa Baasteuwel. Jag hör av mig imorgon kväll, hursomhelst. Om du stannar så länge, vill säga?

Moreno nickade.

– Åtminstone till på lördag. Har ett avtal med en ung dam imorgon.

Den unga damen hade gått till sängs när hon återkom till Zinderslaan, men hennes moder satt i köket och läste korrektur.

– Känner mig som en zigenare, erkände Moreno. Fladdrar omkring och byter bostad flera gånger i veckan.

– Zigenare är trevliga människor, sa Selma Perhovens. Vill du ha te?

Det ville Moreno. Klockan var visserligen över halv tolv, men om de nu skulle hinna utbyta några ord och erfarenheter med varandra, var det kanske bäst att passa på medan Drusilla var ur räkningen.

– Tim Van Rippe, sa Selma Perhovens. Vi kör ut hans namn imorgon. Du har ingenting att invända, hoppas jag?

– Inte ett dugg, sa Moreno. De närstående vet om det.

– Bra. Skulle inte ha nånting emot att vi snackade igenom den där Maagerhistorien faktiskt. Tänkte det kunde vara dags att göra en grej på den också. Om det nu skulle visa sig vara lämpligt. Några små revideringar, kanske? I nästa vecka eller så… vad vill du ha för sorts te? Jag har sextitvå sorter.

– Starkt, sa Moreno.

35

Den 23 juli 1999

På fredagen kom högtrycket tillbaka. De sydvästliga regn-
vädren hade alla dragit förbi och värmen steg hastigt. Redan
klockan sju på morgonen visade den stora termometern på
dataföretaget Xerxes vägg i Lejnice 25 grader i skuggan, och
varmare skulle det bli.

Kriminalinspektör Ewa Moreno hörde inte till dem som
steg upp och kontrollerade vädret klockan sju denna mor-
gon. Istället väcktes hon vid nio av Drusilla Perhovens, som
dock omedelbart satte in henne i läget.

– Himlen är blå som lin och solen skiner av bara helvete.

– Svär inte, Drusilla, sa hennes mor, som stod i dörröpp-
ningen och borstade håret.

– Ibland måste man ta i, sa Drusilla. Det har du lärt mig.

Sedan vände hon sig till Moreno.

– Du kan få följa med mig till stranden om du vill, erbjöd
hon. Vi tar med en unge till, så du behöver inte underhålla
mig hela tiden.

Moreno funderade i två sekunder, sedan accepterade hon.

Det var dock inte alldeles oproblematiskt att bara vistas på
stranden och konsumera högtryck, skulle det visa sig. Dru-
silla höll sitt löfte och sysselsatte sig större delen av tiden
med en ung man vid namn Helmer – badade, byggde sand-
slott, badade, spelade fotboll, badade, käkade glass, badade
och läste serietidningar. Moreno varierade sin tillvaro genom
att ömsom ligga på rygg, ömsom på mage, men oavsett läge

hade hon svårt att hålla tankarna borta från vad som dolt sig i denna varma, mjuka sand för något mindre än en vecka sedan.

Och vad som möjligen fortfarande dolde sig i den.

Jag kanske ligger på ett lik, tänkte hon och blundade mot solen. Snart kommer Helmer och Drusilla springande och berättar att dom har grävt fram ett huvud.

Hon förstod att det började bli dags att bege sig härifrån nu. Dags att lämna både Lejnice och strandlivet och åka hem till Maardam äntligen. Fallet Mikaela Lijphart var inte hennes fall längre. Inte fallet Arnold Maager och inte fallet Tim Van Rippe. Hade förstås aldrig varit det heller, om man skulle vara nogräknad, men nu hade hon åtminstone överantvardat det i kompetenta händer. Kohlers och Baasteuwels, och – om inte det skulle räcka – den församlade lokala journalistkårens: Sonja Perhovens och, såvitt hon förstod, redaktör Wickers. Fanns inget skäl att engagera sig vidare, således. Inget som helst. Hon hade uträttat mer än någon rimligen kunde begära, och om det var så att hon tänkte återvända till sitt arbete i augusti med någorlunda laddade batterier, var det förmodligen hög tid att unna sig lite semester. Cykelåkning och tältning i den vilda Sorbinoworegionen, till exempel. Ljumma kvällar runt lägerelden med glödstekta fiskar, gott vin och existentiella samtal. Nattliga simturer i mörkt vatten.

Och om de verkligen menade allvar med att sätta igång utgrävningar av denna myllrande strand, så var det ingenting hon hade någon större lust att behöva övervara. Ingen lust alls.

Ändå var det förstås just detta hon började drömma om när hon somnade. Horder av grönklädda och svettiga militärer, som under ledning av ett flintskalligt befäl (påfallande likt polismästare Vrommel, för övrigt, men med Hitler-mustasch istället för den ordinarie tunna) högg i med hack-

285

or och spadar och grävde fram lik efter lik, vilka staplades i högar efter kön och ålder och övervakades av henne själv och aspirant Vegesack. Baasteuwel for omkring med en borste och sopade deras kroppar och ansikten fria från sand, och inför hennes förfärade ögon framträdde de, den ena efter den andra. Mikaela Lijphart. Winnie Maas. Arnold Maager (som hon bara sett på ett dåligt fotografi, men som hon ändå kände igen tydligare än alla de andra på något outgrundligt vis). Sigrid Lijphart, Vera Sauger, Mikael Bau, Franz Lampe-Leermann... vad de bägge sistnämnda hade i sammanhanget att göra hade hon lite svårt att förstå, men accepterade det ändå som ett utslag av livets inneboende galenskap. Det var först när Drusilla Perhovens kom släpande med Maud, hennes egen syster – inte som hon blivit, utan som Moreno mindes henne från tonåren – som hon fick nog av föreställningen och vaknade.

Huvudet sprängde. Man skall inte lägga sig och sova i solen! Hon mindes att det var en regel som hennes mor – av någon anledning – försökt inpränta i hennes barnaskalle, och även om hon inte fått särskilt mycket visdom med sig på vägen från det hållet, kände hon sig just idag benägen att ge sin mor rätt på den punkten åtminstone. Hon vacklade upp och gick och badade.

– Baasteuwel, kriminalinspektör, sa Baasteuwel.

Det blev tyst i luren.

– Är det doktor deHaavelaar jag talar med?

– Vad vill ni?

– Ett par frågor bara. Jag är inkopplad på fallet Van Rippe, som ni säkert läst i tidningarna om. Det tycks ha ett visst samband med ett annat fall, som ligger några år bakåt i tiden. Mordet på Winnie Maas. Kan ni erinra er det?

– Om jag vill, sa deHaavelaar.

– Det var ni som undersökte henne?

– Jag har ingenting att tillägga i det ärendet.

– Jag är bara ute efter ett klargörande.

– Det behövs inga klargöranden. Har polismästaren sanktionerat det här samtalet? Det är väl han som leder utredningen?

Baasteuwel gjorde ett kort uppehåll innan han svarade.

– Får jag fråga vad som ligger bakom er ovilja att tala om det här?

Det hördes en irriterad fnysning i luren.

– Jag har viktigare saker att syssla med, sa deHaavelaar. Blev trakasserad av en annan polis häromdagen dessutom. En kvinna.

– Polisinspektör Moreno?

– Ja. Jag borde ha rapporterat det till Vrommel, men jag lät nåd gå före rätt.

– Jag förstår, sa Baasteuwel. Men nu är det så att ni antingen svarar på mina frågor nu i telefon, eller också låter jag hämta er med polisbil. Valet är ert.

Det blev tyst i luren. Baasteuwel tände en cigarrett och väntade.

– Vad i helvete är det ni vill veta?

– Ett par detaljer, bara. Jag sitter här med rättegångsprotokollen framför mig. Rättegången mot Arnold Maager, alltså. Och det är en sak som förbryllar mig.

– Jaså?

– Ni vittnade aldrig?

– Nej.

– Varför då? Ni fungerade ju som rättsläkare.

– Det behövdes inte. Det är brukligt, men det krävs inte. Fallet var solklart, jag hade väl andra uppdrag.

– Men ni skrev under läkarutlåtandet? Som sedan lästes upp i rätten.

– Javisst. Vad fan är ni ute efter?

– Det står här att ni undersökte flickan Winnie Maas –

287

tillsammans med en obducent vid namn Kornitz – och konstaterade att hon var gravid. Stämmer det?

– Javisst.

– Men det står ingenting om hur långt graviditeten var framskriden.

– Inte? sa deHaavelaar.

– Nej.

– Märkligt. Det borde stå. Jag minns inte riktigt, men hon var inte särskilt långt gången… fem-sex veckor.

– Ni är säker på det här?

– Absolut.

– Så det var inte i själva verket fråga om lite mer? Tio-tolv veckor eller så?

– Naturligtvis inte, protesterade deHaavelaar. Vad i helvete är det ni insinuerar?

– Ingenting, sa Baasteuwel. Ville bara kontrollera eftersom uppgiften saknades.

DeHaavelaar hade ingen kommentar till detta och det uppstod några sekunders tystnad igen.

– Var det nånting mer?

– Inte för tillfället, sa Baasteuwel. Tack för ert samarbete.

– Varsågod, sa doktor deHaavelaar och la på luren.

Sådärja, tänkte Baasteuwel och betraktade telefonen med ett bistert leende. Han ljuger, den djäveln.

Vilket han förstås gjorde alldeles rätt i, konstaterade han sedan. Fanns inte skuggan av en chans att sätta dit honom. I synnerhet inte som obducent Kornitz varit död i tre år.

Intressantare då att fundera över varför han ljög.

Ewa Moreno hade inte tagit med sig telefonen till stranden, men när hon återvände till lägenheten tillsammans med Drusilla vid halvfemtiden hade hon två meddelanden.

Det första var från Münster. Han lät osedvanligt tungsint och bad henne ringa upp så snart hon hade möjlighet.

288

Hon insåg att hon ännu en gång lyckats sopa bort Lampe-Leermann och pedofilfrågan från medvetandets dagordning (även om hon erinrade sig att Slemburken figurerat som hastigast i hennes stranddröm), och när det nu dök upp igen, kändes det på nytt som om strypkopplet stramades åt om hennes hals.

Helvete, tänkte hon. Det får inte vara sant.

Hon ringde upp omedelbart, men fick inget svar. Varken på polishuset eller i Münsters hem. Hon spelade in sig på hans svarare och förklarade att hon försökt nå honom.

Det är så det ser ut nuförtiden, tänkte hon resignerat när hon lagt på luren. Vi lever i en värld av stympade kommunikationer; det enda vi använder telefonen till är att förklara att vi försökt etablera kontakt men inte lyckats. Rätt dystert onekligen.

Det andra meddelandet behövde hon inte svara på. Det var hennes f.d. pojkvän (älskare? karl? fästman?) som förklarade att han väntade på henne på Werder's klockan åtta.

Samma krog som igår, noterade hon. Samma tid också.

Fast en ny karl. Tur att hon skulle åka hem imorgon, tänkte hon. Personalen måste ju börja undra. Dra en och annan föga smickrande slutsats, kanske.

Hon bestämde sig för att gå dit i alla händelser. Men inte bli sittande för länge. Hon kände sig lika trött som Selma Perhovens såg ut när hon kom hem några minuter över fem.

– Ingen nattmangling ikväll, förklarade hon.

– På inga villkor, sa Moreno.

De hade suttit uppe till efter två. Tröskat igenom hela Maager-Lijpharthistorien ännu en gång. Pratat om förhållanden, karlar, barn, yrken, böcker, läget i det så kallade forna Jugoslavien, och vad det egentligen innebar att vara den första fria kvinnan i världshistorien.

Existentiella samtal, som sagt. Givande. Men inte en natt till, tack.

– Tack för att du var barnvakt, sa Selma Perhovens.

– Hon har inte varit ett dugg barnvakt, klargjorde Drusilla. Helmer och jag har vaktat varandra hela dan.

– Stämmer, sa Moreno. Imorgon åker jag hem, hursomhelst. Äter ute ikväll också, för övrigt. Tro inte att det är någon vana, bara.

– Ingen dum vana i så fall, menade Selma Perhovens. Vad vill mitt hjärtegryn glufsa i sig till middag, då?

– Gorgonzolaspäckad oxfilé med bakad potatis, sa hjärtegrynet. Det var så längesen.

– Det blir makaroner och korv, bestämde hennes mor.

Just som hon stod i begrepp att ge sig iväg slog telefonen till på nytt.

Den här gången var det Baasteuwel.

– Tack för igår, sa han. Vill du ha en rapport?

– Tack själv, sa Moreno. Jo, det vill jag nog.

– Har lite bråttom, förklarade Baasteuwel. Du får bara det viktigaste. Okej?

– Okej, sa Moreno.

– Den där läkaren ljuger.

– DeHaavelaar?

– Ja. Winnie Maas var med barn när hon dog, men jag skulle inte tro att Arnold Maager var far till det.

Moreno försökte smälta informationen och få ordning på den.

– Vad tusan? sa hon. Är du säker?

– På intet vis, sa Baasteuwel. Känner det på mig bara, men jag har jävligt bra känsel. Dessutom har han återvänt.

– Återvänt?

– Ja.

– Vem?

– Arnold Maager förstås. Han kom tillbaka till Sidonishemmet nu på eftermiddagen.

Ewa Moreno blev stum under några sekunder.

– Kom tillbaka? Du säger att han bara kom tillbaka...?

– Javisst.

– Hur då? Var har han varit?

– Det säger han inte. Han säger överhuvudtaget ingenting. Ligger på sin säng och stirrar in i väggen, tydligen. Vad han än har haft för sig, så har han varit utan sin medicin i nästan en vecka. Anti-depressivt, antar jag. Dom är lite oroliga för honom.

– Hur dök han upp?

– Kom knallande rakt in, helt enkelt. Vid femtiden. Vrommel är uppe och snackar med dom.

– Vrommel? Vore det inte bättre med någon annan?

Baasteuwel suckade.

– Vi kan ju för fan inte ta ifrån honom alla arbetsuppgifter utan att han anar nånting. Vegesack följde med som kontrollant, och om Maager nu är autistisk spelar det kanske inte så stor roll.

Moreno funderade.

– Förhoppningsvis inte, sa hon. Jag blir inte klok på det här. Nånting annat?

– En del, sa Baasteuwel. Men jag måste iväg på ett par små intervjuer. Hur länge är du kvar imorgon?

Moreno tvekade. Hon hade ännu inte bestämt sig för hur dags hon skulle åka. Fanns väl ingen anledning att ge sig av i svinottan i alla händelser? Borde köpa någonting till Selma Perhovens också. Och till Drusilla.

– Det går ett tåg klockan fyra. Jag tar nog det.

– Utmärkt, sa Baasteuwel. Då hinner vi äta lunch.

Sedan la han på. Ewa Moreno blev stående med telefonen i handen en stund. Det var som tusan, tänkte hon. Så Maager var inte far till barnet? Vad betydde det?

Svårt att säga. Han måste ju ha trott att han var det i alla fall. Var inte det huvudsaken?

Och plötsligt började frågorna bubbla i henne igen. Vems huvudsak? Huvudsaken för vem?

Winnie Maas förstås. Någon annan också, kanske?

För jungfrufödslar var rätt ovanliga, precis som Mikaela Lijphart påpekat på tåget för två veckor sedan...

Ewa Moreno sträckte ut sig på sängen och stirrade upp i taket.

Vad i hela världen hade hänt med Mikaela Lijphart?

Vad hade Arnold Maager varit ute på för äventyr och varför hade Tim Van Rippe dött?

Det fanns en del oklarheter. Som sagt. En helvetes massa oklarheter.

Och hur gick det med snärjandet av polismästare Vrommel? Det hade hon glömt att fråga Baasteuwel om.

Nåja, det kunde vänta till imorgon, bestämde hon.

Var dag har nog av sin egen plåga.

36

Den 24 juli 1999

Inspektör Baasteuwel stod i skuggan av ett förrådsmagasin och betraktade en fiskmås.

Fiskmåsen betraktade Baasteuwel. I övrigt hände inte mycket. Solen sken. Havet låg spegelblankt.

Han såg på klockan. Den var inte mer än kvart över tio, men han kunde svära på att temperaturen inte hade långt kvar till trettistrecket. Såvida den inte redan passerat det. Högtrycket höll i sig, således, och himlen var så molnfri att han nästan fick ont i huvudet. Denna lördag skulle ha varit hans tredje semesterdag, insåg han. Helvete också. Men det var som det var. Han tände en cigarrett, dagens fjärde. Eller möjligen femte.

Nu kom färjan äntligen släntrande runt vågbrytaren. Den såg halvtom ut. För att inte säga heltom; det fanns förstås ingen vettig anledning att bege sig in till land utifrån öarna en sådan här dag. Tvärtom. I fållorna för ombordstigande stod folk packade som Westwerdingensillar och kedjan för sista bil med elvaturen hade dragits för tio minuter sedan. Vad man nu skulle med bil till ute på öarna?

Baasteuwel lämnade den relativa svalkan bakom magasinet och förflyttade sig över till grinden där de ilandstigande slussades ut. Fällde upp paraplyet.

Han ångrade att han fastnat för det där med paraplyet. Det var hans fru som skickat med det i ett anfall av bister feministhumor, men vad fan? Bitowski måste ju få ett kännetecken, och ett blågult paraply med reklam för kondomen

Nixon var väl så gott som något.

I synnerhet i det här vädret. När han såg sig omkring kunde han ingenstans upptäcka några andra kondomparaplyer.

Så Claus Bitowski borde inte missa honom.

Det gjorde han inte heller. Bland de allra första passagerarna att stiga iland var en fetlagd man i trettiårsåldern. Lite drygt, kanske. Han bar solglasögon och hade en bakochframvänd baseballkeps på huvudet. I ena handen höll han en solkig, gul sporttrunk i galon och plast, i den andra en halvt urdrucken ölflaska. Hans T-shirt med texten "We are the Fuckin' Champs" förmådde inte riktigt hålla hans magringar på plats ovanför jeanslinningen.

– Är det du som är den där snuten? frågade han rättframt.

Baasteuwel fällde ihop paraplyet. Föräldrarna borde ha använt Nixon, tänkte han.

– Exakt. Du är Claus Bitowski?

Bitowski nickade. Drack ur ölflaskan och såg sig omkring efter en papperskorg. När han inte hittade någon hivade han den över kajkanten istället. Baasteuwel tittade bort.

– Jag har ingenting att säga, sa Bitowski.

– Vad menar du med det? sa Baasteuwel. Jag har ju inte frågat dig nånting än.

– Om Van Rippe. Jag vet ingenting.

– Vi får väl se, sa Baasteuwel. Bra att du kom i alla fall. Ska vi sätta oss nånstans?

Bitowski tände en cigarrett.

– Jag har ändå ingenting att säga.

Fint, tänkte Bitowski. En trettitvåårig bebis. Får köra med lite pedagogik.

– Strandterrassen och en öl, kanske? föreslog han.

Bitowski drog ett bloss och övervägde erbjudandet.

– Allright då, sa han.

De sneddade över Zuiderslaan och tog plats vid ett bord

under ett parasoll. Baasteuwel vinkade på servitrisen och beställde två öl.

– Du känner till att Tim Van Rippe blivit mördad? frågade han när de fått glasen på bordet.

– För jävligt, sa Bitowski.

– Du kände honom?

– Inte numera. Förr i tiden, kanske.

Baasteuwel tog upp ett block och började anteckna.

– 1983, till exempel?

– Va?

– 1983. Det är ett årtal.

– Fattar jag väl. Ja, jag kände Van Rippe när vi gick i plugget och så...

– Kände du Winnie Maas också?

– Winnie? Vad fan har hon med det här att göra?

– Var du bekant med henne? frågade Baasteuwel.

– Ja... ja, vad fan. Det är klart jag kände Winnie litegrann. Var på begravningen också. Vi gick ju i skolan tillsammans och så...

– Samma klass?

– Nej fan. Jag var ett år äldre. Varför håller du på och frågar om det här? Jag vet ingenting har jag sagt.

– Vi utreder mordet på Van Rippe, förklarade Baasteuwel. Du tycker väl att vi ska sätta fast den som dödade honom i alla fall?

– Ja, men jag vet ingenting.

Stämmer nog, tänkte Baasteuwel och drack en klunk. När det gäller det mesta.

– När åkte du ut till öarna?

– Två veckor sen.

– Vilken dag?

Bitowski tänkte efter.

– Söndan. Ja, vi åkte på eftermiddan.

– Vi?

– Jag och mina polare.

– Jag förstår, sa Baasteuwel. Du och dina polare. Hade du besök av en ung dam som heter Mikaela Lijphart innan ni åkte ut?

– Va? sa Bitowski. Mikaela…?

– Lijphart. Snackade du med henne den här söndagen?

– Inte fan, sa Bitowski. Aldrig hört namnet.

– Kände du Tim Van Rippe väl när ni var yngre?

– Sådär.

– Var han ihop med Winnie Maas?

Bitowski ryckte på axlarna. Magen dallrade.

– Tror det. Hon var ihop med många.

– När var hon ihop med Van Rippe, kommer du ihåg det?

– Nej. Hur fan skulle jag komma ihåg det?

– Alldeles innan hon dog, till exempel?

– Nej, fan heller, protesterade Bitowski. Det var långt innan. Hon knullade runt lite.

– Knullade runt?

– Ja, hon var sån.

– Var du också ihop med Winnie Maas?

Bitowski tömde sitt ölglas och rapade.

– Kan väl hända.

– Kan väl hända? Låg du med henne eller inte?

Bitowski tittade på glaset och Baasteuwel vinkade efter påfyllning.

– En gång, erkände Bitowski.

– När? sa Baasteuwel. När hon gick i nian?

– Nej, tidigare. Jag gick i nian, hon gick väl i åttan…

– Och det var bara en gång?

– Som jag satte på henne, ja.

Baasteuwel betraktade hans plufsiga ansikte en stund.

– Är du säker på att hon inte var tillsammans med Tim Van Rippe i maj-juni 1983?

Bitowski fick sitt nya glas och smakade av det.

296

– Säker och säker, muttrade han. Hon borde inte ha varit det i alla fall. Hon sög av mig i början av maj.

– Sög av dig?

– Ja, vad fan, det var nån fest. Jag minns inte riktigt.

Baasteuwel höll tillbaka en impuls att sticka Nixon i magfläsket på Claus Bitowski.

Minns inte? tänkte han. Och om tio år minns du väl inte vad du heter eller var pitten sitter.

– Kan du ge mig några andra namn på pojkar som Winnie kan ha varit ihop med? Under våren -83, alltså.

– Nej, sa Bitowski. Det var nog ingen speciell, jag kände henne inte egentligen. Jag vet ingenting om det här, har jag sagt.

– Blev du förhörd på något sätt i samband med Winnies död? frågade Baasteuwel.

– Förhörd? Nej, varför skulle jag bli förhörd? Förstår inte varför du sitter och förhör mig nu heller.

– Så det var ingen polis som ställde några frågor till dig?

– Nej.

Baasteuwel kände plötsligt att han inte hade några fler frågor att ställa, han heller. Det skulle vara om Bitowski visste namnet på USA:s president, då. Eller någon stad i Frankrike. Eller hur mycket 11 gånger 8 blev.

– Det räcker, sa han. Tack för ölen.

– Vad i helvete...?

– Ett skämt, förklarade Baasteuwel.

Aspirant Vegesack var nervös.

Det hade ingenting att göra med att gå bakom ryggen på polismästare Vrommel. Inte alls. Men det var svårt att föra andra bakom ljuset. Olustigt. Särskilt en sådan som fru Van Rippe – hon hade fått sin son mördad och nu var han tvungen att sitta här och ljuga för henne. Det kändes falskt och motbjudande, även om det kanske inte var några direkt hår-

297

resande lögner han behövde servera henne.

Hålla masken snarare. Inte berätta sanningen för henne.

Blå dunster, som det hette. Vilket var illa nog, dock.

– Jag förstår inte det här, hade hon sagt när hon klivit in i bilen. Varför vill ni prata med mig igen? Har det hänt nånting nytt?

– Inte direkt, hade Vegesack svarat. Vi behöver lite kompletterande upplysningar, bara.

– Och därför måste ni köra mig fram och tillbaka till Lejnice?

– Vi tyckte det var bäst så.

Det var en dryg timmes resa mellan Karpatz och Lejnice, men som tur var valde hon att hålla tyst större delen av denna tid. Vegesack sneglade försiktigt på henne där hon satt på passagerarplatsen och kramade en näsduk i knät. En sextiårig, lite utlevad kvinna med en död son. Då och då snöt hon sig. Kanske var hon allergisk, tänkte han. Eller kanske var det sorgen som tog sig ut den vägen. Det var förstås inte lätt för henne dessa dagar. Hennes son skulle begravas kommande vecka; torsdag, om Vegesack mindes rätt. Kremering utesluten av utredningstekniska skäl. Måste kännas för jävligt, helt enkelt. Som om hennes eget liv också tagit slut på något vis.

Fast han hade svårt att sätta sig in i det. Var tacksam för att han inte behövde prata om det.

Och illa till mods över att föra henne bakom ljuset, som sagt.

– Var du bekant med Tim? frågade hon när de kommit ungefär halvvägs.

Vegesack skakade på huvudet.

– Nej. Han var några år äldre. Jag har bara bott i Lejnice sedan -93 också. Kommer från Linzhuisen egentligen.

– Jag förstår, sa fru Van Rippe. Nej, han hade nog inte så många vänner, Tim.

– Inte? sa Vegesack.

298

– Nej. Var nog lite ensam.

Vegesack visste inte vad han skulle säga och hon utvecklade inte ämnet. Suckade och satte på sig ett par glasögon istället.

– Vackert väder, sa hon, som om hon fått syn på det först nu.

– Ja, sa Vegesack. Varmt och skönt.

Mycket mer blev det inte sagt. Inte på hela resan. De körde in i Lejnice fem minuter i ett och han parkerade på Zeestraat utanför Westerblatts kontor.

Hon tittade förvånat på honom.

– Tidningen? Vad ska vi göra här?

Vegesack harklade sig.

– Det är lite fullt borta på polisstationen. Vi har lånat lokalen av dom, bara.

Han kunde inte avgöra om hon trodde honom.

Ewa Moreno köpte en flaska portvin till Selma Perhovens, som tack för gästfriheten, men hon drabbades av en lätt ångest när det gällde att välja present åt Drusilla. Till slut fastnade hon för en prisbelönt ungdomsbok och en chokladask; hon hade sett att Drusilla hade en ganska välfylld bokhylla i sitt rum och chokladen skulle hon under alla förhållanden proppa i sig utan mankemang.

Både mor och dotter föreföll också nöjda med avskedsgåvorna, och Moreno lämnade det perhovenska hemmet efter diverse ömhetsbetygelser och löften om bibehållna kontakter. Hon låste in sin resväska på järnvägsstationen, tog ett sista solbad på stranden och klockan två mötte hon, som avtalat var, inspektör Baasteuwel på Darms' för att äta lunch.

– Det klarnar, sa Baasteuwel när de fått in sina sallader. Fast det är inte lika klart som vädret än.

– Du menar att du inte tänker servera mig lösningen? sa Moreno.

299

– Tyvärr, sa Baasteuwel. Vi är inte färdiga med det här riktigt än. Fan vet hur det hänger ihop egentligen.

Moreno väntade.

– Och fan vet vad som har hänt med Mikaela Lijphart. Inte ett enda ynka napp på den nya efterlysningen. Inte ens dom vanliga galningarna, som alltid brukar ringa och ha sett fan och hans moster. Verkar nästan lite misstänkt, men vi har koll på att Vrommel inte smyger undan nånting i alla fall.

– Maager, då? sa Moreno. Har ni frågat Sigrid Lijphart om telefonsamtalet till Sidonishemmet?

– Jodå. Hon nekar å det bestämdaste. Har inte talat med honom på sexton år, påstår hon, och kommer inte att göra det de närmaste sexton heller. Varmhjärtad kvinna, onekligen. Fast hon har väl sina skäl.

– Hon kanske ljuger.

– Möjligt, sa Baasteuwel. Jag har inte talat med henne personligen, det var Kohler som skötte det. Hursomhelst ligger Maager kvar i sängen och stirrar på samma fläck på tapeten. Om han nu ens har ögonen öppna, dom var visst tvungna att trycka i honom en del för att han skulle få sova. Men Winnie Maas är lite intressantare... om du vill höra?

– Idel öra, sa Moreno.

Baasteuwel drack ett halvt glas mineralvatten och petade runt två varv med sin gaffel i salladen innan han fortsatte.

– Hon var nog inte Guds bästa barn.

– Det har jag förstått, sa Moreno.

– Det är rätt få som vill kännas vid henne, faktiskt. Alla jag varit i kontakt med blir liksom reserverade när jag börjar ställa frågor om henne. Dom vill inte tala om henne, helt enkelt. Varenda en säger att dom visste vem hon var, men ingen har klämt ur sig att han eller hon var god vän med henne. Så hennes roll börjar bli rätt tydlig. En ung och skamlös femme fatale, om man vill hårddra det lite. Den här förbannade Bitowski erkände visserligen att han varit i säng med henne en gång, men hur många andra som också var det, ja, det vete fan. Ändå var hon bara sexton år när hon dog. Och ingen jag frågat verkar tvivla på att det verkligen var Maager som knuffade ner henne från viadukten. Inte en enda.

Moreno funderade en stund.

– Så även om han inte var far till barnet, så skulle det ha varit han som gjorde det?

– Det verkar så. Det viktiga var att han trodde att han gjort henne med barn. Inte att det verkligen var så. Hon tänkte utnyttja det på något sätt och han satte stopp för det. Ja, mycket enklare kan det inte bli.

– Vrommel, då? Och den här läkaren?

Baasteuwel suckade.

– Vete fan. Även om deHaavelaar faktiskt undanhöll uppgifter, så behöver det ju inte ändra så mycket.

– Jo, protesterade Moreno. Han måste ha haft ett skäl att göra det. Och Vrommel måste ha haft ett skäl att hålla tyst om Vera Sauger. Det är enkel logik.

– Hm, muttrade Baasteuwel. Jag vet. Fan också. Jag sa ju bara att det håller på att klarna. Vi ska nog reda ut skiten, om inte för annat så för att jag vill ge den här polismästaren en minnesbeta. Har han nånting på sitt samvete, så tänker jag fanimej ställa honom till svars också. Jag lovar att hålla dig underrättad om tidpunkten för avrättningen... allt annat också förstås, om du är intresserad.

Moreno nickade.

– Det är flickan det gäller i främsta rummet, sa hon. Jag vill inte att Mikaela Lijphart skall ha råkat ut för nånting, men jag är rädd att... ja, du vet.

– Jo, sa Baasteuwel. Visst vet jag. Vi har varit med förr både du och jag. Fast det skadar inte att vara optimist tills motsatsen bevisats, jag brukar köra med den principen. Vi

301

tar oss an modern idag, förresten. Van Rippes mor, vill säga. Med hjälp av redaktör Wicker... han tittade på klockan... dom sitter nog borta på tidningen just nu, skulle jag tro. Borde kunna ge nånting, han kan den här hålan på sina fem fingrar, Wicker... tja, sådant är läget på det stora hela taget.

– Och Vrommel anar ingenting?

Baasteuwel visade tänderna.

– Inte än så länge. Han undrar varför Kohler och jag inte åkt hem än, bara.

– Och hur förklarar ni det?

– Att vi gillar stan och har taskiga äktenskap, sa Baasteuwel med ett nytt grin. Han tror på det, den dumma djäveln. Har aldrig varit gift själv och inbillar sig att det är något slags vinstlott.

Moreno hade ingen kommentar till detta.

– Nu äter vi, sa hon istället.

37

Intendent Kohler presenterade sig och bad fru Van Rippe sitta ner.

– Jag antar att ni känner igen redaktör Wicker på Westerblatt?

Fru Van Rippe satte sig och vandrade förvånat med blicken mellan Kohler och Wicker.

– Ja… javisst, sa hon. Men var är polismästaren? Jag trodde han skulle sköta det här?

– Han är lite upptagen för tillfället, förklarade Kohler. Det är mycket att göra, som ni säkert förstår. Jag är extrainkallad från Wallburg med anledning av mordet på er son.

– Lite kaffe och en smörgås? frågade Aaron Wicker.

För ett ögonblick trodde Vegesack att Edita Van Rippe skulle resa sig upp och vägra. Hon bet ihop munnen till ett tunt streck och såg ner i golvet.

– Ja tack, sa hon till sist. Men jag förstår inte varför jag är här.

– Vi gör bara vårt bästa för att bringa klarhet i den här tråkiga händelsen, sa Kohler. Ju fler uppgifter vi har att luta oss emot, desto större chans är det att vi lyckas. Att vi hittar gärningsmannen. Vi har några frågor som vi skulle vilja ställa till er… för att få en lite fylligare bakgrundsbild när det gäller er son.

Wicker hällde upp kaffe och avtäckte ett fat smörgåsar från Doovers konditori, som låg vägg i vägg med tidningsredaktionen.

– Jag sitter med av den enkla anledningen att jag har lite lokalkännedom, förklarade han. Varsågod, fru Van Rippe.

Hon tog en skinksmörgås och betraktade den misstänksamt.

– Jag skulle helst vilja vara tillbaka klockan fyra.

– Inget problem, försäkrade Kohler. Aspirant Vegesack kör er tillbaka så snart vi är klara. Kan ni berätta lite om ert liv?

– Mitt liv?

Edita Van Rippe stirrade på intendenten som om hon inte förstått frågan. Som om hon aldrig haft något liv.

– Ja tack. Lite i stora drag sådär.

– Vad... vad är det ni vill veta? Jag har bott här i Lejnice sedan jag var barn... flyttade till Karpatz när jag träffade Walter, min nye man. Tio år sedan ungefär. Jag förstår inte vad ni är ute efter.

– En liten bakgrund, bara, upprepade Kohler. Ni har alltså en son till, förutom Tim? Lite äldre, tror jag?

– Ja.

Hon tvekade. Tog ett bett av smörgåsen och tuggade långsamt. Sköljde ner med en klunk kaffe. Kohler väntade.

– Ja, Jakob..., återtog hon. Jag har honom också. Han är sex år äldre än Tim. Fick honom tidigt. Bara nitton år, det var som det var. Men det här känner ni redan till, det är jag säker på. Wicker här åtminstone...

– Naturligtvis, avbröt Kohler. Ni gifte er med Henrik Van Rippe samma år, det känner vi också till. Mycket ung, således. Hur länge var ni gifta?

Hennes ansikte stramades åt, tyckte Vegesack. Hon kommer att vägra snart, tänkte han.

– Han lämnade mig 1975, sa hon med en plötslig skärpa i rösten. Jakob var femton, Tim nio.

– Lämnade er? undrade Kohler.

– För en annan, ja. Det är ingenting någon behöver rota i.

Kohler nickade.

– Ursäkta. Givetvis inte. Hurdan var Tim som barn?

– Varför frågar ni det?

– Var snäll och hjälp oss genom att svara, fru Van Rippe. Ni har inte tagit er nye mans efternamn, förresten?

– Vi är inte gifta. Funderade på att ta tillbaka mitt flicknamn, men jag hade vant mig vid Van Rippe.

– Jag förstår. Och hurdan var han som liten, Tim?

Hon ryckte på axlarna.

– Gjorde inte mycket väsen av sig.

– Jaså?

– Men snäll. Tim var aldrig till besvär, han skötte det han skulle och höll sig gärna för sig själv. Jakob var annorlunda.

– På vilket sätt?

– Mera utåtriktad. Hade alltid kamrater hos sig. Tim tyckte bäst om att hålla på med saker och ting på egen hand.

Aspirant Vegesack sneglade på sitt armbandsur. Vad i helvete håller dom på med? tänkte han. Skulle det gå i den här takten blev han antagligen tvungen att köra som en blådåre för att få tillbaka fru Van Rippe till Karpatz före fyra... han hade fått stränga order av Kohler att hålla tyst under samtalet, såvida han inte blev direkt tilltalad. Detsamma gällde av allt att döma för Aaron Wicker, som satt och sög på en blyertspenna och såg sömnig ut.

– Ni träffade er nuvarande man 1988? frågade Kohler. Var det så?

Fru Van Rippe nickade.

– Walter Krummnagel?

Undra på att hon inte vill byta namn, tänkte Vegesack.

– Ja.

– Och flyttade till Karpatz samma år?

– Ja.

– Levde ni ensam mellan... Kohler satte på sig glasögon och konsulterade sitt anteckningsblock... 1975 och 1988?

305

Fru Van Rippes ansikte hårdnade igen.

– Ja.

– Ni hade inget förhållande under den här tiden?

– Nej.

– En stilig kvinna som ni?

Inget svar. Vegesack kunde inte säkert avgöra om hon rodnade, men han trodde det. Kohler gjorde en liten paus.

– Varför då?

– Vad menar ni?

– Varför levde ni ensam?

– Därför att jag inte ville ha någon man.

– Men någon liten affär måste ni väl ändå ha haft? Det låter tungt att leva ensam så länge. Era barn var ju inte små längre, och...

– Jag valde att ha det på det viset, avbröt fru Van Rippe. Man har rätt att leva som man vill.

Kohler tog av sig glasögonen och stoppade ner dem i bröstfickan. Nickade omärkligt åt redaktör Wicker.

– Så? sa Kohler och lutade sig en smula närmare henne. Jag tror ni ljuger, fru Van Rippe.

Hon fattade tag med händerna om stolens armstöd. Uppenbarligen tänkte hon resa sig, men efter ett par sekunder sjönk hon tillbaka.

– Ljuger? Varför skulle jag ljuga?

Hon stirrade på Kohler, som dock hade sänkt blicken och höll den fästad på sin kaffekopp. Snyggt, tänkte Vegesack. Det blev tyst i fem sekunder. Sedan tog redaktör Wicker ordet.

– Fru Van Rippe, sa han medan han långsamt la armarna i kors över bröstet. Är det inte så att ni hade ett förhållande med en viss person här i stan... i början av åttitalet, om jag inte minns fel... åttitvå-åttitre, sådär?

– Nej... nej, vem skulle det ha varit?

Hennes röst höll inte riktigt. Hon släppte taget om armstöden.

306

– Vem det skulle ha varit? sa Wicker med spelad förvåning.
Det vet ni nog bäst själv, fru Van Rippe. Jag tycker inte det
är någonting att skämmas över… förstår inte varför ni sitter
och håller inne med det. Vi är väl inte mer än människor?

– Jag vet inte vad ni talar om, sa fru Van Rippe och hen-
nes röst var med ens inte mer än en viskning.

Det gick ytterligare några sekunder.

– Jag talar om Vrommel, sa redaktör Wicker och lutade
sig tillbaka i stolen. Polismästare Victor Vrommel.

Edita Van Rippe svarade inte. Istället böjde hon sig lång-
samt fram över bordet och la armarna över huvudet.

Kohler lättade på slipsknuten och gick på toaletten.

Moreno funderade på Baasteuwels replik medan hon satt
och väntade på tåget.

En vinstlott att vara ensamstående? Enligt Vrommel!

Det kändes inte särskilt upplyftande. Om det var som po-
lismästaren i Lejnice man blev om man inte gängade sig, ja,
då borde hon se till att hitta en karl i rödaste rappet, den
saken var klar.

Kanske nappa på Mikael Baus diskreta förslag om en åter-
förening i augusti, till exempel? Gårdagens middag hade
flutit tämligen problemfritt, det måste hon medge. Vad han
än hade för dåliga sidor, så inte verkade han vara särskilt
långsint i alla fall. Vare sig när det gällde trasiga Trabantar
eller kriminalinspektörer med arbetsnarkomani. Det erkän-
nandet måste hon ge honom.

Så kanske ändå, tänkte hon. En nystart i augusti?

Hon bestämde sig för att skjuta upp beslutet till dess ock-
så. En stärkande cykelsemester borde ha alla möjligheter att
skärpa omdömet, och just nu var det tillräckligt mycket som
det var.

I gengäld fattade hon ett annat beslut.

Ringde Münster.

Tyvärr svarade han. Hon hade hoppats att han inte skulle göra det.

– Nå? frågade hon. Märkte att hon höll andan.

– Jag är rädd för att Lampe-Leermann hade rätt, sa Münster.

Därefter yttrade ingen av dem ett ord på gott och väl tio sekunder.

– Är du kvar?

– Ja, sa Moreno. Jag är kvar. Du vet vem, alltså?

– Vi har ett namn, sa Münster. Jag tänker inte berätta vilket förrän vi är hundraprocentigt säkra. Inte ens för dig.

– Bra, sa Moreno. Jag mår illa, håll inne med det, för fan.

– Det här är inte roligt, sa Münster.

Det blev tyst igen.

– Hur bar du dig åt? frågade Moreno.

– Hrrm, harklade sig Münster. Visste inte hur jag skulle gå till väga riktigt. Till slut kopplade jag in *kommissarien*. Van Veeteren, alltså.

Moreno tänkte efter.

– Skulle nog jag också ha gjort, sa hon. Om jag kommit på det, åtminstone. Så ni tog itu med den här journalisten tillsammans?

– Det vill jag lova, sa Münster. Han skrattade till men avbröt sig. VV skrämde upp honom så att han till och med betalade för ölen. Jag skulle inte ha klarat det på egen hand.

– Och han kläckte ur sig ett namn?

– Han gjorde det, sa Münster.

– Och han bluffar inte?

– Det ser inte så ut.

– Jag förstår.

– Det är bara det att vi inte har konfronterat honom än. Han är på semester och jag tänkte vänta tills han är tillbaka. Tyckte det verkade bäst och *kommissarien* var av samma mening.

Moreno började hastigt fundera över vilka av hennes kolleger, förutom hon själv, som hade julisemester, men hejdade sig nästan omedelbart.

Vill inte veta, tänkte hon. Inte förrän det är nödvändigt.

– Ja, sådant är läget, sa Münster. Tänkte bara du skulle känna till det.

– Okej, sa Moreno. Vi ses.

– Det gör vi, sa Münster.

Den här gången hade hon valt snabbtåget, men det var lika glest med folk som när hon åkte i andra riktningen, konstaterade hon och slog sig ner på en fönsterplats.

Fanns förstås heller ingen större anledning att lämna kusten en het lördag som den här. Två veckor, tänkte hon. Det har gått precis två veckor av min semester och nu åker jag hem igen

Inte utvilad, direkt. Inte fjorton lata dagar vid havet. Vad tusan hade hon sysslat med? Det hade inte blivit riktigt som det varit tänkt, det kunde i varje fall konstateras. Hon hade bett sin pojkvän (karl? älskare? hanne?) dra åt helvete, hon hade lekt amatördetektiv dag och natt, och hon hade inte åstadkommit ett dugg.

Inte ett förbannat dugg.

Hon visste inte vad som hänt med den gråtande flickan på tåget.

Hon visste inte vem som dödade Winnie Maas.

Hon visste inte vem som dödade Tim Van Rippe.

Och det fanns en pedofil på polishuset i Maardam.

Fin utdelning, tänkte Ewa Moreno. Onekligen ett lyckat resultat.

38

När han återigen passerade skolan kom en vindil nerifrån havet och han stannade upp på nytt.

Om det var vindilen eller själva den upplysta orienteringstavlan med skolans namn och de olika huskropparna pedagogiskt utmärkta som fick honom att hejda sig, kunde han inte avgöra. Men han blev stående och såg på tavlan och någonting rördes inuti honom. Ett slags diffus känsla av trygghet, kanske. Hans arbetsplats. Öde som en öken en sommarnatt klockan halv två. Men ändå?

Han sjönk ner på en av stenbänkarna utmed gymnastikhusets långsida. Armbågarna på knäna, huvudet i händerna.

Vad ska jag ta mig till? tänkte han. Vad i helvete händer nu? Varför sitter jag här? Satan, satan, satan...

Han märkte att det bara var ord som forsade förbi inuti honom. Inga tankar. Inga handlingsplaner. Bara ett meningslöst rabbel av frågor och desperata rop som tycktes sväva över en avgrund som han för allt i världen inte fick titta ner i, inte vågade titta ner i – virvlande ord som bara tjänade till att hålla allt annat på avstånd. På avstånd och borta. Det var som det var. Det slog honom att han höll på att bli galen.

Hem? tänkte han. Hem till Mikaela? Varför då? Varför har jag stannat här? Varför rusar jag inte upp till viadukten och ser henne i ögonen? Vem? Vem menar jag? Winnie? Eller Sigrid? Jag har ändå förlorat allt. Kommer aldrig att komma tillbaka hit... inte till Mikaela, inte till Sigrid, inte till skolan. Jag har förlorat. Just nu har jag förlorat allt... förlo-

313

rar just nu allt på den här förbannade bänken utanför det här förbannade gymnastikhuset. Jag visste det, har vetat det ända sedan den där förbannade kvällen, varför gjorde jag ingenting åt det, vad skall jag göra när allt är för sent? Helvete. Det är för sent. Helvete. Allting är redan för sent…

Han reste sig. Håll tyst! sa han åt tankarna. Tyst! Drog ett djupt andetag och försökte koncentrera sig en sista gång. Sista gång? tänkte han. Vad då sista gång?

Han började gå bort mot viadukten igen. Är hon kvar? undrade han. Är *dom* kvar? Rusade Sigrid *dit*? Var det dit hon begav sig? Måste ha gått en halvtimme snart.

Han ökade på stegen. Korsade Birkenerstraat i höjd med kyrkogården och vek in på Emserweg. Och det var då, just som han kom runt hörnet vid Dorffs bok- och pappershandel och ut på Dorfflenerstraat som han såg henne.

Hon passerade förbi den upplysta entrén till idrottsplatsen på andra sidan gatan och hon gick med raska steg. Energiska och målmedvetna steg. Sigrid, hans hustru. Hon fick aldrig syn på honom, han undertryckte en impuls att ropa hennes namn. Stannade upp under bokhandelns baldakin istället och blev stående där tills hon var utom synhåll. Hon har varit där, tänkte han. Hon har varit däruppe och träffat Winnie.

Han skyndade tvärs över Dorfflenerstraat, fortsatte förbi idrottsplatsen och kom ner till järnvägen. När han rundat bryggeriet hade han viadukten i synfältet.

Fast bara på avstånd. Ännu kunde han inte se om det stod någon däruppe. Stod och väntade på honom? Han saktade ner på stegen. Vad fan skulle han säga? Göra? Vad väntade hon sig av honom? Hon som hade ruinerat hans liv. Hade krossat honom i och med att hon berättade för hans hustru för… han tittade på klockan… trettifem minuter sedan. Det var inte mer. En dryg halvtimme sedan telefonsamtalet. Vad fan ville hon honom nu?

314

Med barn? Hon var med barn, hans barn. Han mindes vad hon sagt den där natten. Kom bara, magistern... kom, kom, kom, jag äter piller!

Magistern, hade hon sagt. Mitt under själva akten, själva knullandet, hade hon använt det ordet.

Piller? I helvete hade hon ätit några piller.

Han började ta sig upp genom den långa kurvan medan han löjligt nog funderade på om hon ville ligga med honom igen. Det var en skitig tanke som antagligen sa en del om vem han var. Innerst inne. Och att det förmodligen var alldeles riktigt att han höll på att bli galen. Jag är ett svin, tänkte han. Svin, svin, svin! han kunde nästan höra Sigrid uttala orden... Ligga med Winne Maas? Igen? Låta henne rida på honom framlänges och baklänges och köra kuken i henne så hon kved av upphetsning och låta henne suga honom och gnugga hennes styva, blänkande lilla clitorisknopp tills hon skrek... vad fan gick han och yrade om? Hans hjärna rusade som en bil på för låg växel. Vad är det som händer med mitt huvud? tänkte han. Hon står ju inte där.

Hon stod ju inte där.

Det var alldeles tomt däruppe. Inte en människa, inte en enda jävla liten Winnie Maas och ingen annan heller. Han stannade upp och såg sig omkring. Norrut och söderut. Det var god utsikt häruppifrån. Hela stan låg i blickfånget, gatorna, torgen, de bägge kyrkorna, stranden och hamnen med vågbrytare och betongfundament och skyddat inlopp. Det lilla skogsområdet bortanför fotbollsplanerna. Frieders pir och Gordons fyr allra längst söderut... allt inbäddat i sommarnattens bleka mörker.

Han sänkte blicken. Följde spåren bortifrån järnvägsstationen och hitåt. Det låg någonting därnere, såg han. Alldeles intill det högra spåret, lite snett nedanför den punkt där han själv stod. Mörkret var tunt och dessutom kastade en gatlykta sitt smutsgula sken över gatan och banvallen just där.

315

Låg någonting där, alltså. Någonting vitt och lite blått och lite hudfärgat...

Det tog en sekund innan han förstod vad det var.

Det tog ytterligare en innan han förstod vem det var.

39

Aspirant Vegesack gjorde korstecken och steg in.

Polismästare Vrommel låg framför skrivbordet och gjorde benlyft.

– Ett ögonblick, aspiranten, sa han.

Vegesack satte sig i besöksstolen och betraktade sin chef. Lyften var en smula ansträngande av allt att döma, för Vrommel stånkade som en strandad valross och hans blanka flint lyste röd som ett stoppljus. När han var klar låg han kvar en stund raklång på golvet och återhämtade sig. Sedan reste han sig och gick och satte sig bakom skrivbordet.

– Du går på semester imorgon?

Vegesack nickade.

– Imorgon, ja.

– Inget vidare väder.

– Nej, sa Vegesack.

– Bättre förra veckan.

– Ja.

Vrommel drog ut en skrivbordslåda. Plockade fram en pappersnäsduk och torkade sig i pannan och uppe på hjässan.

– Det här Van Rippefallet. Dags att summera lite.

– Ska vi lägga ner det? frågade Vegesack.

– Inte lägga ner, sa Vrommel. Man lägger inte ner mordutredningar hur som helst. Jag sa summera. Svårlöst, vi har inte kommit någonstans. Eller hur?

– Nej.

317

– Får dra ner på arbetsinsatserna. Har gått tre veckor nu. Rutinmässig spaning från och med nu.

– Jag förstår, sa Vegesack.

– Behöver en sammanställning. Ett slags rapport över vad vi åstadkommit så här långt. Tänkte ha en liten presskonferens imorgon förmiddag. Behöver redovisa lite uppåt också. Dom där flickscouterna från Wallburg gjorde inte mycket nytta.

– Inte mycket.

Vrommel harklade sig.

– Så om du tar och skriver ut den här sammanställningen, så kan du lägga den på mitt skrivbord innan du går hem. Du har dagen på dig.

Vegesack nickade.

– Och inte för långrandigt. Fakta bara. I kortheten skönjes mästaren.

Vegesack började resa sig.

– Var det nånting annat?

– Då hade jag sagt det, sa Vrommel. På mitt skrivbord, alltså. Trevlig semester och håll dig i form.

– Tack, sa aspirant Vegesack och lämnade rummet.

Ewa Moreno vaknade och såg på klockan.

Tio i tolv.

Insåg att hon låg i sin egen säng och att hon trots allt inte sovit mer än nio timmar. Försökte känna efter om det fanns någon muskel i kroppen som inte värkte, men hittade ingen.

Känner mig som nitti, tänkte hon. Och det här skulle vara nyttigt?

Hon hade kommit i säng strax före tre, således. Hade varit hemma prick klockan två, men haft sinnesnärvaro nog att ta ett hett bad innan hon kröp till sängs. Om hon inte gjort det, hade hon förmodligen inte kunnat röra sig nu. Den sista etappen av cykelsemestern med Clara Mietens hade omfat-

318

tat sjuttifem kilometer i motvind, de sista tretti i regn. Det hade varit tänkt att de skulle ha kommit iväg lite tidigare än de verkligen gjort, att de skulle ha en behaglig ostlig vind i ryggen och trampa in i Maardam med den nedgående solen i ansiktet. Det var så planen sett ut.

Ostlig vind? tänkte Moreno och satte sig försiktigt upp på sängkanten. Hade det någonsin blåst ostlig vind i den här staden? När de skildes åt nere på Zwille klockan kvart i två, hade Clara Mietens högtidligt lovat att om hon någonsin mer orkade stiga upp, skulle hennes första åtgärd vara att slå ett sjunkankare om sin förbannade hoj (med sex växlar; två fungerande), kasta den i Langgraacht och sjunga en psalm.

Fast i övrigt hade det inte varit så dumt. Fram till själva finalen, vill säga. Åtta guldkantade dagar, bräddfulla av lägerliv, bad, samtal, cykelturer (aldrig i motvind och regn, dock) och lättja i den natursköna Sorbinoworegionen. Claras röda tält hade varit nyanskaffat och lätthanterligt. Vädret hade varit strålande. Ända fram till igår.

Hon gick ut i badrummet och duschade. Efter tio minuter började kroppen kännas som om den vore hennes egen. I takt med detta fick också hennes tankar en annan inriktning.

Det var oundvikligt, förstås. Dags att kliva in i verkligheten igen. Hög tid.

Hon tog på morgonrocken och satte igång med posten. Räkningar, reklam, fyra vykort och ett lönebesked. Intressant onekligen.

Sedan lyssnade hon av telefonen. Efter moget övervägande hade hon lämnat mobilen hemma under Tour de Sorbinowo, så det borde finnas en del lagrat, tyckte hon.

Det gjorde det också. Både det ena och det andra; två glada hälsningar från Mikael Bau, till exempel, och ett meddelande från hennes mor som förklarade att de (hennes far också, antagligen, försåvitt inget hårresande häpnadsväckande hade skett medan hon varit borta) just stod i begrepp att

319

bege sig till flygplatsen för att åka till Florida, och att de inte skulle vara tillbaka förrän i slutet av augusti.

Om hon försökte kontakta dem och undrade.

Elva meddelanden inalles, förklarade den svala kvinnliga rösten på bandet.

Men ingenting från Baasteuwel.

Ingenting från Vegesack eller Kohler. Ingenting från Münster.

Inte ens från Selma Perhovens.

Jaha ja, tänkte Ewa Moreno och gick ut för att handla frukostmat. Man ska inte inbilla sig att man betyder nåt.

Klockan var halv sju på kvällen när hon äntligen fick tag på inspektör Baasteuwel.

– Jaså, du är hemma nu? konstaterade han.

– Kom igår. Trodde du skulle höra av dig.

– Gjorde jag också, men jag tycker inte om att lämna tomma meddelanden.

– Jaså? Nå?

Baasteuwel gjorde en paus.

– Vi har skrinlagt det.

– Skrinlagt?

– Ja. Det var bäst så. Vi kom fram till det, Kohler och jag. Jag har semester nu.

En kort svirrning av absurd obegriplighet drog förbi i Morenos medvetande.

– Vad i helvete pratar du om? sa hon. Vrommel då? Det var ju bara en tidsfråga, påstod du?

Hon hörde hur Baasteuwel tände en cigarrett.

– Hör på nu, sa han. Du måste tro mig i det här. Det gick inte att komma åt den jäveln som vi trodde. Vi var helt överens om att sluta gräva, både Kohler och jag. Vegesack också. Fanns ingenting mer att ta på och ingen anledning att gå vidare med saker och ting. Inte som det utvecklade sig.

– Utvecklade sig? sa Moreno. Vad menar du? Jag förstår inte vad det är du säger.

– Kan så vara, sa Baasteuwel. Det blev på det viset i alla fall. Du skulle hålla med mig om du hade detaljerna klara för dig.

– Detaljerna? Vilka detaljer?

– En hel del faktiskt. Jo, jag garanterar dig att det här är den bästa lösningen. Det blev som det blev, det är så med en del fall, det borde du känna till.

Tankarna stockade sig i huvudet på Moreno och hon nöp sig två gånger i armen för att kontrollera att hon var vaken innan hon fortsatte.

– Du svor på att sätta dit Vrommel, påminde hon ilsket. En oskyldig flicka har försvunnit och en man har mördats. Du blev polis för att få chansen att klämma åt skitstövlar, och nu...

– Det gick inte den här gången.

– Och Van Rippe?

– Fallet ligger hos polismästaren. Kohler och jag var bara inkallade som extra arbetskraft i inledningsskedet av utredningen, glöm inte det. Vi har lämnat den nu.

Moreno tog bort luren från örat och betraktade den misstroget ett par sekunder.

– Är det verkligen inspektör Baasteuwel vid Wallburgpolisen jag talar med? frågade hon sedan.

Baasteuwel gav till ett kort skratt.

– Högst densamme, intygade han. Men jag tycker jag kan skönja en viss otålighet i inspektörens röst. Låter nästan som om hon undrar över ett och annat?

– Stämmer, sa Moreno. Stämmer alldeles förbannat väl. Förstår inte vad det är för språk du talar. Du lämnar ett mord och en försvunnen flicka och tar semester. På vilken sida sitter hjärnblödningen?

– Mitt i, förklarade Baasteuwel vänligt. Jo, jag håller med

321

om att jag kan låta en smula oskärpt när ledigheten börjar vegetera på mig. Fast om du verkligen vill utröna lite mer om de här sakerna i Lejnice, kan jag kanske samla ihop mig och göra dig till viljes...

– Det är din förbannade plikt, sa Moreno. När och var?

– Imorgon?

– Ju förr desto bättre.

Baasteuwel tycktes tänka efter.

– Någonstans i Maardam, kanske? Så får du vara på hemmaplan.

– Gärna det, sa Moreno.

– Gamla Vlissingen, finns det kvar?

– I högsta grad.

– Då så, sa Baasteuwel. Imorgon klockan sju, blir det bra? Jag bokar bord.

– Det blir utmärkt, sa Moreno.

Hon lade på och stirrade ut genom fönstret som just börjat rappas av ett nytt västligt regnväder.

Jag förstår inte det här, tänkte hon. Jag förstår tamejfan inte ett dugg.

40

Den 6 augusti 1999

Restaurang Vlissingen var lika välfylld som vanligt. Hon var en smula sen och passerade den ensamma flickan i hörnet utan att reagera. Först när hon gått runt och svept med blicken över hela lokalen – och lite irriterat konstaterat att inspektör Baasteuwel inte verkade finnas på plats – såg hon vem det var.

Och sedan gick det ännu en obekant tidsrymd innan hennes hjärna fick ordning på tolkningen av synintrycket. Hon blundade hårt för att återställa verkligheten. Gick fram till bordet. Flickan började resa sig, men ångrade sig och satte sig igen. Log ett trevande leende. Mycket trevande.

– Mikaela? sa inspektör Moreno. Mikaela Lijphart? Det är väl du?

– Ja, erkände flickan och skrattade nervöst. Moreno såg att hennes underläpp darrade till.

– Inspektör Baas...? började Moreno, och i samma ögonblick förstod hon att det inte skulle komma någon Baasteuwel till restaurang Vlissingen denna kväll. Det var så han räknat ut det. Det var detta som låg bakom dissonanserna i gårdagskvällens telefonsamtal.

Herregud, tänkte hon, det borde jag väl ha begripit? Sedan log hon så mycket hon orkade mot flickan och uppmanade henne att ställa sig upp så hon kom åt att krama om henne ordentligt.

– Jag... jag är så glad att se dig, sa hon.

– Jag också, fick Mikaela Lijphart fram. Det var han... inspektör Baasteuwel... som sa att du nog ville träffa mig. Han sa åt mig att jag skulle vänta på dig här... han gav mig pengar så jag kunde bjuda dig på mat också.

Om det inte varit för flickans ängsliga röst, kunde Moreno ha brustit ut i ett gapskratt. Men Mikaela var allt annat än till freds, det märktes hur tydligt som helst. De satte sig. Moreno la en hand på hennes arm.

– Du är orolig.

– Ja. Det är så förfärligt. Jag kan inte sova om nätterna.

– Du förstår... du förstår väl att jag vill veta vad som hände?

– Ja... Mikaela tittade ner i bordet. Jag vet att jag måste berätta. Jag är så tacksam för att du var så vänlig på tåget, och jag vet att du ansträngde dig jättemycket sedan också.

Moreno försökte sig på ett nytt uppmuntrande leende, men hon kände att det hade svårt att få fäste.

– Det var inte så farligt, sa hon. Ska vi passa på och äta medan vi samtalar, kanske?

– Ja, sa Mikaela Lijphart. Jag är hungrig, faktiskt.

Det tog en stund att klara av beställningarna. Moreno funderade på om hon någonsin befunnit sig i en liknande situation. Hon trodde inte det. Det kändes inte så, fast det var förstås högst oklart vad den egentligen innehöll. Situationen. Hon hade ägnat dagar, nätter och veckor åt att försöka förstå vad som hänt med denna spårlöst försvunna flicka, och nu satt hon plötsligt öga mot öga med henne över ett restaurangbord. Utan så mycket som en sekunds förvarning. Förbannade Baasteuwel, tänkte hon. Nej, det här saknade motstycke.

Och Mikaela Lijphart mådde inte bra. Såg blek och darrig ut; det verkade ganska meningslöst att börja prata om banaliteter – väder och vind och om hon varit på bio på sistone – fullständigt meningslöst.

– Sätt igång, Mikaela, bad hon istället. Det man måste,

måste man. Jag tror du sa så när vi träffades förra gången.

– Nej, det var du som sa det, korrigerade Mikaela. Var ska jag börja?

– Från början förstås. Från det att vi skiljdes åt utanför stationen i Lejnice.

Mikaela lyfte blicken och såg henne rakt in i ögonen en kort stund. Sedan drog hon ett djupt andetag och började berätta.

– Ja, först gick det precis som jag hade tänkt, faktiskt, inledde hon medan hon långsamt knäppte händerna framför sig över bordet – som om det var en färdighet hon just lärt sig och ännu hade vissa svårigheter att utföra, hann Moreno tänka.

– Jag tog mig upp till det där hemmet och jag träffade min pappa. Det var… det var fruktansvärt konstigt att bara komma in i ett rum och få syn på en alldeles främmande människa som ändå var min pappa. Jag hade tänkt på det och försökt föreställa mig förstås, men det kändes ändå mycket underligare än jag kunnat tro… han var så liten och främmande, och så… sjuk. Jag tyckte han liknade en fågel. Min fågelpappa, tänkte jag. Och ändå förstod jag att det var han så fort jag såg honom, det var alldeles tydligt på något sätt, jag kan inte förklara det.

Hennes röst var lite stadigare nu, noterade Moreno, sedan hon väl kommit igång.

– Fortsätt, uppmanade hon.

– Du känner till… historien?

Moreno nickade.

– Jag berättade inte allt jag visste på tåget, jag tror jag skämdes lite. Min pappa var tillsammans med en skolflicka som bara var sexton år… när jag var två. Det är som det är, går inte att ändra på. Flickan dog och han dömdes skyldig till att ha dödat henne. Det är fel. Det var inte så. Han berättade för mig den där dagen att det inte var han som knuffade ner Winnie Maas på järnvägsspåret... det tog två timmar för honom att få fram det. Han gav mig brev som han skrivit också och där stod samma sak. Han var tillsammans med flickan, men han dödade henne inte... han skämdes fruktansvärt över att tala om det, men jag tvingade honom att göra det. Han är inte stark, min pappa, han är som en fågel. En sjuk fågel, jag tycker så synd om honom...

Hon gjorde ett uppehåll och tittade frågande på Moreno. Moreno tecknade åt henne att fortsätta.

– Jag grät när jag gick därifrån. Jag tog in på vandrarhemmet, det var alldeles fullt, nästan så att jag inte fick någon säng, men till slut ordnade det sig. Jag visste inte riktigt vad jag skulle göra, men jag trodde ju på min pappa när han sa att han var oskyldig till den här flickans död, så efter att ha funderat ett tag bestämde jag mig för att leta reda på hennes mamma... om hon fanns kvar i Lejnice, och berätta det för henne. Kanske fråga henne lite och så. Det gick också utan problem egentligen. Jag träffade henne på söndagen, hon var inte vidare trevlig, lite alkis, tror jag, hon visade mig att hon hade en revolver att försvara sig med till och med... vad hon nu skulle behöva försvara sig mot. Hon trodde mig alldeles säkert inte, när jag talade om att min pappa blivit oskyldigt dömd. Hon kallade honom för äckel och mördare och allt möjligt, och påstod att han förstört hennes liv. Jag tyckte förstås synd om henne också, det måste ju vara hemskt om ens barn går och dör på ett sånt fruktansvärt sätt...

Maten kom på bordet, men Mikaela Lijphart ville av allt att döma inte göra någon paus, nu när hon fått upp farten.

– Medan jag satt där i fru Maas vidriga lägenhet började jag på allvar fundera på hur det egentligen gått till när hennes dotter dog – min pappa berättade bara att det inte var han som dödade henne – ja, och sedan fick jag för mig att jag lika gärna kunde försöka tala med lite fler personer om det här, när jag ändå hade kommit. Jag ångrar att jag tänkte så, fy tusan vad jag ångrar det.

– Det slog dig aldrig att flickan kunde ha hoppat av sig själv från viadukten? frågade Moreno.

Mikaela Lijphart skakade på huvudet.

– Jag tänkte på det, men min pappa trodde det inte och inte fru Maas heller när jag pratade med henne.

– Jag förstår. Nå, vad gjorde du?

– Jag fick ett par namn av fru Maas. Några som hade känt hennes dotter, påstod hon, jag vet inte varför hon gav mig dom egentligen. Hon satt mest och talade om för mig vilken vidrig mördarunge jag var, att jag borde skämmas att visa mig offentligt och allt möjligt i den stilen.

– Jag kan föreställa mig det, sa Moreno. Jag har också träffat henne.

– Har du?

Mikaela Lijphart såg skuldmedveten ut för ett ögonblick – som om det oroade henne att hon ställt till med besvär. Moreno nickade åt henne att fortsätta.

– Nå i alla fall, återtog hon. Jag gick till en kvinna som hette Vera nånting...

– Sauger?

– Ja, det stämmer. Vera Sauger. Hon hade känt Winnie Maas rätt så bra och hade haft min pappa som lärare, tydligen. Jag berättade för henne att jag trodde att min pappa var oskyldig, och då... ja, då blev hon liksom alldeles tyst. Jag fick för mig... nej, jag vet inte förresten...

– Jo, sa Moreno.

– Jag fick för mig att hon hade känt till att det var så hela tiden. Att han inte var skyldig. Nej, jag menar inte att hon faktiskt vetat det, bara att jag inbillade mig det just då, när jag var hos henne. Förstår du?

Moreno sa att hon gjorde det.

– Jo, och den här Vera Sauger gav mig alltså ett par nya

327

tips... personer jag kunde snacka med. Det var en som jag inte kommer ihåg vad han hette, och så var det alltså Tim Van Rippe. Herregud vad jag önskar att jag aldrig fått de där namnen...

– Jag förstår, sa Moreno.

För hon började göra det nu. Äntligen.

– Hur gick det till? frågade hon.

Mikaela Lijphart drog ett nytt, djupt andetag. Tog fatt i kniv och gaffel, men lade tillbaka dem på bordet.

– Det var så hemskt, sa hon. Så fruktansvärt hemskt att jag aldrig kommer att kunna glömma det... aldrig, aldrig. Jag har drömt om det varenda natt sedan dess. Flera gånger varenda natt, så fort jag somnar... hela tiden, känns det som.

För ett ögonblick såg det ut som om flickan skulle brista i gråt, men hon bet ihop tänderna och fortsatte istället.

– Jag ringde till honom. Tim Van Rippe, alltså. Talade om vem jag var och frågade om han hade tid att prata lite med mig. Han lät konstig, men jag tänkte inte så mycket på det... han hade inte tid förrän på kvällen, sa han, och vi bestämde att träffas på ett visst ställe på stranden klockan nio.

– Klockan nio på kvällen?

– Ja. På stranden. Jag frågade om vi inte kunde ses lite tidigare, men det ville han inte. Så jag gick med på det. Jag kollade tågtiderna och det skulle gå ett tåg tio i elva, så jag skulle kunna ta mig hem i alla fall. Sedan försökte jag få tag på den där andra personen... jo, han hette Bitowski... men det gick inte. Så jag låg hela eftermiddagen på stranden. Det var rätt fint väder.

Med ett sting av förebråelse erinrade sig Moreno att hon tillbringat samma eftermiddag på samma strand. Låt vara några kilometer längre norrut. Den där första söndagen... lätt bakrusig, ledig och lycklig.

– På kvällen satt jag och väntade på honom från halv nio, ungefär. På det där stället vi kommit överens om... alldeles nära piren, vad den nu heter… Frieders pir, tror jag. Det var ganska folktomt på stranden, men inte mörkt än. Han kom tio i och vi började gå sakta utefter stranden… norrut. Jag berättade och han gick tyst och lyssnade. Efter en stund satte vi oss, jag tyckte det var onödigt att gå, jag hade min rygga att släpa på också. Jag tog av den och det var nåt fel på den. En av metallpinnarna som ska göra den stabilare hade börjat åka ur det där lilla vecket som den sitter i. Jag tog loss den helt och hållet för att kunna sätta fast den ordentligt. Eller bara kasta bort den, jag vet inte riktigt… vid det här laget hade jag nästan berättat färdigt, men jag hade inte sagt nånting om att min pappa var oskyldig. Det gjorde jag nu. Och det var nu det hände…

Hon bet sig i läppen. Moreno väntade.

– Jag sa: "Jag vet att min pappa inte dödade Winnie Maas." Precis så sa jag. Han stod upp och jag satt och mekade med min ryggsäck. Och när jag tittade upp på honom förstod jag hur allting hängde ihop. Bara på ett enda ögonblick. Det var han som gjorde det. Det var Tim Van Rippe som mördade Winnie Maas, jag visste det på en sekund och han måste ha förstått att jag visste det. Jag har tänkt på det tusen gånger sedan dess, och det måste ha varit så det lät i hans öron när jag sa att det inte var min pappa som var skyldig. Han trodde att jag anklagade honom för det… och jag såg att han tänkte göra likadant med mig. Han tog ett steg emot mig och höjde armarna och det syntes i hans ansikte att han tänkte döda mig också. Han tänkte döda mig där på stranden…

Nu brast det äntligen. Hon hade talat fortare och fortare mot slutet och Moreno var inte oförberedd. Hon skyndade runt bordet och la en arm om Mikaela Lijpharts skakande axlar. Flyttade över en stol och tryckte henne tätt intill sig. Såg i ögonvrån hur det unga paret vid grannbordet kastade förstulna blickar på dem.

– Förlåt, sa Mikaela Lijphart när det värsta gått över. Jag klarar inte att berätta om det.

– Det förstår jag, sa Moreno. Men det är nog bra att du gör det i alla fall. Det finns många som påstår att det är just så man kommer till rätta med obehagliga upplevelser. Genom att uppleva dem igen.

– Jag vet, sa Mikaela Lijphart. Gå och sätt dig på din plats igen. Jag är inte färdig än.

Hon log tappert och Moreno återvände.

– Jag sysslar med fäktning, har jag berättat det?

– Nej, sa Moreno. Det tror jag inte du har gjort.

– Både värja och florett. Jag är rätt duktig faktiskt, om jag får säga det själv... så när han störtade över mig stack jag honom med pinnen i ögat.

– Va? sa Moreno. Med pinnen?

– Stabiliseringspinnen till ryggsäcken. Så här lång ungefär...

Hon måttade med händerna. Moreno svalde.

– ... tretti-fyrti centimeter. Av metall. Jag hade den ju i handen, det var en ren reflex. Jag tänkte inte. Sköt ut armen bara, och träffade honom rakt i ögat. Han ramlade... han föll över mig, det var ju inte meningen, det skedde alldeles automatiskt, men jag dödade Tim Van Rippe där på stranden och det tog inte en sekund ens.

Hennes röst darrade till, men det höll. Moreno kände att hon började få knottror på underarmarna.

– Resten är bara panik och panik. Jag förstod att han var död med en gång. Det var inte särskilt mörkt. Människor gick omkring tjugo-tretti meter ifrån oss, men det var ingen som lade märke till någonting. Om någon tittade åt vårt håll, trodde de antagligen att vi var ett par som var kvar på stranden och hade det trevligt, bara. Så jag grävde ner honom där, det tog nog en timme nästan, men det mörknade hela tiden och snart var det alldeles folktomt. Han tappade

330

skorna när jag släpade ner honom i gropen, jag kastade bort dom. Tog hand om hans plånbok och klocka också, jag vet inte varför… jag slängde dom sedan. När jag var klar gick jag därifrån.

– När du var klar gick du därifrån, upprepade Moreno. Herregud, Mikaela, du måste ju ha varit vettskrämd.

– Ja, sa Mikaela Lijphart. Det var jag. Jag var så rädd att jag inte visste vad jag gjorde. Det var som om jag hade varit någon annan… jag gick hela natten.

– Gick?

– Ja, hela natten. Norrut. Klockan sju på morgonen kom jag fram till ett långtradarfik i Langhuijs. Där fick jag lift med en bil upp till Frigge. Jag åt frukost och sov några timmar i en park. Jag drömde om hur jag stack Tim Van Rippe i ögat hela tiden. Och hur jag grävde ner honom. När jag vaknade tänkte jag först gå till polisen, men jag tordes inte. Istället tog jag ut alla pengar som fanns på mitt bankkonto, det var lite mer än tusen gulden, och köpte en tågbiljett till Köpenhamn. Snodde tretti gulden ur Van Rippes plånbok också innan jag gjorde mig av med den.

– Till Köpenhamn? Varför då?

Hade någon kontrollerat bankerna? undrade Moreno hastigt. Antagligen inte. Slarvigt. Det borde inte ha inneburit några problem att spåra uttaget.

– Jag vet inte riktigt, sa Mikaela. Jag har varit på skolresa där. Tyckte om staden. Och jag måste ju fly nånstans, eller hur?

Moreno svarade inte.

– Jag hade ju dödat honom. Mördat honom och grävt ner honom. Klart jag måste gömma mig…

Moreno nickade och försökte se neutralt välvillig ut.

– Och vad gjorde du, alltså? Åkte tåg till Köpenhamn?

– Ja. Nattåg. Kom fram på morgonen och tog in på ett hotell som hette Excelsior. Bakom stationen. Rätt sjaskiga kvarter, men det var det första jag hittade. Sedan gick jag omkring på stan eller låg på mitt rum tills jag förstod att jag höll på att bli tokig. Då ringde jag till min mor. Jag vet inte hur många dagar som gått eller nånting och jag hade nästan inte ätit nåt på hela tiden... jag sa åt min mor att jag levde men att jag inte skulle göra det länge till, om hon inte tog med sig min far – min riktige far – och kom till mig. Jag hotade henne, kan man säga, men det var sant också. Jag mådde fruktansvärt dåligt... ja, och sedan kom dom.

– Din mamma och din pappa kom till ditt hotell i Köpenhamn?

– Ja. Jag vet inte vilken dag det var som dom kom. Men det måste ha gått mer än en vecka sedan jag dödade Van Rippe på stranden. Och jag dödade honom igen och igen varenda natt så fort jag lyckades somna... ja, jag var nog galen en del av dom där dagarna. Fast när min mamma och min pappa kom blev det lite bättre. Och jag tvingade dom att tala med varandra. Vi stannade fyra eller fem dagar tillsammans, men min pappa mådde dåligt utan sina mediciner, och, ja, sedan åkte vi tillbaka. Min mor ringde varenda dag till Lejnice och frågade om utredningen, för att ingen skulle förstå att vi var borta tillsammans alla tre... vi kom överens om att hålla tyst i fortsättningen också, mamma och jag. Pappa fick aldrig reda på exakt vad som hänt, mer än att vi visste att han var oskyldig till mordet på Winnie Maas. Det var svårt att tala med honom, och sedan berättade ju Baasteuwel det här fruktansvärda, jag blir förtvivlad bara jag tänker på det. Det är så orättvist att man...

– Vänta ett ögonblick, bad Moreno. Nu är jag inte riktigt med. Hur kommer inspektör Baasteuwel in i bilden?

Mikaela Lijphart snöt sig i servetten och fortsatte.

– Vi åkte tillbaka från Köpenhamn, förklarade hon. Släppte av pappa i närheten av hemmet, sedan åkte mamma och jag till Aarlach. Vi stannade ett par dagar hos moster

Vanja, hon var inte hemma, men mamma har nycklar till lägenheten. Vi diskuterade hur vi skulle göra med allting. Med Helmut, till exempel, om vi skulle inviga honom eller inte. Till slut kom vi överens om att inte berätta någonting för någon enda människa. Det var liksom inte möjligt... och så kom vi hem, en måndagskväll var det, och nästa morgon stod den här Baasteuwel och ringde på våran dörr. Helmut var inte hemma, som tur var, för på en timme hade han fått ur oss hela historien... och så förklarade han det värsta för oss.

– Det värsta?

– Ja. Att han pratat med pappa på Sidonishemmet... medan mamma och jag var i Aarlach, alltså. Jag vet inte hur han bar sig åt för att få det ur pappa, men han fick ju ur oss min historia, så jag antar att han är ganska duktig på sånt här.

– Han är känd för det, sa Moreno. Vad var det din pappa berättade för honom, alltså?

Mikaela Lijphart bet ihop käkarna och blinkade bort några tårar.

– Att han trodde det var mamma som dödade Winnie Maas. Att det var därför han teg. För att rädda oss.

Hon tystnade. Moreno kände plötsligt att det brände till bakom ögonlocken och hon stjälpte i sig en klunk mineralvatten som motvikt. Är det möjligt? tänkte hon.

Samtidigt förstod hon att det var det.

Inte bara möjligt. Det var logiskt och det hängde ihop.

– Fast hans förstånd gick sönder också, förstås, la Mikaela till. Han blev verkligen tokig på kuppen. Men han har trott att det var mamma. Hela tiden. Det var hon som tog emot telefonsamtalet från Winnie den där natten... och fick reda på det. Hon blev rasande och sprang hemifrån. När pappa sedan hittade Winnie på spåret, så trodde han... ja, du förstår, va?

333

– Ja, sa Moreno. Jag förstår.

Och Van Rippe fick beskydd av polismästaren, tänkte hon. Som hade en affär med hans mor.

Detta hade Selma Perhovens förklarat på telefon under eftermiddagen. Liksom att utredningen, såvitt hon förstod, inte bedrevs särskilt intensivt längre.

Av vissa skäl.

Vissa skäl? hade hon frågat, men Selma Perhovens visste inte mer än så.

Nu var det plötsligt tydligt. Alldeles glasklart. Ekvationen gick ihop äntligen. Baasteuwels ekvation.

Skunken gick fri.

Men Mikaela Lijphart gick också fri.

Och Winnie Maas mördare hade fått sitt straff.

Moreno märkte att hon höll händerna knutna så att det nästan värkte i dem och att hon hade munnen halvöppen. Hon stängde den och försökte slappna av.

Fy fan, tänkte hon. Har gudarna spelat färdigt nu? Ja, det var ungefär så det kändes och slutresultatet såg ut som ett slags remi, fick man väl säga. Åtminstone skulle Van Veeteren ha uttryckt saken på det viset, det var hon säker på… ett slags salomonisk remi.

– Jag tänker få min pappa på fötter, avbröt Mikaela Lijphart hennes tankar. Försöka i alla fall.

– Bra, sa Moreno. Det gör du rätt i. Men se till att komma på fötter själv först. Det är svårt att bära en massa sånt här inom sig. Du borde nog ha lite hjälp att bearbeta det… hur det nu ska gå till?

– Det är redan ordnat, förklarade Mikaela överraskande. Jag ska gå hos en präst här i stan en gång i veckan, det är en bror till inspektör Baasteuwel.

Moreno stirrade på flickan.

– Du menar att det finns en präst i Maardam som heter Baasteuwel?

334

Mikaela skakade på huvudet och åstadkom ett matt leende.

– Han har bytt namn. Tyckte inte det funkade så bra i hans yrke, tydligen. Han heter Friedmann, det passar mycket bättre.

– Onekligen, sa Moreno. Hrrm. Ska vi be att dom värmer maten i mikron åt oss? Jag tror den har kallnat.

Mikaela Lijphart tittade på sin tallrik och log lite bredare.

– Ojdå, sa hon. Jag glömde bort att jag var hungrig.

Mikaela Lijphart blev hämtad av sin mor och sin styvfar utanför Vlissingen som de kommit överens om. Moreno misstänkte att Helmut Lijphart lurats med som något slags säkerhetsåtgärd. Så att hon själv inte skulle komma åt att ställa några obekväma frågor till Mikaelas mor. Skulle inte förvåna.

För det fanns ju åtminstone en obesvarad fråga.

Den om vilka vägar Sigrid Lijphart tagit den där natten, nämligen.

Om hon varit uppe vid viadukten eller inte. Om hon sett flickan därnere på spåret innan hennes make gjorde det.

Och om hon således vetat om att det måste finnas en annan mördare. Som hon skyddat genom sitt långvariga tigande.

Och om hon möjligen... ja, om hon möjligen också hela tiden vetat om vad Arnold trott.

Jo, den frågan hänger kvar, tänkte Moreno. I synnerhet den.

När hon långsamt insåg vidden av den, märkte hon att hon börjat må illa.

Tids nog skulle hon skaffa sig tillfälle att uttala även denna misstanke högt, men det fanns naturligtvis ingen anledning att göra det i Mikaelas närvaro. Ingen anledning alls, flickan hade färdats tillräckligt långt in mot mörkrets hjärta som det var.

335

– Vi kan väl träffas någon mer gång, sa hon istället. Då är det min tur att bjuda.

Efter att de tagit avsked gick Moreno en lång promenad för att tänka igenom hela historien och när hon kom hem var klockan tjugo minuter över elva. Hon tvekade en stund, sedan ringde hon upp inspektör Baasteuwel.

– Gratulerar, sa hon. Jag menar det.

– Tack, sa Baasteuwel. Jag menar det.

– Salomonisk lösning. Övertalade du flickan att hålla tyst, eller var det modern?

– Hm, sa Baasteuwel. Mest Mikaela själv, faktiskt. Hurså?

– Jag är inte säker på att det är rätt.

– Inte jag heller, instämde Baasteuwel efter en paus. Men när jag fått ur dom alltihop, förklarade jag att jag inte längre var inkopplad på fallet och att jag bara tittat in av ren nyfikenhet. Lämnade valet i deras händer och lovade hjälpa till om det skulle bli för svårt och hon vill dra upp det i ljuset.

– Hjälpa till? undrade Moreno. Hur skulle det gå till?

– Ingen aning, sa Baasteuwel. Kommer tid, kommer råd. Men jag tycker det vore sällsynt korkat att börja prata i hennes läge. Hon har ju för tusan ställt allting tillrätta. Touché, bara! Mördaren död, ro i graven. Vrommel får vi ta en annan gång.

– Någon tvekan om att det verkligen var Van Rippe?

– Ingen som helst. Hans mor skingrade alla dimmor på den punkten. Hon kände sin son och hon hade ihop det med Vrommel vid den här tiden, och... tja, han såg till att det gick som det gick. Hade nån hållhake på den här läkaren sedan gammalt också, men vi rotade aldrig i det. Jo, visst fan var det Tim Van Rippe som dödade Winnie Maas, men det innebär inte att det skulle vara alldeles oproblematiskt för flickan att hävda att hon dödat honom i självförsvar. Det finns ju ett glasklart hämndmotiv och hon har tigit lite väl länge.

– Och varför var Van Rippe tvungen att döda Winnie Maas?

– Tvungen och tvungen, sa Baasteuwel. Nödvändigheten kan alltid diskuteras, men att det var han som var orsaken till hennes graviditet är rätt uppenbart. Liksom att han mycket medvetet försökte – och lyckades – kasta skulden på Arnold Maager. En märklig omständighet är ju att han faktiskt var med den där kvällen då Winnie förförde sin lärare... om du bad mig spekulera, skulle jag gissa att han var med på det, och att det var uträknat att Maager skulle få ikläda sig fadersrollen. Säga vad man vill om Winnie Maas, men något större ljushuvud var hon nog inte. Fast det här är spekulationer, som sagt.

– Och vad hände egentligen den där kvällen uppe på viadukten?

– Han knuffade ner henne, det sätter jag min heder på. Fast frågan är ju hur pass planerat det var... varför hon ringde och vem som hittade på att hon skulle göra det. En tänkbar variant är att flickan höll på att dra sig ur, och när Van Rippe förstod det arrangerade han det så här. Han hade naturligtvis en jävla tur som klarade sig. Att Maager blev tokig och höll tyst om allting kan han ju knappast ha räknat med. Hursomhelst finns det ingen större anledning att rota i det längre... har inspektören några fler anmärkningar?

– En undran bara, sa Moreno. Var det nödvändigt att ta upp det här med att Maager trodde det var hans hustru som var gärningsmannen? Ta upp det med Mikaela, alltså?

– Jo, sa Baasteuwel. Här känner jag mig på ganska fast mark. Tycker han behöver lite pluspoäng, den här stackars karln. Han är ju bara en skugga, för fan. Att skydda sin familj är ju ändå en ädel handling. Unga flickor gillar ädelmod. Jag trodde själv att det var hustrun som gjorde det, måste jag erkänna. Fast bara några dagar. Maager trodde det i sexton år.

337

– Och hon lät honom tro det?

Det gick fem sekunder innan Baasteuwel svarade. Hon hörde honom dra ett bloss på cigarretten.

– Jaså, sa han. Du har noterat det förhållandet också.

Moreno funderade en stund istället för att svara. Kände att hon nog behövde lite tid för att bedöma Baasteuwels överväganden. Det skulle säkert bli anledning att återkomma i ärendet, men för tillfället hittade hon inga fler springande punkter.

– Kul att träffa dig, sa hon till slut. Är din bror prästen lika klipsk som du?

– Det är han som har huvudet i familjen, försäkrade Baasteuwel. Och ett helvetes stort hjärta. Åtminstone för att vara präst. Du behöver inte oroa dig vad det gäller den sidan av saken.

– Utmärkt, sa Moreno. Då har jag inga fler frågor. Godnatt, inspektörn.

– Detsamma, sa Baasteuwel. Må änglar sjunga dig till ro.

41

Den 7 augusti 1999

Inspektör Moreno hade aldrig satt sin fot i Sällskapets loka-
ler på Weivers steeg – eller Styckargränd som den hette i
folkmun – men hon var inte obekant med stället. Det var
allmänt känt att det var *kommissariens* stamlokus; eller att
han brukade sitta här och spela schack och dricka öl ett par
gånger i veckan, åtminstone. Så hade det varit medan han
fortfarande var chef för Maardamskriminalen, och det fanns
förstås ingen anledning att tro att han frångått denna goda
vana efter att han sadlat om och blivit antikvariatsbokhand-
lare för snart tre år sedan.

Hon hade inte sett Van Veeteren på över ett halvår – inte
sedan den tragiska historien med hans son – och det var med
blandade känslor hon steg ner för den halvtrappa som från
gatuplanet ledde ner till Sällskapet. Under normala omstän-
digheter skulle det ha varit intressant att träffa honom; få
reda på om ryktena att han höll på att skriva en bok talade
sanning, till exempel – men skälet till att de möttes denna
ljumma augustikväll var nog för att hålla alla former av för-
väntan och entusiasm på avstånd. Ljusårs avstånd.

Lokalen var stor och vitkalkad, noterade hon när hon vant
sig vid halvdagern som rådde härnere. Lågt i tak; ett och an-
nat mörkare bjälklag, samt ett antal pelare och skeva prång,
som gjorde det svårt att få en uppfattning om den faktiska
storleken och hur många gäster som egentligen fanns på
plats. De flesta bord var avskärmade från varandra, man satt
i små bås; vart och ett, såvitt hon kunde se, utrustat med ett

mörkt, tungt furubord och golvfasta bänkar. Baren fanns rakt fram från entrén och såg ut som alla barer i världen. På en griffeltavla annonserades att dagens rätt var rosmarinlamm och stekt potatis.

Hon fick syn på Münsters huvud och uppsträckta hand i ett av de innersta båsen och tog sig dit. Van Veeteren reste sig och hälsade, sedan slog de sig ner. Moreno tyckte att han såg yngre ut än när hon träffade honom senast. Vitalare och spänstigare; det svävade en aura av energi runt hans tunga och resliga gestalt – en aura som hon mindes från flera år tillbaka, men som han knappast burit med sig den sista tiden innan han slutade. Hon var säker på att han fyllt sexti, men om hon inte vetat skulle hon snarare ha gissat på femtifem-femtisju.

Man åldras fortare inom poliskåren än utanför den, tänkte hon. Det var knappast någon ny upptäckt.

– Trevligt att se inspektören igen, sa Van Veeteren. Tråkigt att det måste vara under de här auspicierna, bara.

Moreno nickade.

– Hur gjorde han det? frågade hon.

– Rep, sa Münster.

– Jaså, rep, sa Moreno.

– Jo, han hängde sig. Man kan ju undra varför han inte använde tjänstevapnet, men det kanske finns något slags respekt eller mental spärr… ja, det är en jäkla historia, förstås.

– Skrev han nånting?

– Nej. Ingenting. Men vi vet ju varför han gjorde det. Det vill säga att *vi* vet det. Vi tre plus den här förbannade journalisten. Och han lär nog inte avslöja nånting. Eller hur?

Han sneglade på Van Veeteren som satt och sysslade med sin otympliga cigarrettmaskin.

– Med största sannolikhet inte, sa *kommissarien* och vandrade med blicken mellan sina forna kolleger ett par ögonblick. Man kunde kanske önska att han åstadkommit ett par

340

rader, men det är lätt att säga. Han hade ju trots allt en före detta hustru och en dotter. Jag menar inte att han skulle ha klämt ur sig det verkliga skälet, men om man inte lämnar ett ord efter sig, blir ju fältet fritt för spekulationer. Det är väl ingen av oss som tycker det är särskilt angeläget att hela skiten kommer fram? Med tanke på dottern, till exempel?

– Ingen, sa Münster efter att först ha inväntat ögonkontakt med Moreno. Inte jag i alla fall.

Han tog fram ett brunt kuvert och placerade det mitt emellan dem på bordet.

– Du kanske vill se materialet i ärendet innan vi bränner det?

Men han rörde inte vid kuvertet. Inte Van Veeteren heller. Moreno tvekade ett ögonblick, sedan öppnade hon det och tog ut ett fotografi. En förstoring uppenbarligen; svartvit i formatet 20x30 centimeter. Det var ingen konst att se vad det föreställde.

Ett cafébord. Utomhus; kväll eller natt, fotografen måste ha använt blixt, bakgrunden var kolmörk. Bara två personer i fokus, men någonting vitt, suddigt i nedre högra hörnet, som möjligtvis kunde vara en sko och en bit av ett byxben tillhörig någon annan. På bordet – av rotting och med glasskiva, som det såg ut – två glas: det ena med sugrör och ett litet pappersparasoll, det andra ett nästan urdrucket, ordinärt ölglas. Ingenting mer, i varje fall inte på den bordshalva som täcktes in i bilden.

Två stolar; i den ena kriminalintendent deBries. Tillbakalutad i vit kortärmad skjorta, ljusa kortbyxor. Solbränd. I den andra en flicka med sydostasiatiskt utseende. Späd. Mörk. I tio-tolvårsåldern.

Hon tittar rakt in i kameran med lite uppspärrade ögon. Läppstiftet och makeupen förmår inte dölja hennes låga ålder. Den vite mannen håller sin arm om hennes späda skuldror och betraktar henne snett från sidan. Antydan till ett leende på hans läppar. Hon har en mycket kort, ljus klänning med små blommor på. Hon håller sin högra hand på inspektör deBries vänstra lår. Ganska högt upp; han skrevar lite med benen, byxorna är vida och hennes hand försvinner in i mörker. Det går inte att misstolka bilden.

– Thailand? frågade Moreno.

Münster nickade.

– Phuket nu i januari. Han har varit där en gång tidigare.

Moreno tänkte efter och kom ihåg att det stämde.

– Fotografen?

– Frilansjournalist. Kände igen honom, tydligen. Använde ett kort tele, han märkte ingenting, deBries. Var väl lite upptagen också...

– Hur gammal är hans dotter? frågade Moreno och stoppade tillbaka fotografiet i kuvertet.

Van Veeteren harklade sig.

– Tolv. Som hon ungefär.

Han tecknade mot kuvertet.

– Dom hade dålig kontakt, sa Münster. Jag har pratat med Maria... ex-hustrun, alltså. Sedan dom skildes har det gått utför med honom, menar hon... ärligt talat verkade hon inte särskilt förvånad. Fast hon vet ingenting om det här.

Utför? tänkte Moreno. Kunde man nog säga. Hon märkte att hon hade svårt att väga sina egna känslor. Få ordning och rätsida på dem. Det hade varit så ända sedan Münster ringde på förmiddagen. Å ena sidan äcklet över vad deBries hållit på med, å den andra bestörtningen över att han var död. Över att han tagit konsekvenserna med sådan extrem snabbhet. Några timmar bara, av allt att döma. Münster hade pratat med honom under fredagens eftermiddag och han hade gjort det under kvällen eller natten. En god vän hade hittat honom på morgonen, dörren hade stått olåst. Inget rum för tvekan. Inte för förklaringar eller ursäkter.

342

Fast vad skulle det finnas att säga? tänkte Moreno. Urskulda sig? Hur då?

– Hur fick du reda på det? frågade hon, för det hade Münster inte berättat.

– Den här vännen ringde mig. Han hade skrivit mitt nummer på en lapp på köksbordet.

Van Veeteren tände en cigarrett. De satt tysta en stund.

– Jag trodde det var han, erkände Moreno. Om det nu måste vara någon. Han var liksom den enda möjliga. Vet dom andra om det? Att han är död, vill säga?

Münster skakade på huvudet.

– Nej. Inte såvitt vi känner till i alla fall. Vi tänkte att vi först skulle…

Han letade efter orden.

– … konsolidera vår tystnad, fyllde *kommissarien* i. Om du inte har någonting emot det. Den enklaste linjen är naturligtvis att ni är lika bestörta som alla andra. Att ni inte säger ett förbannat knyst och inte skickar runt det här fotot bland kollegerna. Men du kanske har andra synpunkter… från ett kvinnoperspektiv, till exempel?

Moreno tänkte efter ett par sekunder. Mer behövdes inte.

– För tillfället är jag beredd att lägga mans- och kvinnoaspekterna på hyllan, sa hon. Det verkar finnas rent mänskliga hänsyn som är viktigare.

– Precis min åsikt, sa Van Veeteren. Jag måste försäkra mig först, bara. Då är vi överens om att jag tar hand om det här, då?

Moreno bytte en blick med Münster och nickade. Van Veeteren tog kuvertet, vek det dubbelt och stoppade ner det i innerfickan. Såg på sitt armbandsur.

– Får man kanske bjuda två gamla kolleger på ett glas? frågade han sedan. Mitt schackparti börjar inte förrän om en timme.

Moreno lämnade Sällskapet vid niotiden tillsammans med Münster. Han erbjöd sig att skjutsa henne hem, men hon avböjde och tog en promenad istället. Kvällen var fortfarande ljum, gatorna och trottoarcaféerna välfyllda; hon gick en omväg längs Langgraacht och Kellnerstraat. Över Keymer plejn och Windemeerstraat; passerade *kommissariens* antikvariat och såg att det höll sommarstängt fram till den tjugoandra.

Medan hon vandrade genom staden försökte hon tänka på intendent deBries, men det hade inte blivit lättare att framkalla något slags retroaktiv bild av honom efter samtalet med Münster och Van Veeteren. Ännu svårare snarare. Ändå gick det ju inte att undvika frågan. Skulle hon alltid minnas honom som *barnknullaren*? Var detta för alltid hans epitafium? Skulle hon någonsin se några andra sidor av hans liv?

Hon hade inte känt honom särskilt väl, men hon hade respekterat honom som en kollega. Som det hette. Som en kompetent och duglig polisman. Hade hon inte det? Måste alla sådana omdömen också fläckas av det här? Skulle tiden någonsin förmå lägga en förmildrande gråskugga över det fördömande hon kände just nu? Över detta ofrånkomliga avståndstagande? Hon visste inte.

Och Arnold Maager? tänkte hon plötsligt.

Som hon aldrig träffat, bara sett på bild. Vad kände hon när hon försökte föreställa sig honom?

Det var likadant som med deBries, märkte hon. Svårt att känna någon form av sympati eller förståelse. Tycka synd om och beklaga, kanske – Maagers straff stod knappast i proportion till brottet – men dessa män, både deBries och Maager, ja, borde de åtminstone inte ha förstått att det finns en orsak-verkankedja? Att handlingar förr eller senare får konsekvenser.

Alltid. På något sätt.

Eller dömer jag för hårt? tänkte hon. Är det bara bitchigheten i mig som jag försöker förädla till något slags moral?

Så fan heller! kom hon på sig med att muttra. Det var visserligen stor skillnad på sextonåringen i Lejnice och elvaåringen (eller hur gammal flickan nu kunnat vara) i Phuket, men nog kunde hon förstå dem som hävdade att den manliga sexualiteten var Djävulens bidrag till Den stora planen. Det var som det var.

När det gällde deBries var hon i alla fall tacksam för att hon inte ensam satt inne med all kunskap. Att Münster visste om det också; det fanns nog anledning att diskutera saken med honom vad det led. Kanske med *kommissarien* också.

Sedan kom hon ihåg något som Reinhart sagt en gång.

Människan är ett djur med mycket smutsig själ. Och en helvetes förmåga att tvätta den.

När hon passerade Keymerkyrkan slog klockan kvart i tio. Hon insåg att hon hade en hel dag kvar av semestern. Skönt.

På måndag började vardagen igen. Skönt.